新闻传播学文库

中国劳动关系学院青年学者文库

中国人民大学出版社
·北京·

苏林森　著

媒介消费与宏观经济的关系研究

新闻传播学文库

总　序

　　自 1997 年国务院学位委员会将新闻传播学擢升为一级学科以来，中国的新闻传播学学科建设突飞猛进，这也对教学、科研以及学术著作出版提出了新的、更高的要求。

　　继 1999 年中国人民大学出版社推出"21 世纪新闻传播学系列教材"之后，北京广播学院出版社、华夏出版社、南京大学出版社、中国社会科学出版社、新华出版社等十余家出版社纷纷推出具有不同特色的教材和国外新闻传播学大师经典名著汉译本。但标志本学科学术水平、体现国内最新科研成果的专著尚不多见。

　　同一时期，中国的新闻传播学教育有了长足进展。新闻传播学专业点从 1994 年的 66 个猛增到 2001年的 232 个。据不完全统计，全国新闻传播学专业本科、专科在读人数已达 5 万名之多。新闻传播学学位教育也有新的增长。目前全国设有博士授予点 8 个，硕士授予点 40 个。中国人民大学新闻学院、复旦大学新闻学院等一批研究型院系正在崛起。北京大学和清华大学的新闻传播学教育以高起点、多专业为特色，揭开了这两所百年名校蓬勃发展的新的一页。中国传媒大学以令人刮目相看的新水平，跻身中国新闻传播教育名校之列。武汉大学新闻与传播学院等以新获得博士授予点为契机所展开的一系列办学、科研大手笔，正在展示其特有的风采与魅力。学界和社会都企盼这些中国新闻传播教育的"第一梯队"奉献推动学科建设的新著作和新成果。

进入新世纪以来，随着以互联网为突破口的传播新媒体的迅速普及，新媒体与传统媒体的联手共进，以及亿万国人参与大众传播能动性的不断强化，中国的新闻传媒事业有了全方位的跳跃式的大发展。人民群众对大众传媒的使用，从来没有像今天这样广泛、及时、须史不可或缺，人们难以逃脱无处不在、无时不有的大众传媒的深刻影响。以全体国民为对象的新闻传播学大众化社会教育，已经刻不容缓地提到全社会，尤其是新闻传播教育者面前。为民众提供高质量的新闻传播学著作，已经成为当前新闻传播学界的一项迫切任务。

这一切都表明，出版一套满足学科建设、新闻传播专业教育和社会教育需求的高水平新闻传播学学术著作，是当前一项既有学术价值又有现实意义的重要工作。"新闻传播学文库"的问世，便是学者们朝着这个方向共同努力的成果之一。

"新闻传播学文库"希望对于新闻传播学学科建设有一些新的突破：探讨学科新体系，论证学术新观点，寻找研究新方法，使用论述新话语，摸索论文新写法。一句话，同原有的新闻学或传播学成果相比，应该有一点创新，说一些新话，文库的作品应该焕发出一点创新意识。

创新首先体现在对旧体系、旧观念和旧事物的扬弃。这种扬弃之所以必要，人文社会科学工作者之所以拥有理论创新的权利，就在于与时俱进是马克思主义的理论品质，弃旧扬新是学科发展的必由之路。恩格斯曾经指出，我们的理论是发展的理论，而不是必须背得烂熟并机械地加以重复的教条。一位俄国作家回忆他同恩格斯的一次谈话时说，恩格斯希望俄国人——不仅仅是俄国人——不要去生搬硬套马克思和他的话，而要根据自己的情况，像马克思那样去思考问题，只有在这个意义上，"马克思主义者"这个词才有存在的理由。中国与外国不同，旧中国与新中国不同，新中国前30年与后20年不同，在现在的历史条件下研究当前中国的新闻传播学，自然应该有不同于外国、不同于旧中国、不同于前30年的方法与结论。因此，"新闻传播学文库"对作者及其作品的要求是：把握时代特征，适应时代要求，紧跟时代步伐，站在时代前列，以马克思主义的理论勇气和理论魄力，深入计划经济到市场经济的社会转型期中去，深入党、政府、传媒与阅听人的复杂的传受关系中去，研究新问题，寻找新方法，获取新知识，发现新观点，论证新结论。这是本文库的宗旨，也是对作者的企盼。我们期待文库的每一部作品，每一位作者，都能有助于把读者引领到新闻传播学学术殿堂，向读者展开一片新的学术天地。

创新必然会有风险。创新意识与风险意识是共生一处的。创新就是做前人未做之事，说前人未说之语，或者是推翻前人已做之事，改正前人已说之语。这种对旧事物旧体系旧观念的否定，对传统习惯势力和陈腐学说的挑战，对曾经被多少人诵读过多少年的旧观点旧话语的批驳，必然会招致旧事物和旧势力的压制和打击。因此，执著于理论创新的学人们，又必须时时唤醒自己的风险意识。再说，当今的社会进步这么迅猛，新闻传媒事业发展这么飞速，新闻传播学学科建设显得相对迟缓和相对落后。这种情况下，"新闻传播学文库"作者和作品的一些新观点新见解的正确性和科学性有时难以得到鉴证，即便一些正确的新观点新见解要成为社会和学人的共识，也有待实践和时间。因此，张扬创新意识的同时，作者必须具备同样强烈的风险意识。我们呼吁社会与学人对文库作者及其作品给予最多的宽容与厚爱。这里并不排斥而是真诚欢迎对作品的批评，因为严厉而负责的批评，正是对作者及其作品的厚爱。

当然，"新闻传播学文库"有责任要求作者提供自己潜心钻研、深入探讨、精心撰写、有一定真知灼见的学术成果。这些作品或者是对新闻传播学学术新领域的拓展，或者是对某些旧体系旧观念的廓清，或者是向新闻传媒主管机构建言的论证，或者是作者运用中国语言和中国传统文化对海外新闻传播学著作的新的解读。总之，文库向人们提供的应该是而且必须是新闻传播学学术研究中的精品。这套文库的编辑出版贯彻少而精的原则，每年从中国人民大学校内外众多学者的研究成果中精选三至五种，三至四年之后，也可洋洋大观，可以昂然耸立于新闻传播学乃至人文社会科学学术研究成果之林。

新世纪刚刚翻去第一页，中国人民大学出版社经过精心策划和周全组织，推出这套文库。对于出版社的这种战略眼光和作者们齐心协力的精神，我表示敬佩和感谢。我期望同大家一起努力，把这套文库的工作做得越来越好。

以上絮言，是为序。

童 兵

序　言

　　这是国内第一部以"相对常数理论"为切入点系统研究媒介消费与宏观经济关系的学术专著，是基于严谨的数据分析及研究范式的专业论著。作为苏林森博士这本书的第一读者，这本书给我的第一感觉就是扎实的学风。对于有成就者，人们看到的往往是"得来全不费工夫"的辉煌，但其实辉煌的背后却无一例外地饱含着"踏破铁鞋无觅处"的艰辛。埃及前总统萨达特曾经说过一句很有哲理的话，大意是说，抱负是一个人给自己自设的牢穴。的确，一旦你有了抱负，一般人所享有的自由和轻松便与你无缘，你要为此承受压力、困苦甚至煎熬，你要像苦行僧一样无欲无求，甘之如饴。而这一切都不是别人强加于你的，是你自己心甘情愿地选择和接受的。人虽然生而平等，但人生精彩各有不同，原因大致在此吧。苏林森就是这样一个在专业上有很高抱负的人。

现代社会，媒介发达程度日益成为衡量一个国家软实力的标准，媒介产业也越来越成为一个国家的支柱产业。而作为社会的一个组成部分，媒介的发展受到政治、经济和文化等方方面面的影响。而在信息化社会中，从经济学角度分析宏观经济对媒介消费的影响越发必要，但由于中国媒介消费化始自 20 世纪 90 年代中期，因此从经济学角度来系统探讨宏观经济对媒介消费的影响还不多见，而在媒介产业发达的美国，媒介消费和宏观经济关系的零星研究已经有 100 多年的历史了，其中的标志性研究是 1972 年由美国传播学者麦克斯韦尔·麦库姆斯（Maxwell E. McCombs）提出的"相对常数原则"（the Principle of Relative Constancy，PRC）。麦库姆斯通过分析美国 1929—1968 年近 40 年的媒介消费（媒介产业的实质即媒介消费，包括受众在媒介上的支出和广告主在媒介上的广告投放）和宏观经济的关系后得出两个重要结论：第一个结论是，从长时期看，人们在媒介上的消费占宏观经济的比例维持一个较稳定的常数（称为常数假设）；第二个结论是，既然媒介消费占宏观经济的比例相对固定，那么不同媒介为了分割这个稳定份额，呈此消彼长的零和博弈（称为功能均等假设），这两个假设合在一起被称为相对常数原则。相对常数原则是媒介经济学中第一个由本学科学者独立提出的重要原则，在此后 30 多年里，相对常数原则成为媒介消费与宏观经济关系研究的主流框架。

作者在全面回顾前人关于媒介消费与宏观经济关系的基础上，发现同类研究存在如下缺陷：解释变量单一，解释变量多只有 GDP 或收入，研究范围局限在美国等西方国家而缺少对发展中国家的关注，研究对象没有与时俱进，互联网产业一直没有被纳入研究等。为此，本书力争做一些创新性探索，系统研究美国媒介消费与宏观经济的关系，并在此基础上，尝试性地探讨了中国宏观经济对媒介消费的影响，本书的主要创新有以下几点。

从研究方法看，本书突破了传统相对常数原则的研究框架，克服了解释变量单一的缺陷。根据相关文献，本书的美国研究（1929—2007 年）选取了五个解释变量，中国研究（1978—2006年）选取了七个解释变量，同时考虑到宏观经济对媒介消费的影响可能存在滞后效应（即上年宏观经济影响下年媒介消费），本书同时引入滞后解释变量（宏观经济变量）和滞后因变量（受众媒介消费或广告投放），采用多元回归、方差分析等方法来研究影响媒介消费的宏观经济变量。在统计分析之前，本书按照统计学的原则，将原始数据进行对数和差分转换，从而使研究模型更加科学稳健。

从研究对象看，本书将互联网纳入媒介产业，检验互联网时代媒介消费在宏观经济中的比例相对于前互联网时代是否显著提高，探讨互联网对媒介消费占宏观经济比例的影响。

从研究范围看，本书在研究美国的基础上，研究中国改革开放后的媒介消费和宏观经济的关系，并将中国的研究结果与美国的研究结果进行比较，突破了此类研究只在发达国家进行的局限。

根据媒介二元产业的特点，本书分别分析了受众媒介消费与宏观经济的关系以及广告主广告投放与宏观经济的关系。本书对美国的研究发现，GDP 显著影响了广告支出，收入显著影响了受众媒介支出，滞后解释变量（宏观经济变量）对当期媒介消费的影响不显著，但滞后因变量（受众媒介消费或广告投放）对当期媒介消费的影响显著，说明媒介消费具有较强的惯性。

本书对中国的研究发现，改革开放后广告占 GDP 比重逐年上升，而受众在文化产品上的支出占收入的比重呈波动趋势，说明相对常数原则并不是一个国际普遍规律，而倾向于在市场经济发达、媒介产业相对成熟的西方发达国家成立。与美国类似，中国的互联网作为一种广告媒介，其盈利能力发挥不足；与美国研究有所不同，在中国，除 GDP 显著影响广告投放外，工业化水平和居民恩格尔系数也显著影响了广告投放；从不同的受众看，受众媒介消费比例指受众的媒介消费占个人可支配收入的比例随收入提高而下降，随城市化和工业化水平的提高而提高；与美国的情形相反，中国广播电视广告对宏观经济（GDP）的反应程度要高于印刷媒介。总的来说，本研究表明，在不同国情和发展阶段的国家中，媒介消费与宏观经济的关系是不同的。

中国媒介的产业化历程与中国市场经济的发展紧密联系在一起，宏观经济为中国传媒业的迅速发展奠定了坚实的基础，同时增强软实力的国家战略与传媒产业做大做强的要求不谋而合。"十二五"期间我国将实施文化产业倍增计划，以传媒产业为核心的文化产业将成为国民经济的支柱性产业。2009年7月国务院常务会议通过了《文化产业振兴规划》，标志着文化产业已经上升为国家的战略性产业；2010年1月国务院常务会议决定加快电信网、广播电视网和互联网三网融合，并提出了推进三网融合的阶段性目标；经过2008年的试点，新闻出版领域的报刊退出机制于2010年正式启动，非时政类报刊出版单位转企改制得到积极推动……一方面，良好的经济形势和利好政策带来了传媒投资热；另一方面，传媒业的做大做强要求建立优胜劣汰机制。这些措施背后都是国民经济在予以支撑。因此本研究结果对指导媒介投资、报刊退出、规范传媒产业的进一步发展均具有很好的现实参考价值。

　　一个一流的抱负来源于你对某个领域乃至整个社会发展"问题单"的洞悉，来源于你对生于斯、长于斯的土地和人民的责任，来源于你以"不要让这个世界由于你的到来而变得更坏"作为价值底线而坚守的信念。进行一项课题研究，本质上是以思想和学术的方式对社会限制的一种冲撞，正是许许多多对这个社会深怀责任感的学者们的不懈努力、探索和创新，才点燃了我们这个世界的文明之光，拓宽了我们的自由空间。我们每一个人都应该对这些普罗米修斯式的"盗火者"和丹柯式的捧出自己的心照亮人们前程的人深致敬意。是为序。

中国人民大学新闻学院教授

中国传媒经济与管理学会会长

喻国明

2011年9月21日

内容提要

在信息化的今天，媒介正在使"地球村"成为现实，媒介在生活中的重要地位越来越凸显。与其他产业不同，从经济属性看，媒介产业具有明显的"派生性"，也就是其更依赖于整个社会宏观经济以及社会相关产业，而不可能独立存在，这种特征存在于世界各国传媒的发展中。在美国，关于媒介和宏观经济的关系的零星研究已经有 100 多年的历史了，但直到 1972 年，关于媒介消费和宏观经济关系的正式假说"相对常数原则"（the Principle of Relative Constancy，PRC）才正式由美国传播学者麦库姆斯提出。其核心思想是，从长期看，一个国家或地区媒介消费占宏观经济的比例是相对稳定的。相对常数原则成为媒介消费研究中的主流框架，众多传播学者（也包括少数经济学者）在不同时间、不同国家持续地跟踪检验。

本研究在全面回顾前人关于媒介消费与宏观经济研究的基础上，发现相对常数研究存在如下缺陷：

第一是研究变量单一。大众媒介消费和宏观经济关系的研究自1972年后就一直在麦库姆斯的相对常数原则框架下展开，其研究基本上局限在麦库姆斯最初用的"媒介消费—宏观经济"模型中展开，极少将收入或GDP等以外的其他变量引入研究模型。但实际上，人的消费行为是复杂的，在一个多元化的社会里，消费不可能仅仅受某一单变量的影响。目前唯一纳入多变量的相对常数原则在比利时的检验正好证明了这一点，而在美国和其他国家还一直没有引入多变量模型。

第二是研究对象未与时俱进。从1972年直至今天相对常数原则下的媒介消费研究一直没有将电脑和互联网的消费纳入研究视野。但正是以互联网为代表的新媒介已经、正在并将继续改变着媒介生态的格局，它改变了传统的"传—受"格局，让人人都是传播者。互联网改变了人类的生活和思维方式，使个性化的自我价值实现成为社会追求的目标。互联网不仅仅具有传统大众媒介的功能，它还是一种全功能媒介，不断拓展自身的功能，也扩展了人们的想象。

第三是研究数据过于笼统。相对常数原则的研究基本都是基于全国媒介总消费和总的宏观经济（如GDP或全国总收入）的关系，缺乏从个体角度来剖析媒介消费和宏观经济的关系的研究。宏观数据虽易于获得，但它掩盖了个体差异。可以假设的是，不同受众（如不同收入或不同教育程度）的媒介消费特点应该是不同的，同样，人们在不同媒介上的消费特点也是不同的。另外，过去关于媒介消费和宏观经济关系的研究中，媒介消费主要集中于受众在媒介上的消费，而广告市场上广告主的广告投放受到的重视不足。

第四是研究范围过于狭窄。作为一个产生于市场经济发达的西方资本主义国家的媒介经济理论，相对常数原则在发展中国家的研究寥寥无几，在中国的系统检验更是空白，而发展中国家蓬勃发展的媒介消费研究应该具有较强的理论价值和现实意义。

与以前相对常数原则的研究不同，本研究力争从下面几点做一些创新性探索，来研究媒介消费与宏观经济的关系：

从研究方法看，本研究突破了美国相对常数原则研究的单变量模型。根据相关文献，本研究尽可能纳入更多的宏观经济变量（本研究中美国研究选取了五个自变量，中国研究选取了七个自变量）来找出影响媒介消费的显著变量，同时鉴于宏观经济对媒介消费的影响可能存在滞后效应（即上年宏观经济影响下年媒介消费），本研究同时引入滞后自变量（宏观经济变量）和滞后因变量（媒介消费），并且在研究中最先尝试回归以外的其他方法（如方差分析），来检验不同时间段或不同受众群的媒介消费比例是否存在显著差异。

从研究对象看，本研究第一次在相对常数原则研究中将互联网作为大众媒介纳入媒介消费对象，重点检验互联网时代媒介消费占GDP的比例相对于前互联网时代是否显著增长，这种变化与以前媒介发展的历史演变中所出现过的各种"新媒介"（如电视、有线电视和录像机等）相比有什么不同。同时，本研究不仅从宏观角度（全国总的媒介消费），而且也从中观角度（不同媒介、不同受众和一国内不同地区的媒介消费）来检验相对常数原则的适应性。鉴于媒介的二次售卖特点，本研究中的媒介消费同时包括受众在媒介上的消费和广告主在媒介上的广告投放。但鉴于两者的影响变量不同，因此分开研究，这与过去主要研究受众的媒介消费不同。

从研究范围看，本研究除立足美国外，还力争突破相对常数研究主要局限在以美国为代表的西方国家的圈子，研究中国改革开放后的媒介消费和宏观经济关系，作为与单纯局限于欧美研究相比照的一种理论拓展。

在改进了的相对常数原则的研究框架下，本研究首先检验了美国 1929—2007 年媒介消费和宏观经济的关系，重点关注了互联网对媒介消费的影响，并研究了影响媒介消费的宏观经济变量。接着通过中国改革开放后媒介消费和宏观经济关系的研究，检验了相对常数原则在中国的适应性和影响因素，原创性地研究了媒介消费与多种宏观经济变量的关系，并比较了在不同社会制度和经济发展阶段的国家，其媒介消费和宏观经济关系的异同。

全书共分 7 章，主体部分研究美国的媒介消费和宏观经济的关系。全书依次回顾了"媒介消费—宏观经济"关系研究的发展历程，交代了本研究的研究框架，阐述了研究方法，报告了研究结果，陈述了研究结论，同时从跨时间（1981—2006）、跨媒介（报纸、杂志、广播、电视和互联网）和跨地区（31 个省份）的角度系统检验了影响中国媒介消费的宏观经济变量，最后总结了本研究的研究结论并比较了中美两国媒介消费与宏观经济关系的异同。

第 1 章为导言。本章包括四个方面的内容，首先交代了本研究的缘起，提出在"DIY"（Do It Yourself）时代，即全民出版、全民传播的时代，媒介消费在宏观经济中的份额是否会上升的问题。接着阐述了本研究的思路，本研究主要是基于媒介产业作为一种派生性产业进行的生态学思考。本章还界定了研究涉及的主要概念，主要是媒介消费和宏观经济的主要变量。最后本章简要交代了全书的篇章布局。

第 2 章是文献梳理与辨析部分。在美国的媒介经济学界，关于媒介消费与宏观经济关系的研究已有上百年的历史，特别是相对常数原则研究从 20 世纪 70 年代以来就一直是这一领域研究的主导框架。但是中国学者对这一西方背景下产生的媒介经济理论了解不多，因此系统全面的介绍是必要的。本章先后回顾了媒介消费与宏观经济关系的研究在美国研究的缘起和相对常数原则模型，接着辨析了相对常数原则的理论阐述和实证检验。在系统梳理相对常数原则的基础上，本章指出了传统相对常数原则的不足，探讨了相对常数原则研究的未来方向，由此确立了本研究的逻辑切入点。

第 3 章阐释了本研究的理论框架和媒介消费现实的结合点。美国是经济和媒介的超级大国，媒介演变史上的重要新媒介几乎都最先在美国出现并带来了重大影响；美国的媒介消费数据和宏观经济数据丰富，因此使之成为媒介消费研究的理想对象。在简要勾勒美国的媒介产业的发展和现状后，本章构建了本研究的研究框架，并提出了关于美国研究的两个研究假设和一个研究问题。

第 4 章探讨了本研究的逻辑进路与研究方法。相对常数原则重点关注的是媒介消费与宏观经济是否同步变动，主要是基于媒介消费数据和宏观经济数据等二手数据做定量研究。因此，逻辑进路和研究方法非常重要，而数据的收集整理和模型的建立又是本研究的核心。本章首先介绍了本研究的数据收集途径和方法，接着阐释了如何将原始数据进行转换，其主旨是为了消除物价上涨因素，将经济数据按照不变价格（本研究以 2000 年不变价格作为基准）进行转换，同时按照统计学的原则，将原始数据进行对数和差分转换，从而使研究模型更加科学稳健。本章根据研究假设和研究问题建立了研究模型，最后扼要阐释了本研究所使用的数据分析方法和手段。

第 5 章报告了基于美国数据的研究结果。本章的描述性结果主要用图表展示了媒介消费和宏观经济的关系，其次根据本研究提出的假设和模型得出了回归分析结果，最后根据这些结果提出了研究结论。本章首先检验了 1929—2007 年美国受众媒介消费和广告主广告投放的演变，发现在此期间，受众在大部分媒介上的消费和广告主在大部分媒介上的投放与对应的宏观经济都保持较为稳定的关系，也就是说相对常数在大部分媒介消费中是成立的。继而，本章通过多元回归发现 GDP 显著影响了广告主的广告支出，收入显著影响了受众媒介消费，滞后自变量（宏观经济）对当期媒介消费影响不显著，但滞后因变量（媒介消费）对当期媒介消费影响显著，说明媒介消费具有惯性。1993 年互联网作为大众媒介正式进入美国家庭后显著扩大了受众媒介消费占个人可支配收入的比例，但基本没有影响广告支出占 GDP 的比例。从不同的受众看，较高收入的受众在媒介上的支出占其收入的比例显著较低，较高教育程度受众在印刷媒介和电脑上的支出占收入的比例显著较高，而在娱乐、视听媒介上的支出占其收入的比例显著较低。

第 6 章从跨时间、跨媒介、跨地区的视角检验了相对常数原则在中国的适应性，研究了中国的媒介消费与宏观经济的关系。目前相对常数原则在中国媒介消费中的系统检验还是空白。本章首先回顾了改革开放以来中国经济和媒介产业的发展历程，并从跨地区

（31 个省份）的角度比较了中国的区域差异，接着提出了中国的相对常数原则检验的四个研究假设和一个研究问题，并且交代了中国研究的方法，包括数据收集整理、模型建立和数据分析。本章根据研究假设和问题提出了中国研究的五个结论。与美国不同，相对常数原则在中国（不同时间、不同地区和不同媒介）并不成立，本章最后由此总结出中国媒介消费和宏观经济关系的基本脉络和逻辑。

第 7 章为本研究的结论部分。根据本研究关于相对常数原则在中美两国的不同结论，指出相对常数原则并不是一个国际普遍规律，而倾向于在市场经济发达、媒介产业相对成熟的西方发达国家成立。本研究的结果表明，媒介消费占宏观经济的比例、影响媒介消费的宏观经济变量、互联网对既有媒介消费的影响在不同的国家、不同的社会发展阶段具有较大的区别。本章比较了中美两国媒介消费模式的异同，并尝试着提出了未来相对常数研究的方向。最后，本章给出了本研究的研究小结。

目　录

第 1 章
导　　言

　　一个国家或地区的媒介消费与宏观经济密切相关，大众媒介就像社会经济的一面镜子，社会经济的变迁都会反映在媒介经济的发展中。媒介消费是一种二元产品，在受众市场上表现为受众在各种媒介上的各种支出，在这个市场上媒介通过向受众出售内容来获得收入；在广告市场上表现为广告主在媒介上的广告投放额，这时媒介将受众的注意力卖给广告主。不同类别媒介主要依赖的市场差异很大，电视、报纸、广播等大众媒介主要靠广告市场盈利，如当前中国电视、报纸的收入主要来自广告，而杂志、书籍和电影则主要靠发行盈利。电影、书刊则主要靠在受众市场上卖内容来盈利，如杂志收入中发行收入往往占到70％；而有些媒介的收入构成居两者之间。因此从这个意义上看，媒介产业的实质就是媒介消费：受众的消费和广告主的广告投放。过去 80 年各种新媒介产品和服务涌入我们的生活，如收音机、电视机、有线电视、录像机、激光唱盘、电脑和互联网等等，每一种新的媒介进入家庭都会改变传统的媒介生态格局。每一种新媒介的到来首先会引起受众媒介消费的增加，起码在短时间里会刺激受众的媒介消费，也会吸引广告主。从广告市场上看，广告是媒介进行运转的经济保障，生产媒介产品硬件的厂家以及媒介机构当然希望受众能尽可能多地购买媒介产品和服务，希望广告主能够尽可能多地投放广告。但是在宏观经济总量一定的情况下，一个国家或地区广告主的广告投放不可能没有限制，广告主除广告活动外还有其他各种生产、销售成本需要支出，广告的目的是刺激消费，广告主投放广告首先是为了获取比广告成本更高的利润，要有利可图，因此广告投放同样不可能没有限制；另一方面，在过去和目前可以预见的社会中，衣食住行等很多生活必需品仍然是第一消费，对于一个普通的受众而言，其时间是有限的，人们的主要时间还是用来工作，即使休闲时间越来越多，其他各种娱乐休闲（如旅游、运动、晚会等等）也会占去大部分休闲时间，所以受众在媒介上的消费额应该是有极限的。

　　现在的问题是，到底受众的媒介消费和广告主广告投放的极限或者说"天花板"是什么？更具体的问题是，从长期看，一个国家或地区的受众花在媒介上的费用占其个人可支配收入的比重有多大？广告主的广告投放占一国经济总量多大的比例？这些比例是比较稳定的还是经常变动的？尤其是以互联网为代表的新媒体进入市场是否增大了媒介消费在宏观经济中的比重？从理论上看，既然受众的媒介消费和广告主的广告投放是有限度的，那么从实证层面来看，决定这种消费限制的宏观经济变量有哪些？这成为作者进入博士阶段学习以来一直关注的话题。关于媒介消费和宏观经济关系研究的这些议题在美国等西方国家早有研究，在媒介经济研究中，"相对常数原则"（the Principle of Relative Constancy，PRC）正是在探索这一问题的过程中形成的假说。相对常数原则指出，从长期看，一个国家或地区的受众和广告主在媒介上的支出是由其总体经济状况决定的，宏观经济的任何变化都会导致媒介支出的同步变化；同时，鉴于媒介消费与宏观经济的比例从长期看是较为固定的，所以为了分割这个固定的市场，一个国家或地区各媒体间近乎是零和博弈，受众或广告主在媒体间的消费呈现出明显的此消彼长的结构性变动（McCombs，1972）。相对常数原则的核心就是，媒介消费在国民经济中的比重是长期稳定的，但是从实证层面上，相对常数原则虽然得到一定的数据支持，但研究者却无法从理论层面证明为什么媒介消费占宏观经济的比重是固定的，并且随着各种媒介新技术进入市场，这种所谓的"常数"正在不断被打破。那么这种比例是否在逐渐上升？决定这个比例的宏观经济变量主要有哪些呢？这便成为本书所要揭示的问题。

1.1 研究缘起："DIY"时代媒介消费的历史观照

按照心理学家马斯洛（Maslow）的需求层次理论，人的需要是按照"生理需求→安全需求→归属与爱的需求→尊重需求→自我实现需求"的层次递进的，上一层次需求的满足是下一层次需求的前提与基础，在不同的社会发展阶段，人们的主导需求也是不一样的。在原始社会，由于大自然条件的恶劣和人们个体力量的薄弱，生存成为人们的第一需求，吃饭穿衣就是人们的基本生活诉求，这就是刚性需求。刚性需求可以理解为绝对需求，这个生活需求是人们生存不可或缺的，这个需求得不到满足，其他方面的满足就无从说起。那时候的人们基本上没有对大众传播信息的需求，人们获取信息主要是通过人际传播，获取信息是为了维持基本的生存。大众传播信息可有可无（实际上当时没有产生大众传播的经济和社会条件），信息需求只是一种"柔性需求"。随着社会的发展，交通越加便利，人们交往的范围越来越大，仅靠人际传播已经满足不了人们日益增长的交流需求了。人们越来越感到和自己生活圈之外的人交流的必要，交流越来越成为人们的一种生活诉求。公元前 500 年古罗马出现的新闻信、公元前 59 年于古罗马诞生的《每日纪闻》、16 世纪诞生于威尼斯的手抄小报（Gazzetta）都是顺应人们之间交流需求的产物。① 伴随着现代工业化和城市化②的发展，产品不再仅仅是用于自我使用的初级产品，用于商品交换的市场得以形成，这时人们需要和别人进行更多的交流，得到更多的关于产品供求的信息，广告业也因为产品的交换而勃兴，让人们更多地了解产品和服务，城市化和工业化导致人们对信息和广告的需求都增长了，现代报纸、杂志和其他媒介正是在城市化和工业化的背景下诞生的。政治组织也需要依靠大众媒介来传播自己的政治观点，获取群众支持。随着社会合作变得越来越重要，人们对信息和广告的需求也逐渐增长，并且这种需求会随着工业化和城市化水平的提高而增长，因此受众在媒介上的支出、商家在媒介的广告投放也增加了。

现代社会，社会变得越来越多元化，人与人之间、不同单位之间甚至国与国之间的交往和互动越来越频繁，整个世界变成了一个"地球村"，为了让人们了解外部信息，让整个世界和谐运转，大众传播不可或缺，离开电视、没有互联网、缺乏报纸、没有收音机等等，会让现代人感到茫然、无所适从，传播信息从前工业化社会的"柔性需求"越来越变得"刚性"起来。在现代社会，信息就像吃饭穿衣一样，逐渐成为人们的一种基本生活需求。

今天的社会群体变得越来越"碎片化"，人们的生活诉求变得越来越个性化，出于对受众个性化追求的尊重和对利益的追逐，大众传播媒介也逐渐将眼光转向普通大众，各种分众化传播机构日益增多，互联网的到来和发展更进一步加强了这种个性化的发展趋势，大众传播进入"微内容"时代，传统的大众传播自上而下的格局逐渐被颠覆，受众的主动权越来越被凸显出来。在这个"DIY"

---

① 参见郑超然、程曼丽、王泰玄：《外国新闻传播史》，9～10 页，北京，中国人民大学出版社，2000。

② 城市化在中国称为城镇化，但在研究中为了便于表达和比较，本书都使用城市化这一说法。

的全民出版、全民传播的网络时代，人人既是受传者也是传播者，传者与受传者的界限越来越模糊，从"前 Web"时代，到 Web1.0、Web2.0、Web3.0……一直到"WebX.0"，互联网不断升级，形成全新的人类交往体系，[①] 受众的"个性化"越来越得到彰显。2006 年美国《时代》周刊评出的年度人物就是"YOU"（你），即所有互联网上内容的使用者和创造者，即我们中的每一个使用和创造互联网内容的人。《时代》周刊指出个人正在成为"新数字时代民主社会"的公民。当个性化的自我价值实现成为社会追逐的目标时，这一主导性社会需求结构会不会反过来对信息消费的质与量提出新的需求呢？具体而言，大众媒介是人类社会工业化、城市化的产物，历史地看，媒介消费比人类的历史短得多，受众在媒介上的支出从无到有，从少到多。但是在整个前互联网时代，大众传播的"传—受"单线模式没有根本性的变化，传播者不断将信息和广告"推"向受众；在互联网时代，随着受众主动性的提高、传受者互动性的增强，人们对个性化的信息的需求开始膨胀，受众开始从海量信息中"拉"出对自己有用的信息。那么随之而来的人们的媒介消费模式是否会发生变化？或者更具体地说，传统媒介社会的消费比例是否只是媒介消费的一个基线（baseline）？今天的媒介消费到底是人们最基本的生活必需品消费还是更高层次的附加值消费？在恩格尔系数逐渐降低的现代社会，媒介消费占国民经济的比重会不会逐渐增加？哪些因素决定了媒介消费比例的变化？这便是本研究的深层追问。

1.2 研究思路：媒介消费作为"派生"产业的生态学思考

本研究的研究思路是源于对媒介作为一种"派生性"产品的思

---

① 参见喻国明、李莹：《"Web 圆桌"的演进及其社会效应——关于"WebX.0"发展逻辑阐释》，载《新闻与写作》，2008（10）。

考。从生态学角度看，大众媒介是社会的一个子系统（图1—1），与其他产业不同，作为第三产业，媒介消费具有很强的依附性，媒介消费依附于实体经济，依赖于整个宏观经济和其他产业的发展，是一种"派生性"产业。

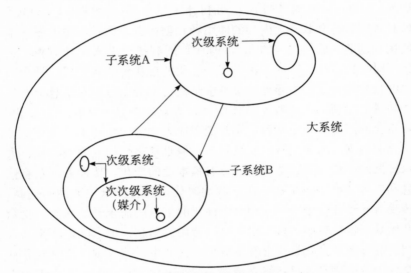

图1—1 媒介在社会生态结构中的地位

媒介消费的这种依附性特点在广告对宏观经济的依附性上表现得更明显，媒介广告对宏观经济的起伏具有明显的放大作用，对英国1952—1997年广告和GDP关系的分析发现，在经济繁荣的鼎盛时期，如1973年和1989年，广告占GDP的比例达到了最高点；而在经济周期的最低点，如1975年石油危机最严重的时候，广告支出降到了最低点。在经济繁荣期，广告总是以比GDP更快的速度增长，但在经济衰退期，广告下降的速度也更快。[①] 经济发展周期深深影响了广告业，在经济低迷时期，广告主减少预算，压缩广告投放，受众同样也会减少在媒介上的开销，如1929年开始的经

———————

① 参见〔英〕吉莉安·道尔：《理解传媒经济学》，33～34页，北京，清华大学出版社，2004。

济危机深深影响了美国的广告业，在经济危机的 1929—1933 年间，广告经营额连年下滑，从 1929 年的 2 850 亿美元跌至 1933 年的最低点 1 325 亿美元。[①] 从 2006 年底初现端倪的经济危机影响到了很多国家和地区的传媒业，尤以美国传媒业表现最为明显，据尼尔森数据显示，受金融危机影响，2009 年上半年美国广告收入比 2008 年上半年下降了 15.4%[②]，2009 年美国五大电视网广告收入也全线下滑[③]（表 1—1）。

表 1—1　　　2008—2009 年美国五大电视网广告收入

电视网	2008 年广告收入 （亿美元）	2009 年广告收入 （亿美元）	增长率 （%）
ABC	61.57	59.80	−2.9
NBC	53.89	44.36	−17.7
CBS	66.41	62.91	−5.3
CW	7.90	5.91	−25.2
Fox	45.88	44.35	−3.3

数据来源：Kantar Media.

中国媒介消费在这场经济危机中也未能幸免，据 CTR 市场研究的广告监测报告显示，2008 年前三季度，中国内地广告市场投放总额达到 2 604 亿元人民币，较上年同期增长 13%，但明显低于 2008 年首季度 17% 的增幅，呈放缓趋势。在媒体投放上，2008 年前 11 个月，电视、报纸、杂志、电台广告投放总额较去年同期均有不同程度增幅，户外媒体则表现欠佳，出现 4.05% 的负增长。[④]

从生态学角度探讨媒介消费与宏观经济的关系便是作者进入博

---

① See *U. S. Annual Advertising Spending Since 1919*，http：//www. galbithink. org/ad-spending. htm.

② See Nielsen：*U. S. Ad Spend Down 15.4% in 2009*，http：//www. brandweek. com/bw/content _ display/news-and-features/direct/e3i0d1b247e2040d9db3f5d39f0d068eb 7f.

③ See Brian Steinberg：*Most TV-Broadcast or Cable-Saw Ad Revenue Fall Last Year*，http：//adage. com/mediaworks/article? article _ id=142244 ♯data.

④ 参见蔡尚伟、王理：《直面金融危机 寻求传媒业发展机遇》，载《今传媒》，2009（5）。

士研究生学习后不久形成的一个研究兴趣和重点。带着这个研究兴趣，作者获得了去美国交流学习一年的机会，发现美国学者从19世纪80年代就开始探讨媒介消费和宏观经济的关系了，此时离大众化报纸出现的19世纪30年代（以1833年《纽约太阳报》的创办为标志）仅半个世纪。据作者所知，在美国研究媒介消费和宏观经济关系的文献以1972年麦库姆斯正式提出相对常数原则为标志，1972年之前基本上停留在对大众媒介和宏观经济数据的纯描述上，主要强调媒介消费占国民经济比重的"常数"状态。1972年相对常数原则正式提出以后，作为传播学者独立提出的第一个媒介经济学原理，相对常数假设经历了30多年的历次研究和不断争论，到了20世纪80年代以后，随着各种传播新媒介不断进入人们的生活，这个"常数"不断被突破，相对常数原则也因其缺乏理论基础、研究方法不统一等越来越受到学者的质疑。迄今为止，在美国关于媒介消费与宏观经济关系的研究一直沿用传统的"媒介消费（受众消费或广告投放）—宏观经济（主要是个人可支配收入或GDP）"单变量模型，到了20世纪末21世纪初，传统的相对常数原则研究开始寻找更广阔的视野，传播学者在研究媒介消费和宏观经济关系的时候更愿意暂时搁置"常数"，超越相对常数，从更开阔的视野来探讨影响媒介消费发展的宏观经济变量，同时将研究对象从单一的美国转向其他西方国家，在相对常数原则的发源地美国，这种研究反而式微了。但所有关于媒介消费—宏观经济关系的研究一直没有把当前最具革命性的大众媒介——互联网纳入研究范围，这使作者产生了从多变量视角研究美国媒介消费（包括互联网）和宏观经济关系的想法。从客观条件上看，美国既有研究的资料容易获得，数据资料丰富翔实，因此作者选择美国作为主要研究对象。虽然中国真正商业意义上的媒介消费起步较晚，数据较少，也缺乏系统的针对中国的媒介消费和宏观经济的关系研究，但作为一名对中国传媒产业发展现状怀有深切关怀的研究者，作者选择将中国的媒介消费和宏观经济关系模式作为对照进行研究。

选择美国和中国为研究对象进行比较也有现实意义。美国被选作研究对象首先是因为美国的媒介极为发达，几乎所有的现代媒介如广播、电视和互联网等都诞生于美国。美国是世界上第一大经济强国和媒介大国，其媒介经济的发展对其他国家具有较大的参考价值。其次是由于美国的相关媒介数据的丰富和可获得性。美国的经济统计机构——商务部经济分析局（the Bureau of Economic Analysis of the Department of Commerce，BEA）提供了历年来大众媒介消费的详细数据，美国商务部经济分析局、美国国家统计局（the Census Bureau）和美国劳工部劳工统计局（the Bureau of Labor Statistics of the Department of Labor，BLS）还提供了详细的相关宏观经济数据，美国知名广告公司优势麦肯（Universal McCann）提供了详细的各媒介历年广告数据，所有数据均涵盖1929—2007年整个研究期间（有些早期还没有进入市场的媒介如电视、录像、互联网等除外），从而让整个研究成为可能。中国被同时选作研究对象是因为作为最大的发展中国家，改革开放后短短30年，中国宏观经济和媒介消费均飞速发展，然而却很少有对两者关系的研究。这当然与中国媒介消费的历史短、数据不充分有关，但是不能因此就否认研究中国媒介消费和宏观经济关系的价值。把中国这个最大的发展中国家和美国这个最大的发达国家放在一起做比较研究，会对中国的媒介消费研究提供一些有价值的启示，对于其他跨国比较研究也具有一定的参考意义，研究结果不仅具有较大的理论意义，对中国媒介发展的实践也有较大的参考价值。限于中国数据的可获得性，中国研究时间跨度为1981—2006年。

1.3 概念的界定：从媒介消费到宏观经济

本研究中的媒介消费被定义为直接或间接拥有和经营广播电视台或广播电视网、节目制作与传输设备、有线电视系统或网络、报纸、杂志和书籍出版的公司。这些公司被统称为内容生产服务者或内容传送服务者（Alexander etc.，2004）。本研究的因变量媒介消费分为两部分，受众的媒介消费支出和广告主的广告投放。由于"传媒产业"的二次售卖特点——媒介机构首先将媒介内容售卖给受众，实现第一次售卖，再将受众注意力售卖给广告主，完成第二次售卖，因此"传媒产业"也具有双重市场：受众市场和广告市场。在受众的媒介消费市场上，本研究根据美国商务部的分类，尽可能与前人的研究保持一致，将大众媒介分为下列类别：（1）杂志、（2）报纸、（3）书籍、（4）电视、（5）录像机、（6）收音机、（7）电影、（8）有线电视服务、（9）录像带租赁、（10）电视机收音机维修服务、（11）计算机软硬件、（12）互联网服务、（13）其他①、（14）印刷媒介［包括（1）～（3）］、（15）视听媒介［包括（4）～（10）］、（16）新媒介（11 和 12）。由于受统计数据的局限，本研究中的中国大众媒介仅包括传统四大媒介（报纸、杂志、广播和电视）和互联网。中国缺乏具体的受众媒介消费数据，只能以城镇人均文化娱乐消费数据代替。在广告市场上，媒介消费即指广告主投放在上列媒介中的广告支出额，即广告主的广告投放费用。美国的广告支出包括在下列媒介中投放的广告额：（1）报纸、（2）期刊、（3）电视、（4）广播、（5）互联网、（6）印刷媒介［（1）和（2）］和（7）视听媒介［（3）和（4）］。其他类别的广告，如农场的出版物、黄页、直邮广告、户外广告等不在本研究的范围内，它们包括在"总广告"里，但不作为个体进行分析。中国的广告支出即报纸、杂志、广播和电视四大传统媒介加互联网的广告支出。如果笼统地讲"媒介消费"，则同时包括受众和广告主的消费之和。

实际上，"大众媒介"的定义是与时俱进的，传统的"大众媒介"的定义随着时间的演变逐渐过时，随着各种个性化的私人媒介如录像机、个人电脑、互动电视逐渐进入市场，传播媒介越来越变得小众化、个性化。如果"大众"只是代表整个人口的一大部分而不是指所有人口，那么诸如手机这样的电信设备也应该被纳入大众媒介，特别是随着手机报、手机电视的普及，手机也越来越具有大众媒介的功能。但限于受众和广告主在这些媒介上的支出数据难以获得，本研究并没有将其包括在内。按照媒介的物理属性，本研究中所指的印刷媒介是指报纸、杂志和书籍等纸质媒介，视听媒介是

---

① 指其他合法的娱乐（除体育）消费。

10

指广播、电视、有线电视和录像等媒介，虽然在媒介演变的每一个阶段都有各阶段的"新媒介"，但本研究重点分析电脑和互联网对媒介消费的影响，因此如无特别说明，本研究所指的"新媒介"即电脑和互联网，"传统媒介"即除电脑和互联网外的其他媒介。

本研究的重点并不是媒介消费的绝对额，而是媒介消费和宏观经济的关系，即媒介消费占宏观经济的比例，因为与广告主广告投放和受众媒介支出对应的宏观经济指标是不同的。根据以前对相对常数原则的研究，受众个人可支配收入显著影响了其媒介消费支出，GDP 则显著影响了广告支出，因此媒介消费占宏观经济的比例在受众市场上表现为受众的媒介支出占其个人可支配收入的百分比，即受众的媒介支出比例，本研究称之为受众媒介消费密度；在广告市场上，媒介消费比例表现为广告主的广告投放占 GDP 的百分比，即广告主广告投放的比例，该比例是媒介经济研究中衡量广告开发程度的一个重要变量，又叫广告开发度[①]。为保持统一，本研究中使用的比例皆为百分比。

本研究的解释变量为宏观经济指标，研究涉及的宏观经济变量较多，比较复杂，并且鉴于中美两国国情的差异，两国的宏观经济变量选取有所区别，具体操作化指标及其意义见本研究的研究方法部分（比较表 4—1、表 6—1 和表 6—2）。

1.4 研究架构：超越传统相对常数原则

本研究的分析框架将超越传统的相对常数框架，在相关文献回顾的基础上，本研究针对"媒介消费—宏观经济"关系研究的现状

[①] 关于广告支出占 GDP 的比例，在学界有不同的称呼，也有学者称其为广告发展阶段系数，见丁汉青：《广告流——研究广告的新视角》，载《国际新闻界》，2004（3）。另有学者称其为广告密度（Advertising Density），见 Wurff, R., Bakker, P. & Picard, R. G. (2008). Economic Growth and Advertising Expenditures in Different Media in Different Countries. *Journal of Media Economics*, 21 (1), 28-52。

作出评价，指出未来的发展趋势，同时提出超越传统相对常数原则的媒介消费和宏观经济关系研究的框架。

相对常数原则假设认为，媒介消费占宏观经济的比例是相对固定的（McCombs，1972），但后来的研究者指出，虽然经验数据证明了该比例长期处于较稳定的状态，但是作为一种假设，它缺乏经济学支撑，并且后来的研究也确实证明随着各种新媒介进入媒介市场，媒介消费占宏观经济的比例是上升的而非不变的，并且此前关于媒介消费与宏观经济关系的研究基本没有将互联网纳入媒介消费进行分析。鉴于互联网对媒介生态以及对人们的生活、生产和学习产生的巨大影响，且在媒介消费和宏观经济关系的研究中，一直没有将互联网作为一种大众媒介纳入进来进行研究，因此本研究将检验最具革命性的新媒介——互联网对受众媒介消费或广告主广告投放有没有显著的影响，即互联网的到来有没有显著提高中美两国受众的媒介消费在个人可支配收入中的比例或广告主的广告投入在GDP中的份额。

本研究其次要解决的问题是揭示受众的媒介消费和广告主的广告投放的影响因素。传统的相对常数研究主要是检验常数成立与否，但另一重要的研究议题多被忽视，那就是既然媒介消费与宏观经济紧密相关，平行发展，那么影响媒介消费的宏观经济变量究竟有哪些？都潘（Dupagne，1997b）在比利时的研究发现，价格和人口显著影响了媒介消费，但是在美国的相对常数研究中，一直没有引入除个人可支配收入、总消费额、GDP等以外的宏观经济变量，在中国更是缺乏相应的研究，本研究试图在此作个尝试。

本研究要解决的第三个问题是从个体层次（即不同媒介、不同地区和不同受众）检验媒介消费和宏观经济的关系。传统的相对常数原则研究基本上是从某个国家或某些国家的宏观层面来展开的，但是不同的媒介有不同的属性，有的是偏倚时间的（如广播和电视），有的是偏倚空间的（如报纸和杂志）；有的是媒介产品（如电视机、录像机），有些则是媒介服务（如有线电视、互联网等）；有的主要依赖广告盈利（如大多数电视、报纸），有些主要依靠内容盈利（如书籍、电影）；收入或受教育程度不同的受众在媒介上的消费模式也是不同的；不同经济发展水平地区的媒介发展水平差异也很大……这些不同导致了受众在不同媒介上的消费以及广告主在不同媒介投放广告的差异。从受众群体看，具有不同人口统计特征的受众（主要是不同教育程度和不同收入者）应该有不同的消费行为，具体到本研究关注的受众媒介消费上，不同受众的媒介消费也应该是有不同的，那么不同受众的媒介消费有什么不同的特点呢？收入和受教育程度是最重要的两个人口统计学变量，因此本研究的美国研究中以这两个变量进行分类来研究不同群体受众媒介消费的不同，主要是检验不同群体受众媒介消费比例的差异。

到目前为止，媒介消费和宏观经济关系的研究还极少涉及发展中国家[①]，因此本研究想解决的最后一个问题就是从比较的角度来检验中国的媒介消费和宏观经济的关系，并比较在不同制度和发展阶段中影响媒介消费的显著变量。

本研究力争从下面几点对媒介消费和宏观经济关系研究作出贡献。从研究方法看，本研究突破了传统相对常数原则研究的单变量模型。鉴于媒介消费的复杂性，在一个多元化的社会里，纯粹用个人可支配收入或 GDP 并不能完全解释受众的媒介消费或广告主的广告投放，本研究将根据文献回顾尽可能地纳入更多的宏观经济变量来找出影响媒介消费的显著变量。从研究对象看，本研究第一次在媒介消费和宏观经济关系研究中将互联网作为一种大众媒介纳入媒介消费，重点检验互联网时代大众媒介的消费比例比前互联网时代是否有显著提高，如果是，本研究将研究与以前媒介演变中出现的各种"新媒介"——如广播、电视、有线电视和录像机等相比，互联网的影响有什么不同。从研究范围看，本研究除立足美国研究外，还突破了这类研究主要局限在美国的圈子，跳出西方国家来关照作为发展中国家的中国的媒介消费和宏观经济的关系，作为与美

---

① 笔者检索的公开发表的中英文文献只有关于相对常数原则在韩国的检验，但是作为亚洲"四小龙"之一的新兴国家韩国，并不能作为发展中国家的代表。见 Kim, S. (2003), The Effect of the VCR on the Mass Media Markets in Korea, 1961—1993. *Journal of Asian Pacific Communication*, 13 (1), 59 - 74。

国研究的对比和参照。最后，本研究从个体角度（不同媒介、不同受众和不同地区）来检验媒介消费和宏观经济的关系。

本研究的难点有以下几点：

首先是数据的收集和整理工作较为繁重。本研究用的所有数据均为二手数据，包括中美两国媒介消费和宏观经济指标的时间序列数据，美国研究涵盖 78 年（1929—2007），中国研究涵盖 25 年（1981—2006），涉及变量几十个（见表4—1、表6—1 和表6—2）。另外，本研究还包括 1977—2007 年美国不同收入或受教育程度不同的受众的媒介消费数据，以及中国 2005—2006 年 31 个省份的媒介消费和宏观经济数据。这些数据时间跨度长、范围广，各种数据非常分散，需要从各种途径（包括政府机关、国际组织、调查公司和个人渠道等等）获取。鉴于本研究使用的主要是时间序列数据，经济变量的时间序列数据需要消除价格变化因素才能反映实际变动，因此需要将相关经济变量转换成不变价格；有些数据是相对指标，如城市化率、工业化率等，需要根据原始指标进行计算；还有一些不同来源的指标存在差异，为了准确性还需要核对，因此整个数据收集和整理工作十分繁重。

本研究的另一难点是研究方法的挑战。分析媒介消费和宏观经济的关联性属于典型的计量经济分析，本研究使用的主要研究方法是计量经济学方法。这是一个对作者而言较新的学科领域，作者为准备研究经历了从自学到听课到应用计量经济方法三个阶段，其间耗费了作者大量的精力和心血，但在实际应用中仍然感觉需要进一步深入学习。

本研究的第三个难点是英文研究资料的消化、吸收和表达。本研究的主要数据、资料均来自美国，初稿也在美国用英文写成，英文文献阅读和写作也对作者构成了挑战。另外，本研究涉及学科门类繁多，除新闻传播学外，研究还涉及宏观经济学、微观经济学、计量经济学、消费行为学、社会学等学科，多学科背景也对作者提出了挑战。正如相对常数原则的提出者麦库姆斯在与作者的首次通信中就坦承的，虽然相对常数原则的研究是有趣的（interesting），但是这项工作对研究者的要求是苛刻的（demanding）。

本书共分七章，重点分析了美国的媒介消费和宏观经济的关系，全书回顾了媒介消费和宏观经济关系的研究历程，交代了本研究的研究框架，阐述了本研究的研究方法，报告了研究结果，讨论了研究结论。同时从跨时间（1981—2006）、跨媒介（报纸、杂志、广播、电视和互联网）和跨地区（31 个省份）的角度系统检验了相对常数原则在中国的适用性和影响中国媒介消费的变量。全书最后总结了本研究并比较了中美两国媒介消费与宏观经济关系的异同。

第 1 章为导言。该章包括四个方面的内容。首先交代了本研究的缘起。本研究主要基于在"DIY"时代，即全民出版、全民传播的时代，媒介消费在宏观经济中的份额是否会上升。接着阐述了本研究的思路，本研究主要是基于媒介消费作为一种派生性产业进行的生态学思考。该章还界定了本研究涉及的主要概念，媒介消费和宏观经济的主要变量，最后简要交代了全书的篇章布局。

第 2 章是文献梳理与辨析部分。关于媒介消费和宏观经济关系研究的相对常数原则研究在美国的媒介经济学界从 20 世纪 70 年代至 21 世纪初就一直是这一领域研究的主导框架，但是中国学者对这一西方背景下产生的媒介经济理论了解不多，系统全面地介绍相对常数原则是必要的。该章先后回顾了相对常数原则在美国研究的缘起和相对常数原则研究的模型，接着辨析了相对常数原则的理论阐述和实证检验。在系统梳理相对常数原则的基础上，该章探讨了相对常数原则研究的不足和改进方向，由此确立了本研究的逻辑切入点。

第 3 章阐释了本研究的理论框架和媒介消费现实的结合点。美国是媒介消费的超级大国，媒介演变史上的重要新媒介几乎都最先在美国出现并产生重要影响。美国的媒介消费数据和宏观经济数据丰富，这些数据成了研究两者关系的理想资料。作者在简要勾勒美国媒介消费的发展和现状后，构建了本研究的框架，并提出了关于美国研究的三个研究假设和一个研究问题。

第 4 章探讨了本研究的逻辑进路与研究方法。本研究主要基于媒介消费数据和宏观经济数据等二手数据做定量研究，其逻辑进路和研究方法非常重要，而数据的收集整理和模型的建立又是本研究的核心。本研究的主体部分即关于美国的研究涉及媒介消费变量（因变量）23 个，宏观经济变量（自变量）23 个，所有数据为美国1929—2007 年度数据（有些媒介出现较晚、极少数数据丢失除外）。本章首先介绍了本研究的数据收集途径和方法，接着阐释了如何将原始数据进行转换，其主旨是为了消除物价上涨因素，将经济数据按照不变价格（本研究以 2000 年不变价格作为基准）进行转换，同时按照计量经济学的原则，将原始数据进行对数和差分转换，从而使研究模型更加科学。本章根据研究假设和研究问题建立了研究模型，最后扼要阐释了本研究所使用的数据分析方法和手段。

第 5 章报告了基于美国的研究结果。本章的描述性结果主要用图表展示了媒介消费和宏观经济的关系，其次根据本研究提出的假设和模型报告了回归分析结果，最后根据这些结果提出了研究结论。本章首先通过多元回归方法试图找出影响受众媒介花费和广告主广告投放的显著解释变量（包括滞后变量），接着检验了 1993 年互联网作为大众媒介正式进入美国家庭后对受众媒介消费和广告主广告投放占宏观经济比例的影响，还检验了不同受众（不同收入、不同教育程度）的媒介开支占其个人可支配收入比例的差异。

第 6 章是从跨时间、跨媒介、跨地区的视角检验了中国媒介消费和宏观经济的关系。本章首先回顾了改革开放以来中国经济和媒介消费的发展历程，并从跨地区（省、自治区、直辖市）的角度比较了中国的区域差异，接着提出了研究假设和问题，并交代了研究方法，包括数据收集整理、模型建立和数据分析。本章根据研究假设和问题总结得出了中国研究的五个结论。本章最后由此总结出中国媒介消费和宏观经济关系的基本脉络和逻辑。

第 7 章为本研究的结论部分。根据本研究关于相对常数原则在中美两国的不同结论，指出相对常数原则并不是一个国际现象，本项研究的结果表明，媒介消费占宏观经济的比例、影响媒介消费的宏观经济变量、互联网对既有媒介消费的影响在不同的国家、不同的发展阶段具有较大的区别。最后，本章比较了中美两国媒介消费模式的异同，并尝试提出了未来媒介消费和宏观经济关系研究的方向。

第2章
媒介消费与宏观经济
关系研究回顾

　　媒介消费和宏观经济关系的研究可以追溯到 1884 年美国学者诺斯（S. N. D. North）关于"报纸增长的法则"的研究，接着美国出现了很多零星的相关研究，直到 1972 年"相对常数原则"（the Principle of Relative Constancy，PRC）成为媒介消费和宏观经济关系研究的一个分水岭。1972 年，当麦库姆斯正式提出相对常数原则这个概念的时候，也许他自己并没有意料到这个概念为媒介经济研究开辟了一个新的方向。虽然在此之前媒介消费研究和媒介经济学研究早已存在，但相对常数是第一次由传播学者独立提出的一个概念，从那以后就有很多传播学者进行相对常数的后续研究，甚至还吸引来了经济学者加盟（如

Wood，1986；Wood 和 O'Hare，1991）。一方面关于相对常数的理论研究提供了不同的视角（如 Noh &Grant，1997；Dimmick，1997），另一方面，关于相对常数的实证检验得出了不同的结论。早期实证研究较多支持相对常数（McCombs，1972；McCombs & Eyal，1980；Furlton，1988；Werner，1986），而后期研究则较多反对相对常数（Son & McCombs，1993；Son，1990；Wood & O'Hare，1991；Wood，1986；Dupane，1994；Dupagne，1997）。在 30 多年（1972—2008 年）的发展中，虽然有关于相对常数研究零星的评论和回顾（McCombs & Nolan，1992；Lacy &Noh，1997；Dupagne，1997a），但是缺乏一个较为系统的梳理。在学术界，相对常数原则的影响力不及麦库姆斯和他的合作者肖（Shaw）同年发表的议程设置理论，中国学者对议程设置理论较为熟悉，但是对相对常数原则了解较少。这里尝试对过去 30 多年关于相对常数原则的文献作一个回顾。

2.1 研究缘起：19 世纪报纸"增长的制约"

媒介消费和宏观经济关系的研究至今已有 100 多年的历史。1884 年美国学者诺斯分析了当时的统计普查数据并发现了"报纸增长的法则"，他指出媒介（当时仅指报纸）的发展存在着制约因素——宏观经济[①]；维利（Willey）和赖斯（Rice）基于美国 1930 年的普查数据指出个人可支配收入和早期收音机的扩散有平行的关系[②]；乔恩·G·安德（Jon G. Udell）也发现美国报纸的发

---

① Quated from McCombs，M. E. (1972). *Mass Media in the Marketplace*. Thuousand Oaks，CA：SAGE，p. 74.

② Quated from M. Willey，Malcolm & A. Rice，Stuart(1993). *Communication Agencies and Social Life*，New York：McGraw-Hill Book Co.

展与国家经济的发展是平行发展的关系[①]；雷利（Riley）等发现电视机的消费和宏观经济之间也存在这样一种密切的平行关系[②]；莱文斯根据自己的研究得出美国报纸发行量和国民收入以及整个经济的表现基本同步变化，他进一步指出广告占国民收入一个固定的比例[③]；另一个相似的研究利用 1918—1945 年的美国全国数据发现了收入变化和报纸发行量之间存在较为显著的相关（整个 25 年两者的相关系数是 0.472，如果去掉几个异常年份 1919 年、1941 年、1942 年和 1943 年后，其相关系数为 0.645）[④]；彼得森同样发现了 1929—1957 年美国报纸发行量和个人可支配收入之间的高度相关[⑤]⋯⋯这些研究都是以受众的媒介消费和宏观经济的关系为出发点，虽然那时候并没有提出相对常数原则，但是科学研究具有累积性，这些思想的火花和研究积淀为相对常数原则的提出奠定了基础。媒介消费和宏观经济的关系的明确观点是来自报纸出版商斯克里普斯（Charles E. Scripps）的两段话：

我们可以得到一个结论，虽然大众媒介变得更加复杂，特别是随着新媒介的进入，但宏观经济对其支持是固定不变的，相对于大众媒介内部的此消彼长，媒介消费和宏观经济是密切相关的。

这种经济对大众媒介的固定的支持是很明显的，大众传播业已经成为日常生活消费的一部分，就像吃饭、穿衣和住房一

---

① 该研究发现 1946—1969 年间报纸发行量增加了 127%，但是 GNP（按不变价格）同时期增加了 130%，转引自 McCombs, M. E. (1972). *Mass Media in the market*, p. 7.

② See W. Riley, John, V. Cantwell Frank, & F. Ruttiger Katherine (1949). Some Observation on the Social Effects of Television. *Public Opinion Quarterly*, 13, 226.

③ Quoted from J. Levin, Harvey(1954). Competition Among Mass Media and Public Interest. *Public Opinion Quarterly*, 18, 62－71.

④ See V. Kinter, Charles. Effects of Differences in Income on Newspaper Circulation. *Journalism Quarterly*, 22, 225－27.

⑤ See Peterson, Wilbur(1959). Is Daily Circulation Keeping Pace With the Nation's Growth? *Journalism Quarterly*, 36, 12－22.

样。这种稳定性表明大众传播业已成为人们生活中必备的一个部分，尽管人们对于媒介的选择是千变万化的。（Scripps，1959）

在这项研究中，作者详细列举了 1929—1957 年近 30 年的媒介消费和宏观经济的统计数据，并做了简单的描述。但是他没有做任何深入的分析，正如作者所言，他希望其后人能够完成剩下的工作，而这项工作到 1972 年由麦库姆斯完成。1972 年，麦库姆斯在其开创性的专著《市场中的大众媒介》（*Mass Media in the Marketplace*）中正式提出相对常数原则。作者承认，正是上面的两段话启发他去研究媒介消费和宏观经济的关系。麦库姆斯分析了美国 1929—1968 年近 40 年的媒介消费（分别指受众的媒介支出和广告主的广告支出，主要指前者）和宏观经济的关系，发现以当期价格计算，40 年间受众的媒介支出占其总消费支出的比例平均为 3.04%，标准差为 0.19%，媒介总消费（包括受众和广告主支出）占国民收入的平均比例为 5.24%，标准差为 0.71%。另外，受众或广告主在不同媒介上的支出之间呈零和竞争的消长关系，如 20 世纪 40 至 50 年代，电影票房收入的下降正好伴随着电视的扩散。由此作者得出两条规律：一是从长期来看，一个国家受众或广告主的媒介消费水平是由国家的宏观经济水平决定的，宏观经济水平的任何变化都将导致媒介支出产生相应的变化，即媒介消费占宏观经济的比例在长时期内是相对稳定的（被称为常数假设，Constancy Hypothesis）。在该专著中，常数假设主要是通过偏相关获得支持。另外，既然媒介消费在宏观经济中的比例相对稳定，那么不同的媒介支出呈现此消彼长的竞争关系（被称为功能均等假设[1]，Functional Equivalence Assumption），这个结论主要通过不同媒介消费比例的变化图得以证实。这两个结论一起合称为相对常数原则（图 2—1）。

---

① 作者在这里从德弗勒尔（DeFleur，1970）的书中借用了功能均等概念。See Melvin L.，DeFleur（1970）. *Theories of Mass Communication*，New York：David Mckay Company。

20

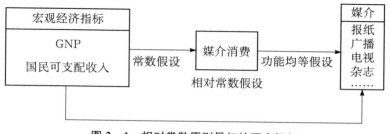

图 2—1　相对常数原则最初的研究框架

2.2 研究模型：从一元到多元、从静态到动态

1959 年以前关于媒介消费和宏观经济关系的零星研究主要采用比例的描述或简单相关描述。在斯克里普斯 1959 年最初提出的媒介消费和宏观经济固定关系的研究中，作者主要也是通过受众媒介支出和广告额占宏观经济（如总消费）的比例来描述的。麦库姆斯 1972 年提出相对常数这个概念的时候，也主要是通过比例的描述来表达相对常数的概念的，通过媒介消费额或广告额占宏观经济的比例和时间（如 1929 年＝1，1930 年＝2，1931 年＝3 等）的偏相关（引入通货膨胀率、人口数等作为控制变量）来检验相对常数原则，即如果时间和媒介消费之间呈零相关（即没有明显的趋势），则意味着相对常数成立。作为一名经济学者，沃德和欧赫尔（Wood，1986）从计量经济学的角度提出了一些方法上的改进，他指出，麦库姆斯用时间和媒介消费的零相关未必意味比例恒定不变，也有可能媒介消费占宏观经济的比例随着时间大起大落。更重要的是，沃德进一步提出了相对常数研究的两个基本模型：收入份额模型（$M_t = A_0 + A_1 Y_{dt} + u_t$）和时间趋势模型（$M_t = B_0 + B_1 D_t + B_2 Y_{dt} + u_t$），其中 M_t 是媒介消费，Y_{dt} 是个人收入，D_t 为时间（如果研究期限是 1929—1988 年，那么 1929 年＝1，1930 年＝2，1931 年＝3，以此类推）。在收入份额模型中，如果 A_0 等于 0（即媒介消

21

费的比例没有随着时间上升或下降），则表示回归直线穿过回归坐标轴原点，媒介消费 M_t 占个人可支配收入 Y_{dt} 的比例是固定的，相对常数原则成立；在时间趋势模型中，如果 B_1 等于 0，则表示因变量 M_t 并不随时间的变化而变化，相对常数原则同样成立（Wood，1986）。从此，这两个基本模型被后来的研究者广泛接受和应用。

都潘和格林（Green）（1996）指出，相对常数研究中常用的两个模型——时间趋势模型和收入份额模型经常就同一数据得出不同的结论［如桑（Son）和麦库姆斯用时间趋势模型和收入份额模型研究美国 1929—1987 年的媒介消费，得出不同的结论］，因此作者强调必须有一个相对常数研究的基本模型。因为媒介消费和宏观经济数据多是时间序列数据，其最大的特点是数据不是随机分布的，而是在一段时期内表现出明显的上升或下降趋势，即数据表现出不平稳的趋势（平稳数据是指变量的取值并不随时间的延续而上升或下降）。如果用不平稳数据直接做回归分析，得到的回归误差的方差在不同的时间里是有差异的（即回归方程具有异方差性[1]），这时用传统的回归方程得出的结论就不准确，方程 R^2（即回归方程能够解释的因变量变异的百分比）往往很高，而 Durbin-Watson 值[2]很低。在计量经济学中将原始数据进行对数转换是消除异方差性常用的一种手段，差分（即从变量在时间 t 的取值中减去变量在时间 t_{-1} 或 t_{-2} 等的取值）可以将非平稳数据转换成平稳数据。作者对原始数据进行了自然对数转换和一阶差分（即从变量在时间 t 的取值中减去变量在 t_{-1} 的取值），这样经过自然对数转换并一阶差分后的模型更具有内部有效性[3]。Δln 媒介消费 ＝ β_0 ＋ β_1 Δln 个人可支配收

---

① 异方差性（Heteroscedasticity）是为了保证回归参数估计量具有良好的统计性质，经典线性回归模型的一个重要假定是：总体回归函数中的随机误差项满足同方差性，即它们都有相同的方差。如果不满足这一假定，则称线性回归模型存在异方差性。

② 用于检验回归残差自相关的一种统计方法，名称取自其两位倡导者，即英国统计学家詹姆斯·杜宾（James Durbin）和澳大利亚统计学家杰弗里·瓦特森（Geoffrey Watson）。

③ 这方面的讨论可以参见 J. M. 伍德里奇的《计量经济学导论：现代观点》（中国人民大学出版社）或相关计量经济学教材。

入+e。如果 $\beta_0=0$ 并且 $\beta_1=1$，则常数假设成立；如果 $\beta_0 \neq 0$（但 $\beta_1=1$），表示媒介消费相对个人收入在变动，媒介消费相对于收入的比例可能随着时间上升（$\beta_0>0$）或下降（$\beta_0<0$）；如果 $\beta_1 \neq 1$（但 $\beta_0=0$），则表示该比例上升（$\beta_1>1$）或下降（$\beta_1<1$）；如果 $\beta_0 \neq 0$ 并且 $\beta_1 \neq 1$，那么该比例则表现出复杂的变动趋势（Dupagne & Green，1996），所以用该模型作为相对常数研究的基本模型具有许多优势。

都潘还是第一位超越传统的二元变量来研究相对常数原则的学者，在上述基本模型的基础上，他引入了更多的宏观经济变量（除了收入外，还包括价格、人口、利率和失业率），并引入了滞后变量（即动态模型）[①]，他用这个模型检验了1953—1991年比利时的媒介消费和宏观经济的关系，结果发现价格和人口比收入更能预测受众的媒介消费，并且发现滞后变量（包括滞后自变量和滞后因变量）也能在很大程度上解释媒介因变量消费变异的方差（Dupagne，1997b），这拓展了相对常数研究的视野。

诺（Noh）和格兰特（Grant）不仅仅检验了相对常数成立与否或媒介相对消费比例增长还是下降，而且还指出研究不同媒介（尤其是新媒介）对媒介消费增长的贡献程度更有价值，他们提出常数指数 $IC_{(t)}$ 和媒介增长贡献指数 $DC_{(t)}$ 的概念，即 $IC_{(t)}=MM_{(t)}-PC_{(t)}$，其中 $IC_{(t)}$ 为常数指数，$MM_{(t)}$ 为媒介消费的变化百分比（%），$PC_{(t)}$ 为个人消费变化百分比，t 表示年份。如果 $IC_{(t)}$ 为0，则表示常数假设成立。另外他们提出媒介增长贡献指数，即某一种媒介对总的媒介消费增长的贡献：$DC_{i(t)}=MC_{(ict)}/TI_{(t)}$，其中 $DC_{i(t)}$ 表示媒介 i 对总的媒介消费的贡献程度，$MC_{i(t)}$ 为媒介 i 的消费增长额，$TI_{(t)}$ 为总的媒介消费增长额（Noh & Grant，1997），但这两个公式并没有得到其他学者的广泛应用。

相对于常数假设的检验，功能均等假设的研究方法相对简单，主要是通过不同媒介消费比例的分布图来看其是否呈此消彼长的关系。

综上所述，相对常数研究从最初的媒介消费占宏观经济的固定

[①] 利率有负值，不能转换成对数形式。

比例这一点出发，其研究范围不断扩大。从纵向看，这一研究主要沿着两条线：检验长时期内受众的媒介消费支出占国民收入的比例和广告主广告支出占GDP的比例是否稳定（主要是前者）；从横向看，相对常数研究突破了仅限于美国的单一宏观经济变量（如GDP、国民收入等）的研究，研究者在其他西方国家深入研究媒介消费和宏观经济的关系时还纳入了其他宏观经济变量，力图寻找影响媒介消费的宏观经济变量。

2.3 实证检验：从"相对常数"到"相对变异"

从麦库姆斯1972年正式提出相对常数概念以来，有很多后续研究。麦库姆斯和艾耶（Eyal)(1980) 将研究时间段延伸至1968—1977年，证明了他们8年前提出的结论：相对常数在这10年时间内仍然得到证明，读者书籍消费的下降与杂志消费的上升是同步的。[①] 根据常数假设，媒介消费占宏观经济的比例在较长时间内保持稳定，那么在不断变化的媒介环境中这个比例仍然保持稳定吗？福勒特（Fullerton）在相对常数的框架下详细研究了美国1948—1962年电视的扩散模式，发现电视机进入市场伴随着受众对既有媒介消费的下降，结论仍然支持相对常数原则。

沃德（Wood，1986）最先质疑了相对常数的正确性，他发现相对常数在长时期（1929—1981年）内成立，但在其中两个十年内偏离常数。接着沃德和欧赫尔（Wood & O'Hare 1991）将研究的时间段延长至1929—1988年，检验了在此"录像革命"（即20世纪80年代大部分美国家庭都拥有录像机设备）环境中相对常数的适应性。正如沃德在1986年的发现，长时间较为稳定的相对常数掩盖了短时期的偏离（图2—2），1979—1988年媒介消费占总消

---

① 但是需要注意的是，麦库姆斯和诺兰（Mccombs & Nolan，1992）对于这个发现作了相反的解释，认为其相对常数并不成立。

费的比例增加了。作者解释这是由于录像新技术吸收了外来资金而不是削减了既有媒介消费份额。

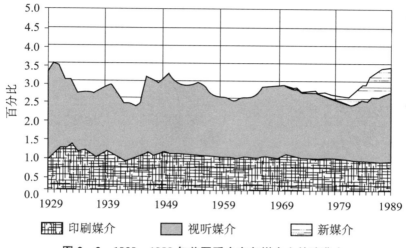

**图 2—2 1929—1988 年美国受众在各媒介上的消费占
个人可支配收入的百分比**

桑和麦库姆斯在有线电视、录像机、影碟和录像文字等传播新技术（尤其是前两者）迭出的媒介环境下重新审视了相对常数，用两种模型检验了 1929—1987 年美国的媒介消费，但结论有较大差异。结论指出，收入份额模型和时间趋势模型均支持 1929—1974 年的常数假设。时间趋势模型显示，1975—1987 年的媒介消费份额由于新媒介的进入而扩大了，收入份额模型由于存在自相关而不能做分析；时间趋势模型显示，1929—1987 年的媒介消费是增长的，而收入份额模型则支持常数假设；时间趋势模型显示，1929—1987 年的视听媒介消费是增长的，而收入份额模型支持常数假设；最后，两种模型都支持 1929—1987 年印刷媒介消费呈常数，两种基本模型都支持 1929—1974 年的所有媒介消费和 1929—1987 年的印刷媒介消费呈常数，而其他结果中两者并不统一（Son & Mc-Combs，1993）。

相对常数原则研究中的因变量媒介消费重点是指受众在媒介上

的花费，相对常数原则研究的重点也是关于受众花在媒介上的费用，而德莫斯（Demers，1994）专门研究了广告支出与宏观经济的关系，他在 1850—1990 年的年度数据中发现，广告相对于国民生产总值呈增长状态而并非相对稳定，但在 1929—1989 年的年度数据中，广告相对于国民可支配收入（NDI）的比例变化不大。作者解释，在结构越来越多元化的社会中，人们对信息和广告的需求在增长；同时指出相对常数原则隐含的假设——人们花在媒介上的时间是固定的，这是错误的。

格拉斯考克（Glascock，1993）检验了 1978—1990 年受众和广告主的媒介消费，重点考察了有线电视对既有媒介消费的影响，因为这期间是有线电视扩散的关键时期（其普及率从 17％扩散到 56％）。作者发现，受众和广告主的媒介消费占宏观经济的比例（GNP 和个人可支配收入）上升了，表明有线电视从非媒介消费中吸收了资金，这个发现与相对常数原则是不一致的。

如果相对常数原则能够被称作理论，那么它应该是普遍成立的，至少在媒介市场化的国家中应该适用，然而自 20 世纪 80 年代后相对常数研究在美国以外的研究结果多未证明相对常数原则。沃纳（Werner，1986）率先在美国之外检验了相对常数原则。她用挪威 1958—1982 年媒介消费和宏观经济数据得出结论，认为相对常数在这 25 年间是成立的。但是需要指出的是，沃纳仅仅用了 6 次调查的数据，而不是年度数据。文章没有假设，同时她也没有用回归等方法做分析，研究结果仅仅是一个关于媒介消费比例的描述。

在基于英国的研究中，都潘证实了长时期（1963—1989 年）内常数的存在，但由于录像硬件和软件的进入，20 世纪 80 年代英国受众的媒介消费占个人可支配收入的比例呈上升趋势。他指出，在英国受众媒介消费呈两步演进：早期呈稳定发展，后期表现为持续增长（图 2—3）（Dupagne，1994）。

1996 年以前，关于媒介消费的研究基本都是关于其与宏观经济（比如国民收入或个人可支配收入）关系的研究，并且几乎所有的研究都在麦库姆斯（1972）相对常数研究的框架下进行。都潘是

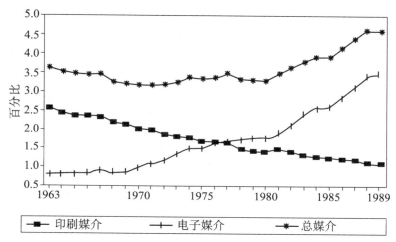

图 2—3　1963—1989 年英国受众的各媒介支出
占个人可支配收入的百分比

第一位超越传统相对常数研究框架来研究媒介消费与宏观经济关系
的学者。都潘和格林（1996）深入分析了 1953—1991 年比利时受
众媒介消费和宏观经济的关系演变，指出相对常数在长时期内并没
有得到支持。都潘还以功能均等假设作为研究框架，评估了三种传
播新技术（彩色电视、有线电视和录像机）对既有媒介市场的影
响，研究结果显示，由于采用这些新技术，受众增加了在媒介上的
消费，新媒介并没有从既有媒介中转移出资金，个人可支配收入用
于媒介消费的比例从 1970 年的 1.8% 增长至 1991 年的 3.4%（图
2—4），三种新的传播技术为这种增长贡献了 56%，功能均等假设
没有得到证实（Dupagne，1997c）。

　　现有中英文文献中，作为唯一一项在发展中国家进行的相对常
数原则检验，金（Kim，2003）检验了韩国 1961—1993 年受众媒
介消费和宏观经济的关系。该研究引入了媒介的市场份额（媒介市
场消费额/GNP）、市场弹性（△媒介市场/△GNP）和不同媒介的
交叉弹性（△媒介市场/△录像机市场）等概念。研究发现，韩国
的媒介市场由于录像机的进入而不断增长，相对常数原则在这 33
年间没有得到支持，但是在录像机进入韩国市场之前（1961—1982

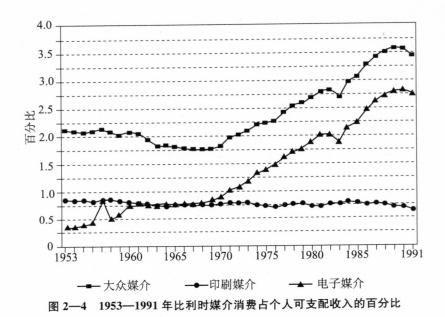

图 2—4　1953—1991 年比利时媒介消费占个人可支配收入的百分比

年）相对常数原则是成立的（图 2—5）。但该研究存在很多局限，如数据不完整，媒介消费数据仅包括四大主要媒介（报纸、电视、电影和录像机）的软件消费，并且将广告主的广告消费和读者征订费加在一起作为因变量是不合适的。

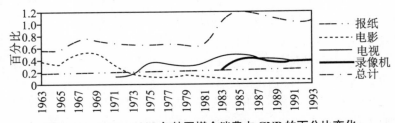

图 2—5　1961—1993 年韩国媒介消费占 GNP 的百分比变化

　　相对常数原则最初是指一个国家的媒介消费和宏观经济在长期内保持稳定的关系，但是后来的学者不断延伸其研究范围，研究越来越多元化，突出表现在研究地区的拓展。

　　张（Chang）和陈（Chan-Olmsted）检验了 1991—2001 年相对

常数在 81 个国家的适应性，结果显示 70 个国家（另外 11 个国家因为缺乏时间序列数据而不能作分析）中 23 个国家通过了收入份额模型，10 个国家通过了时间趋势模型，7 个国家通过了 2 种模型，30 个国家没有通过任一常数模型，由此表明相对常数并不是一个国际现象，并且相对常数原则更倾向于在发达国家成立。此外，两位作者还在 2001 年这个固定时点上横向检验了不同国家是否存在相对常数。虽然从总的广告支出看相对常数并不存在，但 81 个国家中的某些媒介（如电视、杂志、电影）的广告额相对于 GDP 的比例是稳定的，表明经济对广告支出的影响在不同的媒介间是变化的（Chang & Chan-Olmsted，2005）。

沃夫等用 21 个工业化国家（均属经济合作与发展组织）1987—2000 年的广告额和 GDP 数据检验了相对常数原则。研究结果不支持相对常数原则，广告开发度在不同的国家、不同的时间内都是变化的，并且各媒介广告之间也并非此消彼长，因此也不支持功能均等假设（Wurff，Bakker & Picard，2008）。

与跨国研究视角不同，拉西（Lacy，1987）在一国局部范围内检验了相对常数原则，他检验了 1929—1948 年美国 72 个大城市中广播产业对报纸的影响。作者发现，在地区层次上，相对常数原则在不同的地区并没有得到支持，相比该研究的结论，更为重要的是，与传统研究不同，作者尝试从小地方角度来研究相对常数。

两个关于相对常数的个案研究正好产生了相反的结论。卡罗（Carroll，2002）发现，家具行业出版物《今日家具》的电子邮件新闻订户并没有减少其花费在印刷版杂志上的时间，该结论与传统相对常数原则相悖；艾及（Edge，2004）则用相对常数框架分析了新加坡一份试发行的小报《事业眼球》的失败。虽然有很多因素导致该小报的失败，但作者强调其失败也部分归因于相对常数原则中规定的经济限制。

传统的相对常数研究都集中于一个国家的媒介消费总额，而格列柯（Greco，1998）只研究了一种媒介（书籍）的消费，他在相对常数框架下研究了美国 1984—1994 年书籍的消费。结果显示，读者书籍消费占国内消费总额（Domestic Consumer Expenditure，

DCE）的比例明显增加了。

前述的关于相对常数原则的实证检验得出的结论并不是统一的，有些研究支持相对常数原则，更多研究则反对相对常数原则；有的研究证明相对常数在长时期内是成立的，但是在短时期内是不成立的，或者随着新技术的进入，特别是 20 世纪 80 至 90 年代以后，随着新媒介进入市场，媒介消费多呈增长趋势而并非保持相对稳定（表 2—1）。

表 2—1　　　　相对常数原则实证检验汇总表（1972—2008）

论文年份	因变量	自变量	研究时期	国家	常数假设	功能均等假设	研究者
1972	受众和广告主媒介消费	个人总消费（主要自变量）	1929—1968	美国	常数成立(约3.04%)	成立	麦库姆斯
1980	受众媒介消费	GNP、国民收入、平均家庭收入和总文化娱乐支出	1968—1977	美国	常数成立	成立	麦库姆斯和艾尔
1986	受众媒介消费	个人可支配收入	1929—1981	美国	长期内常数成立，短期内波动	未检验	沃德
1986	私人家庭媒介消费	个人总消费	1958—1982	挪威	常数基本成立	未检验	沃纳
1988	受众各媒介消费	无	1948—1962	美国	未检验	成立	福勒特
1991	受众媒介消费	个人可支配收入	1929—1988	美国	长期内常数成立，短期内波动	不成立	沃德和欧赫尔
1993	受众媒介消费	个人可支配收入	1929—1987	美国	1929—1974年常数成立，1975—1987年增长	不成立	桑和麦库姆斯

续前表

论文年份	因变量	自变量	研究时期	国家	常数假设	功能均等假设	研究者
1993	受众媒介消费和广告	个人可支配收入、GNP	1978—1990	美国	常数不成立	不成立	格拉斯考克
1994	全国广告支出	GNP、结构多元化、人口	1850—1990	美国	增长	未检验	德莫斯
		全国可支配收入	1929—1989		长期内常数成立，短期内波动	未检验	
1994	受众媒介消费	个人可支配收入	1963—1989	英国	常数成立（1963—1980），增长（1980—1989）	成立	都潘
1996，1997	受众媒介消费	个人可支配收入、失业率、人口、价格、利率	1953—1991	比利时	常数成立（1953—1970），增长（1971—1991）	不成立	都潘和格林
2003	受众和广告主媒介消费	GNP	1961—1993	韩国	常数成立（1961—1982），增长（1982—1993）	未检验	金
2005	广告支出	GDP	2001	81个国家	总广告常数不成立，部分媒介广告常数成立	未检验	张和陈
			1991—2001	70个国家	33个国家存在常数	未检验	
2008	广告支出	GDP	1987—2000	21个工业化国	常数不成立	不成立	沃夫（Wurff）、巴克（Bakker）和皮卡德（Picard）

理论探讨：为什么是"常数"

科学研究的目的不仅仅是描述现实（是什么），更重要的是挖掘出现象背后的原理（为什么）——为什么受众媒介总消费或广告主广告总支出相对于宏观经济固定不变？

在麦库姆斯最初提出相对常数假设的时候，他解释这是由于时间和金钱的"稀缺性"。他写道："他喝着马提尼酒，眼睛扫着报纸，同时听着立体声音乐，但是肯定有个极限……（这个极限的）决定因素是消费方的资源，也就是时间。"[1] 拉西和诺（1997）对相对常数研究进行了一次系统的理论回顾，他们指出，虽然相对常数从表面上看，其在理论上是完美无缺的，但其中隐藏着一个往往被人忽视的问题：用比例和绝对数进行测量具有很大的差别，为此作者质疑这个常数定义的准确性。如果是常数，那么媒介消费占宏观经济的百分比的变异应该是零，而百分比的微小变化实际上就代表了绝对数的巨大差异，比如说受众媒介消费占总消费的比例只有 0.19％的标准差，但从绝对数看它可能是 100 亿美元！而且，在媒介消费的常数原则背后缺乏可以解释的机制，即为什么媒介消费相对于宏观经济会稳定不变。[2] 作者指出，现存的经济理论可以为相对常数研究提供一些思路，包括需求理论[3]、产业组织模型[4]、视窗理论[5]、机会成本[6]和

---

[1] Quoted from McCombs, M. E. (1972). Mass Media in the Marketplace, p. 24, 63.

[2] Quoted from Lacy, S. & Noh, G. Y. (1997). Theory, Economics, Measurement, and the Principle of Relative Constancy. *Journal of Media Economics*, 10 (3), 3-16.

[3] 需求理论是指商品或服务的需求是其价格、替代者或竞争者的价格、人的消费倾向和收入的函数。

[4] 产权组织模型认为市场的结构会影响产品的效用。

[5] 视窗是指人们有很多媒介渠道获取信息和娱乐，每种渠道都有不同的价格，代表一个"窗"。

[6] 机会成本认为，计算媒介消费的时候，时间也应该计算在内，即如果消费者没有在媒介上花费时间的话能得到什么，这就是消费该媒介的机会成本。

零和游戏[①]。

迪密克（Dimmick）运用利基（Niche）理论[②]来分析"录像革命"导致的媒介消费份额的扩大。作者解释说，每种媒介都占有一定的利基市场，当既有媒介（如传统电视）提供的利基维度不能满足消费者需求的时候，消费者就要在新的媒介（如录像机）上投入额外资金来获得更大的满足，而有线电视和录像比传统电视更能满足消费者的需求，所以有线电视和录像刺激了受众媒介消费的增长（Dimmick，1997）。

大众媒介的每一次创新演变都为媒介消费与宏观经济关系的研究提供了难得的机会，诺和格兰特（1997）抓住这个机会，运用媒介功能性概念解释了录像机的使用导致媒介消费相对常数的偏离。首先从电视和录像机比较的角度，作者指出两者消费增长模式的不同：电视是既有媒介（如电影）的功能替代者，而录像既是已有媒介的功能竞争者也是旧媒介的互补者——在录像机扩散的早期阶段，它主要是互补者，而在后期，它变成了现存媒介的功能替代者，特别是录像机具有人际传播的功能，由此形成了录像机的功能双重性。作者进一步认为，只有在新媒介为原有媒介提供竞争性功能，也就是新媒介能完全取代原有媒介的所有功能时，相对常数原则才会成立，而当具有互补性功能的新媒介进入媒介市场后刺激了消费，相对常数原则是不成立的。不同媒介的消费并不是零和游戏，因为大部分新媒介的功能界限都是模糊的，新媒介不但能为原有媒介提供替代性功能（即竞争性功能），还能提供新创功能（即互补性功能）（Noh & Grant，1997）。实际上，媒介功能性可以看作和利基理论相近似的解释，但它比利基理论更有效。

总的看来，和实证检验相比，关于相对常数原则的理论探讨较少，这也是将来媒介消费和宏观经济关系研究的一个重要方向。

---

① 零和游戏认为，任一市场主体的所得必然等于另一市场主体的所失，市场总量是维持不变的。

② 利基理论是一个生物生态学的比喻，它具有三个关键概念：维度、宽度和重叠。

本研究切入点：充满现实关怀的理论追问

虽然相对常数原则为媒介消费和宏观经济关系研究开辟了一条新的道路，在 20 世纪 80 年代和 90 年代其研究达到鼎盛，但进入 2000 年后，相对常数研究骤然减少。相对常数原则的最大问题是该媒介经济理论缺乏理论基础，到底媒介消费占宏观经济的比例变异多大才能称之为"常数"？多少国家或地区在多长时间内媒介消费占宏观经济的比例是个"常数"？相对常数原则不能回答这样的问题。更为重要的是，这种常数背后无法找到理论支撑，因此相对常数原则只能是实证经验的部分总结，并且这种实证总结也并非在所有国家或地区、所有时间段都成立，所以不能称之为"理论"。按照莎菲（Chaffee）和伯格（Berger）提出的要求，一个传播学理论应该具备七个条件：（1）解释力；（2）预测力；（3）简洁；（4）可证伪性；（5）内部一致性；（6）启发性；（7）组织力。① 这里在简要总结相对常数研究的基础上提出未来媒介消费和宏观经济关系研究的方向，从而引出本研究的研究切入点。

2.5.1 研究方法多元化：从单变量到多变量、从描述到解释

在麦库姆斯（1972）用相对常数原则来论证媒介消费和宏观经济关系的研究中，主要使用比例描述以及相关分析等方法；用媒介消费占宏观经济的比例来描述相对常数原则比较直观，但未能从统计上进行假设检验。而麦库姆斯同时分析媒介消费比例与时间的相关系数，并指出零相关意味着该比例没有趋势，也就意味着相对常数是成立的。但沃德（1986）指出，麦库姆斯忽视了零相关也可

---

① See Chaffee, S. H. & Berger, C. R. (1987). What Communication Scientists Do? In Berger, C. R. & Chaffee, S. H. (eds.). *Handbook of Communication Science*, Beverly Hills, CA: SAGE.

能是不同年份之间媒介消费比例有较大的变动起伏引起的，而未必是比例保持稳定不变，并且他自己提出了相对常数研究的两个基本模型，即前述的收入份额模型和时间趋势模型。诺和格兰特（1997）提出了常数指数（$IC_{(t)}$），其公式为：$IC_{(t)} = MM_{(t)} - PC_{(t)}$，其中 $IC_{(t)}$ 为常数指数，$MM_{(t)}$ 为媒介消费的变化百分比，$PC_{(t)}$ 为个人消费变化百分比，t 表示年份，$IC_{(t)}$ 如果为 0 则表示常数假设成立。

研究模型的不统一导致同样的数据可能得出不同的结果（如 Son & McCombs，1993；Wood & O'Hare，1991），从而使其科学性大大降低，因此未来在研究媒介消费和宏观经济关系的时候，应该发展一个基本模型。都潘和格林（1996）在沃德（1986）收入份额模型的基础上提出了相对常数原则基本的计量经济学模型，该模型在对数据进行对数转换和一阶差分后更具内部有效性：$\Delta \ln$ 媒介消费 $= \beta_0 + \beta_1 \Delta \ln$ 个人可支配收入 $+ \varepsilon$，检验 $\beta_0 = 0$，并且 $\beta_1 = 1$。因为在进行对数转换和一阶差分后，变量和残差项都趋于稳定。同时这个基本模型可以避免用同样的数据进行检验，时间趋势模型与收入份额模型得出不同的结论（如 Wood & O'Hare，1991），并且由于相对常数原则指出媒介消费与宏观经济共同变化，所以收入份额模型将重点放在经济的影响上，使用收入份额模型也就更有道理。沃德（1986）也指出，在经济学中，收入份额模型应用更广泛。在较近的相对常数研究中，特别是重点研究广告与国民经济关系的研究更倾向于用收入份额模型（如 Demers，1994；Kim，2003；Chang & Chan-Olmsted，2005）。如果没有更好的模型，未来的研究可以基于这个对数和差分转换后的基本模型，在必要的时候做些修改（如可以添加人口、价格等控制变量；当研究广告消费的时候，自变量应为 GDP）。该计量经济模型如图 2—6 所示，如果常数成立，那么回归线将穿过原点，斜率为 1，如直线 A、直线 B 和直线 C 都表明偏离了常数。

与这个基本模型相关的另外一个问题是常数的定义。相对常数原则的核心概念是"常数"，即媒介消费占宏观经济的比例，具体说就是受众媒介消费占其收入的比例（通常是受众媒介消费占个人

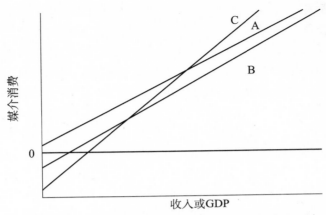

图2—6　媒介消费和个人可支配收入的关系（经一阶差分和对数转换后）

可支配收入的比例）或广告投放占GDP的比例。[①] 但由于各研究者在研究相对常数的时候使用的自变量和因变量不统一（表2—1），常数内涵很混乱。常数应该是指长时间内媒介消费占宏观经济的比例，问题是什么是媒介消费，什么又是宏观经济？比如，在麦库姆斯（1972）的最初阐述中，这个常数是3.04％，即按当期价格，1929—1968年消费者媒介消费占总消费的平均比例。就在这个阐述中，如果按当期价格计算广告主和受众的总支出占收入的比例，40年间的平均比例就变为5.24％，但在另外一篇文章中（Son &

---

①　一个国家或地区广告投放占GDP的比例又叫广告开发度，广告开发度的计算公式为：广告开发度（％）＝ $\dfrac{某国或地区广告额}{该国或地区同期\ GDP}$ ×100％。这是衡量一个国家或地区广告开发充分度和广告发展潜力的指标。关于广告占GDP的比例，在学界有不同的称呼，有学者称其为广告成熟度，见陈怀林、郭中实：《党报与大众报纸广告经营收入裂口现象之探析》，载台湾《新闻学研究》，1996（57）；也有学者称其为广告发展阶段系数，见丁汉青：《广告流——研究广告的新视角》，载《国际新闻界》，2004（3）；另有学者称其为广告开发度（advertising density），见 Wurff, R. Bakker, P. & Picard, R. G. (2008). Economic Growth and Advertising Expenditures in Different Media in Different Countries. *Journal of Media Economics*, 21 (1), 28−52；还有学者称之为广告对GDP的贡献率，见覃树勇：《中国广告业与宏观经济关系初探》，厦门大学硕士论文，2008；还有称之为广告开发系数的，见《中国传媒发展指数》课题组：《宏观经济与广告市场：影响及规律的实证分析》，载《国际新闻界》，2008（1）。

McCombs，1993)，当计算 1929—1974 年按 2000 年不变价格计算的受众媒介支出占个人可支配收入的比例时，这一常数又变成了2.08％，如果计算广告总支出占 GDP 的比例、广告主和受众总支出占 GNP 的比例，或者按不变价格或按照当期价格计算，再改变时间段……这个"常数"的比例根本无法统一。

2.5.2 拓展研究范围：研究空间的扩张和分析对象的细分

从地理上说，研究媒介消费和宏观经济的关系应该走出西方，尤其是走出美国的圈子，应更多揭示发展中国家的媒介消费模式，相信如果数据可以获得，发展中国家相对常数的研究将会产生不同于西方国家的结果。除了可以进行跨国研究（如 Chang & Chan-Olmsted，2005；Wurff，Bakker & Picard，2008)，也可以对一国内部不同地区进行研究（如 Lacy，1987)，这些研究结果不但具有理论意义，还可以为媒介消费投资提供参考，这方面虽然有了一些探索，但还远远不够。

未来媒介消费和宏观经济关系研究可能取得突破的一个方向是从个体角度研究，这种个体包括不同受众、不同媒介。如不同经济水平或教育水平的受众其媒介消费是有区别的，特别是那些经济水平不同的受众（如沃纳发现低收入受众的媒介支出比例高于高收入者）。同样，不同媒介属性也会产生差异，比如沃纳发现：报纸和电视是必需品，但书籍、唱片、录像带和磁带则属于奢侈品（Werner，1986)，并且这种属性也是随着时间的变化而变化的，比如电视机在刚进入市场的时候属奢侈消费，当普及到普通大众家庭的时候，就变成了必需品。受众媒介消费可分为耐用媒介产品（如收音机、电视机）消费、非耐用媒介产品（如报纸和杂志）消费和媒介服务（如有线电视服务）的消费，它们有不同的经济来源，如电视的资金支持来源于广告，而电影的资金支持则依靠受众。所以未来关于媒介消费和宏观经济关系的研究可以在不同媒介、不同的受众层面展开。这样从研究对象的内涵、外延来深度、全面地研究媒介消费和宏观经济的关系，这无论是对媒介经济理论还是对媒介发展实践都会提供有意义的研究成果。沿着这种思路，本研究将从不同受众、不同地区和不同媒介的角度来检验媒介消费与宏观经济的关系。

今天大众媒介的整体生态环境发生了巨大的变化，这是个传媒技术不断创新的时代，互联网、高清电视、互动电视等相继进入市场。这对媒介消费与宏观经济关系的研究构成了一个挑战，即媒介的界限是什么？但起码当前最具革命性意义的媒介——互联网消费应该纳入到媒介消费中去并对其做深入的研究。虽然从相对常数原则于1972年被正式提出来以后，后续的相关研究几乎包括了所有主要的新媒介的影响（比如电视、录像、有线电视等），但遗憾的是，相对常数研究从没有包括互联网消费。因此本研究将互联网消费纳入媒介消费进行研究。

2.5.3　超越相对常数的媒介消费研究

在新媒介时代，相对常数原则还存在吗？如果媒介消费中有相对常数原则存在，那么这种原则更应该存在于其他生活必需品消费中，诸如食品、住房。麦库姆斯（1972）顺便分析了1929—1957年美国的食品和住房消费，也发现存在较为稳定的常数，这样的话，每一种商品或服务的消费都应该有相对常数。但实际上，经济学却很少研究某种具体的物品的消费和宏观经济的常数关系（Dupagne，1997a）。现存的可以解释媒介消费的理论并不能解释媒介消费和宏观经济之间的稳定关系，就像德莫斯（1994）指出的，"没有理由认为媒介消费随着时间的变化而保持稳定，尽管实证数据证明了这点"。总体经济中的固定比例适用于媒介消费，究竟是由于巧合还是由于背后有深层的机制和原因，需要进一步研究。由于社会的发展，恩格尔系数在下降，食品等生活必需品的相对支出在下降，包括媒介产品在内的非食品支出在上升，尽管媒介消费的增长是有限的，但在新媒介的环境中，这个常数应该不成立。

更重要的是，我们应该提出新的媒介消费的模型。据作者所知，自从20世纪以来媒介消费和宏观经济关系的研究就一直没有超越相对常数的框架。但过去的研究证明相对常数大多只获得部分支持，特别是在新媒介层出不穷的近期，更多的研究证明媒介消费的比例上升了。就连相对常数原则的开创者麦库姆斯和他的合作者在他们最近的关于相对常数的研究中也指出，由于有线电视、录像机的进入，1975—1987 年美国媒介消费比例上升了（Son & McCombs，1993）。鉴于媒介演变和竞争的复杂性，仅仅检验媒介消费相对常数成立与否过于简单，而应该将媒介消费研究从单一的相对常数的框架里解放出来。

从更广阔的视角来看，未来的相对常数研究应该纳入到整个媒介消费—宏观经济关系的研究领域中，跳出常数/非常数的圈子。如图 2—7 所示，媒介消费在宏观经济中有四种趋势，模式 A 是一种常数，各媒介间此消彼长，使媒介总消费水平相对于宏观经济在长时间内保持稳定，即相对常数原则最初认为的一种状态；模式 B 代表媒介消费随着时间的变化而增长或下降，特别是在新媒介不断加入的情况下更多地呈增长趋势；模式 C 表示媒介消费在一时段内保持固定水平，但是新媒介每次进入都会打破这种平衡，达到一个新水平，然后在下一种新媒介进入之前，媒介消费又会回归平衡，媒介消费是动态的演变，但是从长期看还是维持一个相对固定的水平的，从这个角度看，相对常数原则变成了"相对变异"原则，这更能代表媒介消费的实际情况；模式 D 表明媒介消费是完全随机的，上年与下年之间波动很大，不存在常数，媒介消费没有规律可言，实际上，在媒介消费发展成熟的社会里，这种情况是很少发生的。

未来媒介消费和宏观经济关系研究要考虑更多的变量，因为媒介消费不可能仅仅受某一个宏观经济变量（如个人可支配收入）的影响，同时媒介消费的模型中也应该包括滞后变量（$t-1$，$t-2$ 等变量），从而可以决定消费者对因变量的变化是立即作出反应还是有滞后期。都潘（1996，1997b）在对比利时的研究中发现，价格和人口比个人可支配收入能更显著地影响媒介消费，同时滞后变量的影响也显著。不过需要注意的是，在不同国家做媒介消费研究，应该纳入不同的变量（如财政收入、识字率和城市化率等指标对中国的媒介消费影响可能比美国更显著），本书关于美国的研究引入

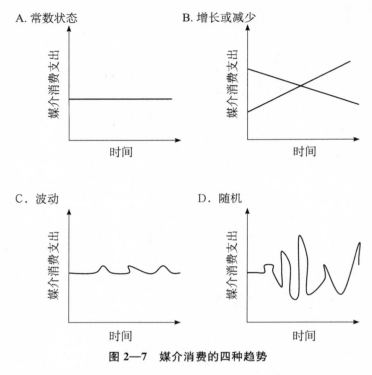

图2—7 媒介消费的四种趋势

的宏观经济变量包括收入/GDP、人口/家庭户数、失业率、利率和价格，在中国的研究中，引入的宏观经济变量包括收入/GDP、价格、城市化率、工业化率、失业率和恩格尔系数。

30多年前，相对常数原则的倡导者麦库姆斯（1972）在其专著《市场中的大众媒介》中断言，"最起码，它（相对常数原则）对其他研究者提出更准确更有用的媒介市场原理构成了挑战"。过去30多年中确实没有人提出一个更好的模型取代它，但现在媒介消费的研究者应该接受这种挑战了，本研究也算是应对这种挑战的一个小小的尝试。

第3章
现实背景下的理论框架

美国拥有世界上最大的传媒市场，过去几十年里其传媒产业持续发展，总体收入呈平稳上升趋势。据美国娱乐与媒介消费概况（Entertainment & Media Industry Overview）显示，2010 年度美国娱乐及传媒产业的总收入为 10 920 亿美元，2010 年度广告总收入为 1 664 亿美元，截至 2010 年年底，美国拥有的 FM（Frequency Modulation，调频广播）电台（包括教育台）达到 9 844 个，持有执照的 AM（Amplitude Modulation，调幅广播）电台总数达到 4 812 个，拥有执照的电视台 1 907 座，截至 2010 年 9 月，美国有线电视用户达 6 040 万户，数字电视用户达 4 440 万户，卫星广播订户达 1 990 万户。2009 年美国电影票房收入达 98.70 亿美元。印刷媒介中，截至 2010 年年底，美国共拥有日报和星期日报共 2 298 种，杂志广告收入 195 亿美元，报纸广告收入 258 亿美元（包括印刷版和报纸网站广告）（表 3—1）。

表 3—1   **2007—2010 年美国娱乐业及媒介产业概况**

类别	2007	2008	2009	2010
媒介总收入	8 740 亿美元	9 239 亿美元		10 920 亿美元
全国性广告收入		2 851 亿美元	1 624 亿美元	1 664 亿美元
广播				
FM 电台总数（包括教育电台）		9 346 个（2008－06）	9 566 个（2009－06）	9 844 个
持执照的 AM 电台		4 778 个（2008－06）	4 789 个（2009－06）	4 812 个
卫星广播订户		1 890 万户（2008 年第三季度）	1 950 万户	1 990 万户（2010－09）
授权播出数字节目的电台		1 657 个	1 784 个	
报纸、杂志和书籍				
杂志广告收入	255 亿美元	237 亿美元	—	195 亿美元
日报和星期日报种数	2 329 种	2 310 种	—	2 298 种
报纸年度广告支出（印刷版和网络版）	454 亿美元	378 亿美元	276 亿美元	258 亿美元
书籍销售额（出版商销售）		259 亿美元	239 亿美元	
电视				
电视台数		2 308 座（2008－06）	2 258 座	
基本有线电视订户	6 480 万户		6 260 万户（2009－09）	6 040 万户（2010－09）
数字电视订户		3 830 万户（2008－03）		4 440 万户（2010－09）
高速互联网用户		3 700 万户（2008－03）	4 120 万户（2009－09）	4 380 万户（2010－09）

续前表

类别	2007	2008	2009	2010
有线网络电话用户		1 650万户 (2008-03)		
		音乐		
唱片销售量	5亿张		3.74亿张	
iPod销售量			5 414万台	5 035万台 (2010-09-25)
		电影		
票房总收入			98.70亿美元	
电影票销售量		13.63亿张	14.14亿张	
电影放映场数	38 794场		38 605场	
电影放映场所		5 786家	5 561家	
		网络		
宽带用户			9 400万户	1亿户
无线网络普及率			89% (2009-06)	93% (2010-06)

数据来源：Plunkett's Entertainment & Media Industry Almanac 2010，http：//www. plunkettresearch. com/Industries/EntertainmentMedia/EntertainmentMediaStatistics/tabid/227/Default. aspx.

3.1

美国媒介的发展和互联网的进入

在本研究涵盖的 1929—2007 年间，美国几乎成了各种新媒介的试验场（图 3—1）。1920 年 11 月 2 日，匹兹堡诞生了世界上第一家正式成立的广播电台 KDKA 电台，电视机在第二次世界大战开始前就在美国出现了，但是第二次世界大战耽误了电视机的扩散，1948 年美国大约有 100 万黑白电视机用户。黑白电视机普及以后，1955 年彩色电视机又进入美国市场，1960 年美国的电视机普及率达到 87%。同时，美国早期的有线电视业（Community Antenna Television Service，CATV，即社区天线电视服务）也是从 1948 年开始的，它被作为社区电视系统来传输地方电视信号，但一直到 1975 年才得以快速发展。[①] 1975 年录像机（最初是盒式磁带录像机）进入美国市场，1977 年美国首次出现个人电脑消费，1993 年互联网作为大众媒介进入美国家庭……

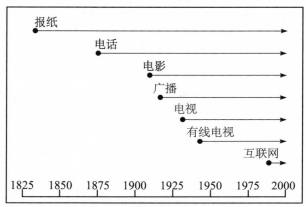

图 3—1 美国媒介演进时间表

数据来源：Neuman，Park & Panek(2011). Tracking the Flow of Information into the Home：An Empirical Assessment of the Digital Revolution in the US from 1960—2005.

在所有的媒介演变中，互联网成为影响最大的一种全新媒介。在互联网发展史上，1993 年是个值得纪念的年份。1993 年，由网景公司（Netscape）的合伙创始人马克·安德森（Marc Andreessen）、美国伊利诺伊大学国家超级电脑应用中心（NCSA-UIUC）联合开发出一种图文浏览器 Mosaic，这种浏览器的发明成为万维网一个潜在转折点。1993 年 3 月，第一个面向普通用户的 Mosaic 预览版发布，1993 年 11 月，Mosaic 1.0 官方版发布。Mosaic 的图形界面很快变得比当时最主要的信息查找系统 Gopher 更流行，万维网成为接入互联网的首选界面。从 Mosaic 带出的非常明显的商业价值和社会价值，以及人类获得信息的一种全新的方式和对整个人类社会的影响来看，Mosaic 的推出都可以作为互联网成为大众传播媒介的标志性事件。1993 年被称为"互联网年"，因此本研究将

---

① See *Cable Industry Overview* 2008，http：//www.ncta.com/Statistics.aspx.

研究时间 1929—2007 年分为前互联网时期（1929—1993）和互联网时期（1994—2007）。2000 年 6 月美国拥有网民 1.24 亿，互联网普及率为 44.1％，到了 2010 年 6 月美国共有 2.40 亿网民，占美国总人口的 77.30％。[①] 互联网已经深刻地影响了美国人的生活，美国南加州大学数字化未来研究中心发现，17 岁以上的美国人中有 80％的人认为互联网是最重要的信息来源，这个比例在 2006 年还只有 66％。调查还显示，更多的美国人认为互联网是比电视、广播、报纸等其他媒介更重要的信息获取渠道。[②] 该中心 2010 年的调查显示，网民平均每周上网 18.3 小时，并且网民平均网龄达 11 年。[③]

3.2 超越传统相对常数的研究框架

尽管先前关于相对常数原则的研究结论有些混乱和不成熟，但研究媒介消费和宏观经济之间的关系仍然有很大的价值。通过新的操作化，在新世纪美国瞬息万变的媒介环境下，作者试图超越传统的相对常数原则，研究媒介消费和宏观经济之间的交互关系，特别是超越常数/非常数的非此即彼的检验。尽管自从麦库姆斯 1972 年提出相对常数原则以来，有关媒介消费的研究就大多局限在该原则的框架下，但作者却选择暂时放下传统的相对常数的框框，来揭示影响媒介消费的变量和机制。此外，本研究将纳入个人电脑和互联网，尽可能全面反映美国的媒介消费与宏观经济的关系模式。

---

① See *Internet Usage Statistics*，http：//www. internetworldstats. com/am/us. htm.

② See USC Center for Digital Future，*Annual Internet Survey by the Center for the Digital Future Finds Shifting Trends Among Adults About the Benefits and Consequences of Children Going Online*，http：//www. digitalcenter. org/pdf/2008-Digital-Future-Report-Final-Release. pdf.

③ See USC Center for Digital Future，*2010 Digit Future Report*，http：//www. digitalcenter. org/pages/current _ report. asp? intGlobalId＝43.

本研究模型参考了都潘（1997b）关于影响比利时媒介消费变量的研究。鉴于比利时和美国国情的差异，本研究对其做了一些修正。同时，由于传媒二次销售的特性，本研究的媒介消费既包括受众消费，也包括广告支出。在麦库姆斯（1972）最早的研究中，媒介消费主体包括受众和广告主两大类，但在那之后的相关研究总是只涉及两者中的一个，关于受众媒介消费与收入的关系研究更多，而只有少数相对常数研究把广告消费作为因变量来研究。而实际上广告不仅是媒介消费的第一大经济来源，也是国民经济的重要组成部分和晴雨表。早在 1946 年盖洛普（Gallup）就对其进行了调查研究，受调查的美国民众中有 75％认为，广告是经济体系中不可缺少的一部分，71％的受调查美国民众赞同"广告提高了我们的生活标准"，75％的受调查美国民众赞同"广告能够激发消费者提高他们的生活标准"，90％的受调查美国民众赞同"广告在创建美国高生活标准方面发挥着重大作用"。① 在本研究中，作者将受众消费和广告消费分别作为因变量，所使用的模型也有所不同。作者认为，影响媒介消费的机制是复杂多元的，媒介消费包含比收入或 GDP 更多的影响变量。在本研究的模型中，自变量包括个人可支配收入（Disposable Personal Income，DPI，在以受众消费作为因变量的模型中，即受众媒介消费模型）、GDP（在广告消费模型中）、价格、失业率、家庭户数（受众消费模型）、人口数（广告消费模型）和利率。不同媒介具有不同的特征，因此本研究不但检验总的受众媒介消费和广告投放，还检验不同媒介的受众消费和广告投放。最后，与之前的相关研究有所不同，本研究还通过静态（即时）模型和动态（延滞）模型去探索媒介消费与宏观经济变化之间的关系。通过上述讨论，本研究将使用以下框架（图 3—2）来分析本研究中媒介消费和宏观经济的关系。

① See A. , Stephen & Raymond, B. A. (1966). Americans and Advertising: Thirty Years of Public Opinion. *Public Opinion Quarterly*, 30, 69 - 78.

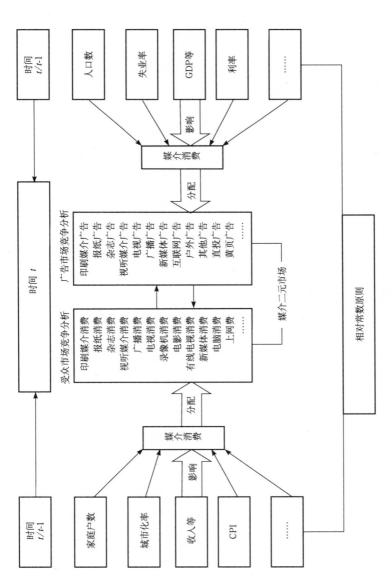

图3-2 本研究中媒介消费和宏观经济关系的研究框架

47

研究假设和问题

从短期来看，每次新媒介的出现往往会导致媒介消费的增长，从而扩大了媒介消费在宏观经济中的比例（如 Dupagne，1994；Dupagne，1997b；Kim，2003；Demers，1994）。在媒介技术演变史上，电脑和互联网是最具有革命性意义的新媒介，特别是 1993年随着 Mosaic 浏览器的推出，电脑和互联网正式进入美国消费者家庭，标志着互联网成为一种大众媒介；1997 年美国正式开始出现互联网广告，电脑和互联网对美国人的工作、生活都产生了巨大的影响，也影响了受众的媒介消费格局，据此本研究提出下列研究假设。

假设 1：以计算机、互联网为代表的新媒介改变了美国媒介消费的格局，媒介消费在宏观经济中的比例扩大了。

该假设虽然看似简单，但其下有一系列操作化假设。首先，如前所述，媒介消费分为消费者（受众）在媒介上的支出和广告主在媒介上的广告投放，而背后支撑这两种消费的"宏观经济"变量是不同的，支撑受众媒介消费的宏观经济变量是个人可支配收入，而支撑广告主广告投入的宏观经济变量是 GDP。因此这种操作化体现在受众的媒介消费和广告主的广告支出两个市场上，因此该研究假设具体表述如下。

假设 1.1：由于计算机、互联网，特别是互联网正式进入美国家庭，受众的消费选择增加了，美国消费者在媒介上的消费相对于宏观经济增加了。

假设 1.2：由于互联网正式成为一种大众媒介，增加了广告主的广告投放渠道，所以美国广告主在媒介上的广告投放相对于宏观经济增加了。

消费者的消费行为在很大程度上受到很多人口统计学变量的影响，影响媒介消费最重要的人口统计学变量是收入和教育水平。沃纳（1986）对挪威的研究发现，不同收入层次受众的媒介消费是有区别的，低收入消费者的媒介支出在个人可支配收入中的比例高于高收入者，因为高收入群体相对于低收入群体有更多的消费选择，也有更多的媒介消费的替代活动，因此他们在媒介上的消费占个人可支配收入的比例就较低，随着教育水平的提高，消费者的收入也有所提高。另外，新媒介的消费与传统媒介相比呈现出不同的模式，创新扩散理论认为，新媒介的扩散是从经济收入高的受众群体开始的，在电脑刚进入的时候，其价格昂贵，只有经济收入比较高的消费者才能承担，并且对新媒介使用者的操作技术等有一定要求，因此个人的受教育程度也成为计算机和互联网扩散的门槛，只有受过较高教育、具有一定电脑操作技术的消费者才会使用计算机和互联网，计算机和互联网是从经济收入高和教育水平高的消费者中扩散开的。由此，本研究提出研究假设2。

假设2：消费者在传统媒介上的消费占其个人可支配收入的比例随着收入或受教育水平的提高而减少，在新媒介（个人电脑和互联网）上的消费占个人可支配收入的比例则随着收入或受教育水平的提高而上升。

过去的媒介消费和宏观经济关系研究主要集中在相对常数原则的研究框架下，主要采用"收入—受众消费"或"GDP（或GNP）—广告"的简单线性回归模型来检验相对常数成立与否，几乎完全是关于相对常数的验证。本研究除了对相对常数原则的检验外，重点要寻找出显著影响媒介消费的宏观经济变量，特别是要找出除了收入外，显著影响媒介消费的其他宏观经济变量。同研究假设一样，本研究问题同样适合于影响广告投入的模型，只是同前述研究假设一样，这两种模型的自变量有适当区别：在以受众媒介消费为因变量的回归模型中，自变量包括个人可支配收入、人口数、利率、失业率；在以广告为自变量的回归模型中，自变量包括GDP、家庭户数、利率、失业率。本研究提出下列研究问题。

研究问题：显著影响媒介消费的宏观经济变量有哪些？

都潘（Dupagne，1997b）发现滞后变量对受众媒介消费起显著性作用，考虑到宏观经济对媒介消费影响可能存在的滞后性，本研究引入滞后宏观经济变量，采用静态模型（当期宏观经济对当期媒介消费的影响）和动态模型（滞后宏观经济和滞后媒介消费对当期媒介消费的影响）分别检验宏观经济对媒介消费的影响。

第4章
研究方法

4.1

媒介消费和宏观经济变量数据的收集

本研究中关于美国的所有数据均是美国全国年度数据（1929—2007 年），大部分是官方发布的数据，美国政务信息化高度发达，本研究的主要数据均来自各相关部门的网站（特别说明除外）。

由于传媒产业具有双重市场——受众市场和广告市场，该研究的因变量也分为两部分，受众消费和广告支出。受众消费从每年美国商务部经济分析局（BEA）公布的的个人消费（the Personal Consumption

Expenditures，PCE）数据中提取。受众媒介消费数据包括在以下媒介上的消费：（1）书籍和地图；（2）杂志、报纸、散页乐谱；（3）视频和音频产品，包括乐器；（4）收音机和电视维修；（5）有线电视收视费（1959 年之后）；（6）录影带租赁（1982 年之后）；（7）计算机硬件软件（1977 年之后）；（8）互联网服务（1988 年之后）；（9）影院上映的电影；（10）其他①；（11）印刷媒介［包括（1）和（2）］；（12）视听媒介［包括（3）、（4）、（5）和（6）］；（13）新媒介［包括（7）和（8）］；（14）总媒介（包括以上所有媒介）。

从 1959 年起，美国商务部经济分析局发布的受众媒介消费数据更加详细，同时鉴于媒介生态的变化，媒介类别名称也有一定变化，包括受众在以下媒介上的消费：（1）书籍和地图；（2）报纸；（3）杂志和散页乐谱；（4）电视机；（5）视频设备与媒介；（6）视频租赁服务；（7）有线电视收视费；（8）音频设备；（9）录音机、磁带、磁盘；（10）收音机和电视维修；（11）影院上映的电影；（12）其他；（13）计算机及配件、软件；（14）互联网服务；（15）印刷媒介［包括（1）、（2）和（3）］；（16）音视频媒介［包括（4）～（11）］；（17）新媒介［包括（13）和（14）］；（18）所有媒介。

年度广告支出数据是来自美国知名广告公司优势麦肯（Universal McCann），但本研究的广告数据引用来源有所不同。1929—1947 年的广告数据来自美国人口统计局的《美国历史统计数据：殖民地时期到 1970 年》（the Historical Statistics of the United States，Colonial Times to 1970），1948—2007 年的数据来自电视广告局（the Television Bureau of Advertising，TVB）网站。本研究涉及的广告支出包括以下媒介：（1）报纸；（2）杂志；（3）电视；（4）广播；（5）互联网；（6）印刷媒介［（1）和（2）］；（7）视听媒介［（3）和（4）］；（8）总广告。某些其他类别的广告，如农场的出版物、黄页、直邮广告、户外广告等不在本研究范围内，它们包括在"总广告"里，但不作为个体呈现出来。

---

① 指其他合法娱乐（除体育）消费。

宏观经济数据包括 GDP、个人可支配收入（DPI）和价格指数都来自美国商务部经济分析局网站公布的现代商业调查（Current Business Survey，CBS）。受众媒介消费的价格指数远比广告媒介消费的价格指数复杂得多，因为媒介产品和服务的价格由于媒介种类的不同有很大差别，即便同一种类在不同时间也可能有很大变化。一种媒介产品在刚问世的时候价格通常是很昂贵的，但是，随着技术的进步和批量生产，价格会大幅下降。例如，电脑的价格指数在 1977 年为 12 100.68，到了 1990 年降为 1 516.15，到 2007 年则又降到 29.56（以 2000 年的电脑价格为指数基准 100）（BEA，2008）。而广告支出价格指数在不同媒介上不会呈现出太大变化。所以，在受众媒介消费模型中，价格指数随媒介不同而变化，而在广告消费模型中，不同媒介广告价格指数不变，广告消费并没有具体的价格指数数据，但是考虑到广告业从属于第三产业和服务行业，因此本研究中广告业的价格指数统一由 GDP 的服务业价格指数代替。

　　本研究的人口数据是来自美国商务部经济分析局的中期年度数据，家庭户数数据则来自美国劳工统计局和人口统计局的当代人口调查（Current Population Survey，CPS[①]）。美国人口普查是从 1940 年才开始的，在这之前的家庭规模数据摘自麦库姆斯的专著《市场中的大众媒介》的附录[②]。1948—2007 年失业率数据直接来自劳工部劳工统计局（BLS），该年度数据是基于每个月城市失业人口比例计算出来的[③]，是在当代人口调查（CPS）以及更早的调查数据之上得出的，1948 年之前的数据是作者个人向美国劳工统计局获取的。

　　历年穆迪 AAA 名义利率（Moody's AAA Nominal Interest Rate）数据直接从美国联邦储备委员会（the Federal Reserve，

---

　　① 当代人口调查是基于 50 000 个家庭进行的月度调查，由美国统计局代为美国劳工统计局执行。

　　② See McCombs, M. E. (1972). *Mass Media in The Marketplace*, p. 74.

　　③ 1929—1947 年的失业率计算是基于 14 岁及以上的人口，而 1947 年以后失业率的计算是基于 16 岁及以上的人口，但这种细微的差别基本不影响本研究的分析。

FR）网站获得，美联储发布了多种利率数据，其中优惠利率/基准利率（Prime Loan Rate）最符合本研究的需要。但是，该数据最早年份为 1953 年，考虑到本研究涵盖 1929—2007 年，本研究的利率仍然使用穆迪利率来替代（因为穆迪 AAA 名义利率数据最早到 1913 年，是唯一涵盖 1929—2007 年的利率数据），穆迪 AAA 利率是月度数据，本研究的年度数据即为月度利率的平均值。

如前面提及，人口特征的不同也会导致媒介消费的差异，但是，美国缺乏个体层面受众媒介消费的详细数据。美国劳工统计局发布了一项消费者支出调查（Consumer Expenditure Survey, CE）① 数据，包括对不同收入（人均年可支配收入 5 000 美元以下、5 001～9 999 美元、10 000～14 999 美元、15 000～19 999 美元、20 000～29 999 美元、30 000～39 999 美元、40 000～49 999 美元、50 000～69 999 美元和 70 000 美元以上）、不同学历（包括高中以下、高中、高职、副学士、学士、硕士或博士）的受众在不同媒介，如报纸、电视、电脑等方面的消费数据。按不同收入分类的消费数据涵盖 1984—2007 年，按学历不同分类的消费数据涵盖 1989—2007 年，其中与媒介消费相关的消费类别有娱乐（包括门票、视听媒介硬件和服务、宠物、玩具和运动设施，其他娱乐设施和服务等）消费、阅读（包括报纸、杂志和书籍）消费、电脑（包括非商业用途的电脑硬件、软件、维修和互联网服务）消费等。美国不同收入或不同学历的媒介消费调查详细数据均由美国劳工统计局工作人员向作者本人私人提供而非公开数据。需要说明的是，美国劳工统计局在向作者提供这些数据的时候特意强调，这些数据之所以没有公开，一个重要的原因是该数据不够精确，因此在使用这些数据时也需要格外小心。本研究中美国研究各指标数据及其来源见表 4—1。

---

① 消费者支出调查包括两个调查，一个是季度概览性调查，一个是日记调查，该调查提供美国消费者购买的信息资料，包括收支数据，该调查由美国统计局代为美国劳工统计局执行。

表 4—1　　　　本研究中美国研究使用的主要变量及其来源[a]

变量	变量名称	单位	时间段	来源
自变量	国内生产总值	亿美元	1929—2007	BEA
	个人可支配收入	亿美元	1929—2007	BEA
	消费者物价指数	%	1929—2007	BLS
	失业率	%	1929—2007	BLS[b]
	穆迪 AAA 名义利率	%	1929—2007	美联储
	家庭户数	千户	1929—2007	BLS
	人口数	千人	1929—2007	BLS
	书籍价格指数	无	1929—2007	BEA
	报纸价格指数	无	1959—2007	BEA
	杂志价格指数	无	1959—2007	BEA
	唱片价格指数	无	1959—2007	BEA
	录像机价格指数	无	1977—2007	BEA
	电影价格指数	无	1929—2007	BEA
	媒介维修费价格指数	无	1929—2007	BEA
	其他媒介价格指数	无	1929—2007	BEA
	电脑价格指数	无	1977—2007	BEA
	有线电视价格指数	无	1959—2007	BEA
	录像租赁价格指数	无	1982—2007	BEA
	互联网价格指数	无	1993—2007	BEA
	电视价格指数	无	1959—2007	BEA
因变量　受众消费	书籍和地图	亿美元	1929—2007	BEA
	杂志、报纸、散页乐谱	亿美元	1929—2007	BEA
	杂志和散页乐谱	亿美元	1959—2007	BEA
	报纸	亿美元	1959—2007	BEA
	视频和音频产品，包括乐器	亿美元	1929—2007	BEA
	收音机和电视维修	亿美元	1929—2007	BEA
	有线电视收费	亿美元	1959—2007	BEA
	录影租赁	亿美元	1982—2007	BEA
	计算机硬件软件	亿美元	1977—2007	BEA

　　a. BEA 表示 the Bureau of Economic Analysis of the Department of Commerce，商务部经济分析局；BLS 表示 the Bureau of Labor Statistics of the Department of Labor，劳工部劳工统计局；WDI 表示 the World Development Indicators of the World Bank，世界发展指标数据库（世界银行）。

　　b. 1948—2007 年失业率数据来自 BLS 网站公开数据，1929—1947 年失业率数据由 BLS 工作人员向作者私人提供，非公开数据。

变量		变量名称	单位	时间段	来源
因变量	受众消费	互联网服务	亿美元	1988—2007	BEA
		电影	亿美元	1929—2007	BEA
		其他^c	亿美元	1929—2007	BEA
		受众总消费	亿美元	1929—2007	BLS
		不同教育程度受众人均娱乐消费	元	1989—2007	BLS^d
		不同教育程度受众人均视听媒介消费	元	1989—2007	BLS
		不同教育程度受众人均印刷媒介消费	元	1989—2007	BLS
		不同教育程度受众人均新媒介消费	元	1989—2007	BLS
		不同收入水平受众人均娱乐消费	元	1984—2007	BLS
		不同收入水平受众人均视听媒介消费	元	1984—2007	BLS
		不同收入水平受众人均印刷媒介消费	元	1984—2007	BLS
		不同收入水平受众人均新媒介消费	元	1984—2007	BLS
	广告投放	报纸	亿美元	1929—2007	Universal McCann
		杂志	亿美元	1929—2007	Universal McCann
		广播	亿美元	1929—2007	Universal McCann
		电视	亿美元	1949—2007	Universal McCann
		互联网	亿美元	1997—2007	Universal McCann
		总计	亿美元	1929—2007	Universal McCann

c. 指其他合法的娱乐（除体育）消费，1933—1935 年数据缺失。

d. 不同教育程度或收入的受众媒介支出数据由美国劳工统计局（BLS）工作人员向作者私人提供，非美国劳工统计局公开数据。

4.2

数据转换：从当期消费到不变消费

本研究探讨媒介消费与宏观经济之间的相互变化机制：两者是否相互影响，怎么预测变化。但是商品消费额变化的原因有很多，也很复杂。媒介消费额的变化同样也很复杂。以电视机为例，其变化有如下原因：

由于通货膨胀，即使受众只购买了相同数量的电视机，他们也需要花费更多；

因为电视机成本的升降，即使受众购买了相同数量的电视机，他们的花费也可能随之增加或减少；

电视机生产效率的提高会导致其成本的下降，从而减少受众支出；

电视机生产厂家的廉价劳动力也会减少受众支出；

电视机生产资料投入的缺乏会增加电视机生产成本；

运输和物流成本的增加会导致电视机总成本增加；

高品质的电视机会刺激受众的购买欲望和支出；

受众喜好的变化也会影响电视机价格和消费数量；

受众的电视机消费会受替代品（如彩色电视机是黑白电视机的替代品）或互补品（如电视机和录像机是互补品）的影响

…………

可见，受众媒介消费的变化非常复杂，由于这些因素的重叠影响和数据不充分，几乎不可能在一篇论文中把影响这种变化的所有方面都揭示出来。所幸我们可以控制通货膨胀带来的影响，把消费者物价指数（CPI）作为变量引入正是为了这个目的。即使上文所述的因变量有变化，我们也能假设，在排除了通货膨胀的影响之后，这些影响媒介消费的其他变量能够互相抵消彼此的影响，因此，在时间序列数据中，由于通货膨胀带来的影响，回归模型不用名义支出数据而用实际支出数据。例如，1929 的 1 美元在 2007 年就不值 1 美元了，这样就很难确定 1929—2007 年的媒介消费的增加是不是由于消费者确实在媒介上花费多了——因为也有可能是通货膨胀而非"真实"的消费支出增加带来的变化。本研究所有原始经济数据，包括 GDP、个人可支配收入（DPI）、利率、受众媒介消费和广告主广告投放，都是以当期价格（名义价格）公布的，把原始数据消除通货膨胀影响的最好办法就是把名义经济数据都转换为以不变价格计算的数据（本研究以 2000 年美元为基准）。CPI 通常用来消除通货膨胀的影响，因此本研究使用 CPI 来消除媒介消费的个人支出和总支出受通货膨胀的影响。① 该研究的 CPI 数据是美国劳工统计局发布的美国城市消费者每项消费支出的平均指数（BLS，2008）。以 1982—1984 年的指数作为基准 100，本研究将所有的消费数据和宏观经济指标数据都转换为以 2000 年为基准价格的数据，转换公式为：年度实际经济数据＝年度名义经济数据×（2000 年 CPI／当年 CPI）。

例如，1990 年美国杂志、报纸和散页乐谱的当年名义消费为216.3 亿美元，2000 年的 CPI 是 172.2，1990 年的 CPI 为 130.7，那么实际消费（按 2000 年价格）应该是：实际消费＝216.3×（172.2／130.7）≈285（亿美元）。

需要注意的是，用美国劳工统计局计算的 CPI 数据来消除通货膨胀影响有两大缺陷：第一，美国有两个 CPI 数据，一是 CPI-U（美国城市消费者花在各类消费品上的物价指数），另一个是 CPI-W（工薪阶层和公务员消费的物价指数）。CPI-U 代表了超过半数人口的数据（美国 1929 年的城市人口占总人口的 55.64％，2007 年这一比例达到 79％），但是 CPI-W 代表的人口只是 CPI-U 的一部分而已。看起来在研究中使用 CPI-U 更合理，但是它同样存在偏颇，因为该指数代表不了农村人口。第二，CPI 并不能完全显示通货膨胀的作用。由于技术的进步，对更老的消费产品而言存在着补充替代品（例如家庭影院扩充了电视机的功能）和完全替代品（例如彩

---

① 美国商务部经济分析局发布了每一项消费的连锁美元价格指数（Chained Dollar Index）（以 2000 年为基准）。连锁美元价格指数不能用来转换当期价格，因为由连锁美元价格指数计算得来的实际支出不能加总。

色电视机几乎完全取代了黑白电视机），因此，商品的质量上升，同时价格也上升。但 CPI 夸大了通货膨胀的影响，因为它不能完全控制商品质量变化所带来的消费变化。[①] 该问题已经超出了本研究的范围，我们假设 CPI 不仅消除了通货膨胀的影响，而且消除了由于技术革新、产品质量进步对消费造成的影响以及消费者喜好的变化的影响（虽然这种变化是未知的）。通过修正通货膨胀的影响，CPI 修正的消费数据能够大致反映出受众媒介消费的真实价值。为保持统一，本研究用相同的 CPI（即 CPI-U）把当前经济数据（名义）转换为真实经济数据（不变价格），这样也能确保受众在各类媒介上的消费百分比和广告主在各类媒介上的广告投放百分比总和为 100％。

为了让所有经济数据保持一致，并消除通货膨胀的影响，原来的名义利率也通过公式转换为实际利率：实际利率＝名义利率－当前通货膨胀率。当前通货膨胀率按公式计算得出：当前通货膨胀率＝（CPI_t－CPI_{t-1}）CPI_{t-1}。

例如，1930 年的穆迪 AAA 名义利率为 0.045 5（4.55％），1929 年的 CPI 为 17.1％，1930 年的 CPI 为 16.7％，那么 1930 年穆迪实际利率应该是：0.045 5－（0.167－0.171）/0.171＝0.068 9（6.89％）。

4.3 建立模型：静态和动态模型

本研究主要采用多元回归分析方法。虽然媒介消费与宏观经济关系研究最初认为媒介消费占经济总量的份额相对固定，但是这种假定本身缺乏理论基础。以互联网为代表的数字化革命带来的不仅仅是技术上的创新，它并不仅仅是给消费者多带来几种新媒介，它改变的是整个媒介环境和媒介消费的习惯。过剩的传播渠道将人们

---

① See Deaton，A. (1998). Getting Prices Right：What Should be Done? *Journal of Economic Perspectives*，12（1），37 - 46.

从"推"时代变成"拉"时代，"你传我看"的时代一去不复返了，今天的受众面临着无数的选择。诞生于"推"时代的传媒经济理论——相对常数原则在今天这个传播渠道过剩的"拉"时代将受到重新检视。实际上，无法从理论和实践上建立一个跨时间、跨地区的媒介消费"常数"的标准，因而本研究假设媒介消费在宏观经济中的比例是逐渐上升的。这里引入哑变量，将 1929—2007 年整个时间段按照互联网进入前后分成两个阶段，比较媒介消费在宏观经济中的比例是否显著提高，检验带哑变量的回归模型。

如本书前部分所述，本研究所基于的 1929—2007 年数据属时间序列数据，时间序列数据具有自己的特点，在建立模型的时候需要充分考虑到这点，需对其进行相关的诊断并做相应的修正，否则会出现虚假相关。基于传统最小二乘法（Ordinary Least Square，OLS）方法的经典线性回归（Classical Linear Regression，CLR）要求回归方程满足下列经典假设：（1）回归系数是线性的，并且有残差项；（2）回归残差项平均值为 0；（3）所有的解释变量与残差均无显著相关；（4）残差项之间并不相关（无序列相关）；（5）不同解释变量水平下方程残差项具有相同的方差（即同方差，而不能出现异方差性）；（6）任何一个解释变量均不是另外一个（一些）解释变量的线性方程（无多元共线性）。[①] 本研究中需要用到的经济变量基本都表现出时间趋势，而时间序列数据往往不能满足上述要求，也就是说这些变量是非平稳（Nonstationary）的，用非平稳数据进行回归往往存在伪回归问题。

时间序列数据最大的特点是存在序列相关性（或称自相关），即当期数据与上一期数据的相关系数不为 0，往往这种相关性表现在残差项上，例如，$\varepsilon_t = \rho \varepsilon_{t-1} + u_t$，$\varepsilon_t = \rho \varepsilon_{t-2} + u_t$ 或 $\varepsilon_t = \rho_1 \varepsilon_{t-1} + \rho_2 \varepsilon_{t-2} + u_t$，$\varepsilon$ 表示回归方程残差项，ρ 表示序列相关系数，u 表示经典误差项，这三个公式分别表示方程具有一阶自相关、二阶自

---

① 这方面的内容可参见任何一本计量经济学或回归分析书籍，本书参考了 Studenmund，A. H. (2005). *Using Econometrics：A Practical Guide*，5th Edition，New Jersey：Prentice Hall，p. 85。

相关，或一、二阶自相关，在这种情况下，回归方程具有很高的拟合度（R^2 很高），这种回归是伪回归（Spurious Regression）。另外，时间序列数据往往随着时间的增长而增长，同时回归残差项的方差也随之增大，这时存在异方差性①，违反了同方差的假设。当数据存在序列相关或异方差时，传统的 OLS 回归虽然能得到一致的估计量，但这种估计不是最优的（方差不再是最小的），OLS 对回归系数标准误 SE（$\hat{\beta}$）的估计是有偏的，从而使假设检验结果不可靠。

作者首先根据研究假设和问题写出模型方程式，检验因变量和每一个自变量的平稳性，Dickey-Fuller 检验是用来检验数据平稳性（Stationarity）的标准方法，即检验方程中用到的变量是否具有单位根（Unit Root），因为如前所述，回归方程中含有非平稳数据可能会产生伪回归。但是如果回归方程左右两边（因变量和自变量）均是非平稳的，回归方程的残差项可能会因为自变量和因变量的趋势性变动相互"抵消"而稳定，这时称因变量和自变量存在协整（Cointegration）关系，协整关系在经济学研究中是经常出现的，如利率、价格、工资水平、收入、消费、进出口额等变量之间。如果 Y 和 X 协整，意味着 Y 对 X 回归后的残差是稳定的，这时 OLS 回归方程是一致的。作者接着检验了回归方程残差的平稳性，同样用 Dickey-Fuller 检验来考察回归方程残差的平稳性，结果显示大部分方程的残差也不稳定，因此不适宜用协整分析。

本研究在数据转换前用原始数据进行回归分析，通过对回归残差图的分析发现存在明显的异方差，因此要对原始自变量、因变量数据取对数（利率因存在负值，除外），对数转换大大减小了数据从而减小了数据的异方差（但仍不能消除异方差和自相关），这是计量经济分析中常用的消除异方差性的方法。更重要的是，在经济学研究中，对数—对数方程相对于普通线性方程的优越性在于，它

---

① 异方差性表示方差存在差异，来自希腊文"hetero"（表示"不同"）和"ske-dasis"（表示"分布"）。

能计算商品的弹性①（比如收入自变量系数表示收入每变动 1% 带来的某商品消费变化的百分比），因此在正式分析之前将所有因变量和自变量进行对数转换（利率除外）。

本研究对因变量和自变量的 Dickey-Fuller 检验发现大多数数据是非平稳的，随后进行了协整分析，发现残差存在单位根，因此因变量与自变量不存在协整关系，根据格兰杰（Granger）和纽博尔德（Newbold）的建议，作者对对数转换后的自变量和因变量进行了一阶差分②（Dupagne，1997b）。经过对数转换和一阶差分之后，变量是稳定的，而且经过上述变换后方程能直接测量自变量对因变量的变化率，③ 即对数转换后的一阶差分自变量的系数表示自变量从时间 $t-1$ 到时间 t 每变化一个百分比引起的因变量变化的百分比，经过上述处理后所得到的回归结果是可靠的。

为验证假设 1，即检验在互联网进入美国家庭后媒介消费和广告支出相对于宏观经济是否均有所增长。本研究以互联网进入美国家庭为界，分成前后两个阶段，引入虚拟变量，采用下列模型④：

$$H_{1.1}: \Delta \ln \mathrm{EX}_t = \beta_0 + \beta_1 \Delta \ln \mathrm{DPI}_t + \beta_2 \mathrm{DUMMY}$$
$$+ \beta_3 (\mathrm{DUMMY} \times \Delta \ln \mathrm{DPI}_t) + \varepsilon_t$$

---

① 这方面的论述参见 Gujarati(2002). *Basic Econometrics*, New York: Mcgraw-Hill。

② 对所有原始数据进行图示描述显示，除失业率和利率外，其他数据均呈现直线上升趋势，为与计量经济模型的两边对数和一阶差分保持一致，我们将所有数据（除利率，因为存在负值）先进行对数转换，然后我们再将所有经过对数转换的变量和利率进行一阶差分。

③ 根据公式，$\Delta \ln (x) = \ln (x_1) - \ln (x_0) \approx (x_1 - x_0) / x_0 = \Delta x / x_0$（推论略），所以，$100 \times \Delta \ln (x) = \Delta x$（%）。可以推出：$\Delta$ 媒介消费 $/\Delta$ 个人可支配收入 $= \beta_1 + \beta_0 / \Delta$ 个人可支配收入 $+\varepsilon$。如果 $\beta_0 = 0$，β_1 即为媒介消费收入弹性系数。参见 J. M. 伍德里奇：《计量经济学导论：现代观点》，654 页，北京，中国人民大学出版社，2003。

④ EX 表示媒介支出，DPI 表示个人可支配收入（全国），AD 表示广告，在 $H_{1.1}$ 中，1929—1992 年，DUMMY＝0，1993—2007 年，DUMMY＝1，DUMMY$\times \Delta \ln DPI$ 为交叉变量。如果 β_3 显著大于 0，则表明 1993 年之后媒介消费的比例扩大了。在 $H_{1.2}$ 中，1929—1996 年，DUMMY＝0，1997—2007 年，DUMMY＝1，DUMMY$\times \Delta \ln GDP$ 是交叉变量。如果 β_3 显著大于 0，则表明广告上的广告投入占 GDP 的比例自 1997 年扩大了。

$$H_{1.2} : \Delta\ln \mathrm{AD}_{1929-2007} = \beta_0 + \beta_1 \Delta\ln \mathrm{GDP} + \beta_2 DUMMY$$
$$+ \beta_3 (\mathrm{DUMMY} \times \Delta\ln \mathrm{GDP}) + \varepsilon$$

如果 β_3 显著大于 0，则表示该研究假设成立，也就是说互联网时代到来后人们在媒介上的消费占宏观经济的比例会显著提高。

如本书第 3 章所述，媒介消费并不是由某个单一宏观经济变量（如常用的个人可支配收入，DPI[①]）所决定的，其他变量（价格、家庭户数或人口数、失业率和利率）都会影响媒介消费，本研究除用个人可支配收入（DPI）作为受众的媒介消费的一个解释变量外，还引入其他相关解释变量，用多元回归来找出影响美国媒介消费的显著性变量。需求理论认为收入会影响消费，作者预计，媒介消费与 DPI、人口、家庭规模呈正相关，与失业率、利率、价格成负相关。

宏观经济对受众媒介消费和广告主广告投放的影响不同，在影响广告主广告投放的回归模型中，与过去的研究相一致（如 Chang 和 Chan-Olmsted，2005；Wurff，Bakker & Picard，2008），GDP 更适合作为解释变量，因为广告主要用来刺激商品和服务的消费。另外，受众的媒介消费受家庭户数的影响，因为受众在媒介特别是传统媒介上的消费，主要以家庭为单位，如电视消费；而广告主的广告投放量则受到人口数的影响。但是，从直观上来看原始数据，GDP 或 DPI、家庭户数或人口数都呈现出明显的线性趋势，对数转换后仍然表现出一定的线性趋势，所以，在一阶差分之后数据变成几乎平稳的常数，而常数是不能作为自变量的。此外，GDP 或 DPI、家庭户数或人口数被纳入各自的模型时表现出多重共线性[②]，因此最好的解决办法是因变量使用单位变量，即户均受众媒介消费或人均广告支出，相应地，解释变量也使用单位变量（即户均 DPI 或者人均 GDP），这样既能控制人口或家庭规模对媒介消费的影

---

① 如第 3 章所述，个人可支配收入比个人收入（Personal Income，PI）更合理，因为 PI 是税前收入，而 DPI 是税后收入，是可以完全用来消费的收入（Wood，1986）。

② 所谓多重共线性（Multicollinearity）是指线性回归模型中的解释变量之间由于存在精确相关关系或高度相关关系而使模型估计失真或难以估计准确。一般来说，由于经济数据的限制使得模型设计不当，导致设计矩阵中解释变量间存在普遍的相关关系。

响，也使模型更简洁，这样可以建立下列模型：

RQ$_{1.1}$：
$$\Delta \ln\text{HEX}_t = \beta_0 + \beta_1 \Delta \ln\text{HDPI}_t + \beta_2 \Delta \ln\text{PRICE}_t + \beta_3 \Delta \ln\text{UN}_t + \beta_4 \Delta \text{IR}_t + \varepsilon_t$$

RQ$_{1.2}$：
$$\Delta \ln\text{PAD}_t = \beta_0 + \beta_1 \Delta \ln\text{PGDP}_t + \beta_2 \Delta \ln\text{PRICE}_t + \beta_3 \Delta \ln\text{UN}_t + \beta_4 \Delta \text{IR}_t + \varepsilon_t^{①}$$

宏观经济对媒介消费的影响往往并不立即产生，而是有时间间隔，这种时间滞后性在收入对消费的影响上表现得更明显，因为消费者通常会量入为出，基于自己的收入预算来决定是否购买一样产品，特别是耐用媒介产品。因此本研究使用动态模型[②]来检验媒介消费是否对宏观经济的变化有即时的反应。本研究中，模型将使用滞后因变量和自变量（在本研究所使用的自变量中，仅有 GDP 和 DPI 可能对媒介消费产生滞后影响，这里仅使用滞后一阶 DPI 或滞后一阶 GDP）。根据第 3 章的研究假设和研究问题，本研究使用的模型如下：

RQ$_{2.1}$：
$$\Delta \ln \text{HEX}_t = \beta_0 + \beta_1 \Delta \ln \text{HDPI}_t + \beta_2 \Delta \ln \text{PRICE}_t + \beta_3 \Delta \ln \text{UN}_t + \beta_4 \Delta \text{IR}_t + \beta_5 \sum_{i=1}^{p} \Delta \ln \text{HEX}_{t-i} + \beta_6 \sum_{i=1}^{q} \Delta \ln \text{HDPI}_{t-i} + \varepsilon_t$$

RQ$_{2.2}$：
$$\Delta \ln \text{PAD}_t = \beta_0 + \beta_1 \Delta \ln \text{PGDP}_t + \beta_2 \Delta \ln \text{PRICE}_t + \beta_3 \Delta \ln \text{UN}_t + \beta_4 \Delta \text{IR}_t + \beta_5 \sum_{i=1}^{P} \Delta \ln \text{PAD}_{t-i}$$

---

① HEX = 户均媒介消费，HDPI = 户均年收入，PAD = 人均广告支出，PGDP = 人均 GDP，UN = 失业率，IR = 穆迪实际利率，PRICE = 媒介消费价格指数。

② 动态模型是指自变量（回归方程右边）中包括滞后因变量或同时包括滞后自变量和滞后因变量的模型。

$$+\beta_6 \sum_{i=1}^{Q} \Delta \ln \text{PGDP}_{t-i} + \varepsilon_t \quad \text{①}$$

此外，对于本研究的研究假设 2，即检验不同收入或受教育水平受众媒介消费比例的差异，本研究分别采用单因素方差分析进行检验。

4.4 数据分析

本研究主要使用计量经济统计软件 STATA 10.0 做统计分析，统计分析主要使用回归分析法。虽然数据已经进行了对数和差分转换，但在回归中仍然需要检验回归方程是否满足经典线性回归假设。对于本研究中的时间序列数据，特别要注意残差项与时间的独立性（没有序列相关）、同方差假设（Homoskedasticity）和多重共线性（Multicollinearity），这些都应该在回归分析中加以检验。

在本研究的回归分析中，回归后首先检验回归方程的残差项是否具有异方差性，检验线性回归异方差性常用的方法是 Breusch-Pagan 检验，该检验原假设方差是相等的，即不存在异方差性，如果 p 值很小，原假设就被拒绝而接受备择假设，也就是方差不是相等的，存在异方差性。但是该检验对最小二乘法回归的经典假设十分敏感，如正态分布假设，所以在做异方差性检验的时候一般同时辅以方差分布图来综合判断异方差性是否存在，从而决定是否需要作相应调整。本研究即采用 Breusch-Pagan 法来检验异方差性，所有的 Breusch-Pagan 检验并未发现存在异方差性，方差分布图也没有发现异方差性的存在，因此可以认为回归方程中不存在异方差性。

虽然不存在异方差性，然而，一些回归模型存在自相关，序列相关会增加回归系数 $\hat{\beta}$ 分布的方差，并使得最小二乘回归低估回归

① HEX＝户均媒介消费，HDPI＝户均年收入，PAD＝人均广告支出，PGDP＝人均 GDP，UN＝失业率，IR＝穆迪实际利率，PRICE＝GDP 服务业价格指数。

系数的标准误差。检验自相关最常用的方法是 Durbin-Watson Test，简称 DW 检验，这是目前检验回归分析中的残差项是否存在自相关性最常用的方法[①]，DW 检验值有多个，最常用的是 DW 检验的 d 统计值，在有 t 个观察值的回归方程中 DW 检验的 d 统计值的计算公式为：

$$d = \frac{\sum\limits_{2}^{t} (e_i - e_{t-1})^2}{\sum\limits_{1}^{t} e_t^2}$$

其中，e 是 OLS 回归方程的残差项，注意分子的个案比分母少了一个，那是因为这个个案被用来计算 e_{t-1}，如果 $d=0$，表明有极端正序列相关，$d=2$ 表明没有序列相关，$d=4$ 表明有极端负序列相关。本研究发现部分模型存在自相关，如果存在序列相关，有一些补救方法。常用的方法是广义最小二乘法（the Generalized Least Squares，GLS）回归，其中最常见的是 Cochrance-Orcutt 两步迭代回归法，本研究中在出现自相关时，及时用该回归法进行回归估计，它能够缩小残差的方差，并且不会对原来序列相关的方程的回归系数造成很大的改变，具体判别方法如下（Studenmund，2005）：

零假设：回归方程不存在序列相关；

备择假设：回归方程存在序列相关。

如果 $d < d_L$，拒绝零假设；

如果 $d > 4 - d_L$，拒绝零假设；

如果 $4 - d_U > d > d_U$，不能拒绝零假设；

如果 $d_U > d > d_L$ 或 $4 - d_L > d > 4 - d_U$，不确定。[②]

如果 DW 检验不能给出确定结论，我们再检验残差项 ε。我们对 $\varepsilon_t = \rho \varepsilon_{t-1} + u_t$ 进行回归，如果回归系数 ρ 显著不等于 0（$p <$

---

① *DW* 检验仅用于检验一阶自相关，通过 AIC 信息准则选择滞后一阶获得的 R^2 最大，因此回归使用滞后一阶自变量和因变量。

② 其中 d_U 和 d_L 分别表示 *DW* 上限和下限临界 d 值，这两个值由样本量和除常数项外的解释变量数决定，该值假定方程不含滞后因变量，该值可通过查表获得。

0.05），则表明方程存在序列相关，这时用 GLS 来代替；如果 $\rho =$ 0，则可认为不存在序列相关，仍然用 OLS 回归。

需要指出的是，在动态模型（即自变量中含有滞后因变量的回归方程）中，不能使用 DW 检验的 d 统计值来检验自相关，这时 DW 检验往往不能检测出动态模型的自相关，这种情况下常用的替代检验方法是拉格朗日乘法序列相关检验（Lagrange Multiplier Serial Correlation，LMSC）或 DW 检验（h 统计值），如果检验发现自相关，则同样采取 GLS 回归作为替代，本研究对自变量中含有滞后一阶因变量的模型自相关检验均使用 DW 检验的 h 检验。

最后，在每个多元回归方程中（包括静态和动态多元回归），每个模型都要检验是否存在多重共线性，检验回归方程多重共线性常用的方法是计算每一个自变量回归系数的方差膨胀因子（Variance Inflation Factors，VIF），虽然没有正式的 VIF 临界值表，但常用的标准是只要 VIF<5，就表明没有严重的多重共线性。本研究检验发现，多数回归方程自变量回归系数的 VIF（$\hat{\beta}_i$）均小于 2，因此可以认为模型中不存在较严重的多重共线性。

第5章
研究结果

本章将展示数据分析的结果，在描述性数据结果中，本章将展示各媒介消费在1929—2007年期间的变化，包括用当期价格和不变价格展示的受众媒介消费、广告主广告支出以及它们占宏观经济的比例变化，并通过折线图、柱状图等来揭示不同媒介消费是否存在竞争的消长关系；接着，本章将展示回归分析等解释性数据分析结果，回归、方差分析等解释性结果结合描述性研究结果共同检验第3章提出的研究假设，回答研究问题。

5.1 描述性结果

5.1.1 1929—2007 年美国媒介消费变迁

1929—2007 年美国受众在所有媒介上的支出在持续增加。按当期价格计算，媒介消费从 1929 年的 26 亿美元增加到 2007 年的 3 840.95亿美元，前后 78 年间增加了近 147 倍；而扣除物价上涨因素，以 2000 年不变价格计算，美国受众 2007 年花在媒介上的支出是 3 189. 90 亿美元，而 1929 年支出 261. 90 亿美元，前者是后者的 12. 18 倍。由此可见，这 78 年间美国受众媒介消费的上涨很大程度上是由于物价的上涨引起的。这期间，以 1982—1984 消费者物价指数为 100，美国的物价指数从 1929 年的 17. 10 增长到 2007 年的 207. 34。按照不变价格计算的受众媒介消费额增长幅度远远低于按当期价格计算的增幅（图 5—1）。从图中可以看出，美国受众的媒介消费在 20 世纪 80 年代中期以后增长速度加快，这是由于 20 世纪 80 年代录像机、有线电视等逐渐进入美国受众市场，从互联网正式诞生的 1993 年开始，媒介消费增长更快。以 2000 年不变价格计算，1929—1983 年消费者媒介消费平均增长 2. 80％，1984—2007 年平均增长 4. 18％，1993—2007 年平均增长 4. 19％，可见美国受众在媒介上的消费呈加速度增长态势，在近 80 年的时间里美国的媒介生态也发生了天翻地覆的变化，出现了各种新的媒介，增加了受众的媒介消费。

具体来，看美国受众在不同媒介上的消费并非同步增长，受众在各媒介上的消费出现了不同的波动。以 2000 年不变价格计算，受众在视听媒介（包括收音机、电视机、录像机、录像带租赁、唱片、有线电视、视听媒介维修费和电影等）上的消费的上涨速度要快于印刷媒介（包括报纸、杂志以及书籍和地图），虽然 78 年间印刷媒介消费与视听媒介消费增长比例相当（78 年间印刷媒介消费

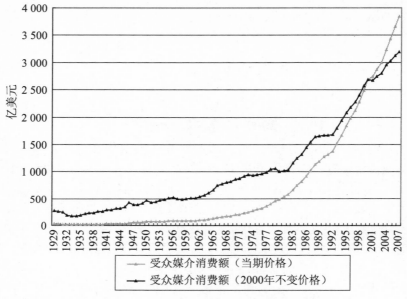

图 5—1　1929—2007 年美国受众的媒介消费额

年增长 2.93％，视听媒介消费年增长 2.89％），但从图 5—2 中可以明显看出，大萧条期间（1929—1933 年）受众在视听媒介上的消费急剧下降，而在印刷媒介上的消费基本平稳（这也反映出视听媒介消费受宏观经济的影响更为明显），以大萧条结束时的 1933 年为起点，1933—2007 年，印刷媒介消费年均增长 2.30％，而视听媒介消费年均增长 3.14％，但新媒介（个人电脑和互联网）消费的增长速度更快。新媒介（电脑）消费虽然从 1977 年才开始，但在三类媒介（印刷、视听和新媒介）中增长最强劲，1977—2007 年的 30 年间平均增长速度为 26.07％。

　　受众在每一类媒介上的消费变化也有较大差异，以当期价格衡量，美国读者 1929—2007 年花在书籍（包括地图）上的消费呈稳定增长趋势（只有 1972 年出现了 −1.72％ 的负增长，可视为偶然现象或数据错误）。从 1929 年的 3 亿美元增长到 2007 年的 448.67 亿美元，78 年间增长了近 150 倍，平均每年增长 6.63％；按 2000 年不变价格计算，读者在书籍（包括地图）上的消费从 1929 年的

70

图 5—2　1929—2007 年美国受众在三类不同媒
介上的消费额（2000 年不变价格）

30.21 亿美元增长到 2007 年的 372.63 亿美元，平均年增长
3.27%，书籍支出出现过几次波动，特别是在 1933 年大萧条之后
书籍消费出现连续 4 年的下降，1971—1974 年又出现连续 4 年的下
降（图 5—3）。

　　1929—2007 年美国广告支出（当期价格）逐年稳步增长，平
均年增长 6.06%，但以 2000 年不变价格计算，年均增长 2.72%，
扣除物价上涨因素后，广告支出呈现较大的波动，特别是进入 21
世纪后，广告实际支出呈下滑态势，这种变化反映了美国广告业进
入比较成熟饱和的状态。另外就是广告结构的变化，越来越多的企
业使用户外、互联网等新媒介或植入式广告或其他营销手段，导致
这些新增广告难以进入统计（图 5—4）。

　　就像受众在媒介上的支出一样，广告主在不同媒介上的广告支
出的变化也不同，与受众在印刷媒介和视听媒介上的消费模式不
同，广告主在视听媒介上的消费额一直高于印刷媒介，但是从广告
额来看，印刷媒介广告额在 1990 年前都高于视听媒介广告额，从
1991 年开始，视听媒介广告额一直高于印刷媒介广告额，这说明

图 5—3　1929—2007 年美国读者书籍（含杂志）消费

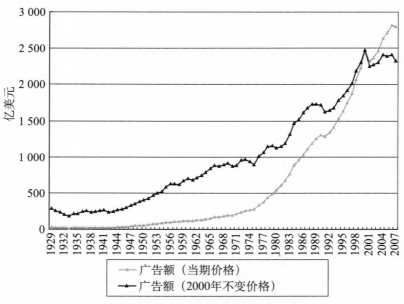

图 5—4　1929—2007 年美国广告支出

视听媒介在发展最开始阶段广告盈利能力并不强，如广播在20世纪20年代初刚进入美国市场，电视机在20世纪40年代末才进入美国家庭，虽然这些视听新媒介开始进入美国家庭的时候拥有一部分受众，但并不能立即被广告主接纳为广告媒介。而印刷媒介历史远比视听媒介悠久，已经被用作成熟的广告媒介了。然而，从增长速度看，视听媒介广告增长速度快于印刷媒介，特别是互联网广告在1997—2007年年均增长速度达29.88％，成为最具成长性的广告媒介。这与受众在各媒介上的消费趋势是一样的，但与受众消费不同的是，无论是印刷媒介还是视听媒介广告，在进入21世纪以后都出现了下降（图5—5）。

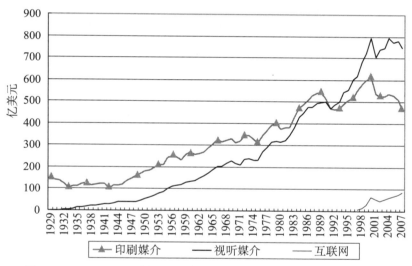

图5—5　1929—2007年美国三类不同媒介广告额（2000年不变价格）

5.1.2　媒介消费占宏观经济份额的变化

从上述分析可以看出，1929—2007年，无论是受众在媒介上的支出还是广告主在媒介上的广告投放都在增长，但媒介消费和宏观经济关系的研究更关注媒介消费占宏观经济的比例变化。78年间，美国受众媒介消费占个人可支配收入的比例比较平稳，平均比例为 2.83%，标准差为 0.45%，上下波动不大。进一步观察可见，1993 年以后该比例呈上升趋势，1929—1993 年，消费者在媒介上的消费占个人可支配收入的平均比例为 2.66%，标准差为 0.070%；而 1994—2007 年，消费者媒介消费占个人可支配收入的平均比例为 3.66%，标准差为 0.13%；如果将新媒介消费去掉，仅仅计算传统媒介消费的比例，78 年间媒介消费占个人可支配收入的比例比较稳定，平均比例为 2.68%，标准差为 0.25%。该比例比较平稳，说明 1994 年以后，也就是互联网正式作为大众媒介进入美国家庭以后，美国受众在媒介上的消费占个人可支配收入的比例上升了。再从受众在各媒介上的消费占个人可支配收入比例的分布来看，视听媒介消费比例最高，78 年间其占个人可支配收入的比例为 1.62%，标准差为 0.20%，只有 1929 年视听媒介消费占个人可支配收入比例达到 2.04%，1930 年这一比例为 2.14%，其余年份这一比例在 1%~2% 之间浮动。在电视机进入美国市场前期的 1948—1962 年，加上有线电视开始进入美国用户家庭，视听媒介消费的比例急剧上升（Fullerton，1988），然后趋于波动，20 世纪 80 年代初期以来，由于录像机等电子媒介的进入，视听媒介消费比例逐渐上升，2007 年这一比例达到 1.87%，印刷媒介的消费比例稳中有降，从 1929 年的近 1%，到 1931 年的 1.24%，1933 年达到最高点 1.30%，此后一直在 1% 上下徘徊，大多在 1% 以下，2007 年这一比例下降到 0.91%。变化最明显的是个人电脑、互联网等新媒介。从 1977 年美国第一次有电脑消费统计开始，美国受众个人可支配收入中花在新媒介上的消费直线上升，2007 年这一比例达到 0.86%，直逼印刷媒介消费的比例，可见新媒介强大的生命力。按照目前的趋势，消费者在新媒介上的消费比例还将继续增长（图 5—6）。

78 年间美国广告占 GDP 的平均比例为 2.10%，标准差为 0.30%，总的看来，广告消费的比例比较稳定，20 世纪末广告占 GDP 的比例有所上升，但进入 2000 年以后，该比例呈下降趋势。78 年间印刷媒介广告占 GDP 的比例逐渐下降，已经从 1929 年的 1.50% 下降到 2007 年的 0.40%，1991 年以后，印刷媒介广告首次

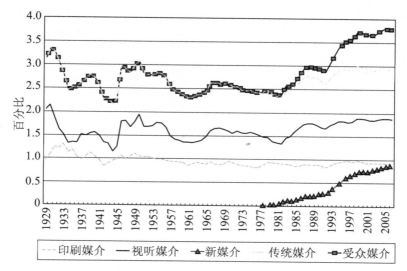

图5—6　1929—2007年美国受众在各类媒介上
消费额占个人可支配收入的比例

被视听媒介所超越，以后一直居视听媒介之后，而视听媒介广告占GDP的比例则稳步上升，不像印刷媒介那样出现较大波动。与受众在新媒介上消费的势头相比，互联网广告在所有媒介广告中并不成气候，互联网广告只占GDP很小的份额，虽然这个比例在逐年上升（图5—7）。互联网广告占GDP的比例从最早有互联网广告统计的1997年的0.007 2%上升到2007的0.076%（而2007年受众在新媒介上的消费占个人可支配收入的0.86%），这从某个角度说明，目前互联网广告还有巨大的潜力没有被挖掘出来，表现为网络广告还缺乏较为明确的盈利模式。印刷媒介广告占GDP比例的下降伴随着视听媒介广告占GDP比例的上升，两者存在一定的替代效应，呈此消彼长的关系。

5.1.3　不同媒介消费的竞争

　　以前的研究证明电影消费的下降正好伴随着电视机的普及，电影与电视之间存在明显的互补关系（McCombs，1972；Glascock，

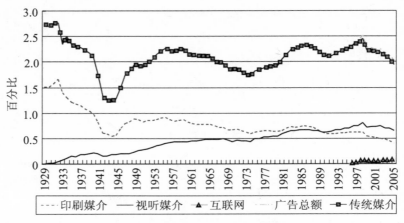

图 5—7　1929—2007 年美国各类媒介广告额占 GDP 的比例

1993)，综合图 5—8、图 5—9 和图 5—10 可以看出这种关系。图
5—8、图 5—9 和图 5—10 显示，同时出现上涨的还有有线电视和新
媒介。在某种程度上，有线电视、新媒介也和电影之间存在消长关
系。在列出的所有媒介中，读者书籍消费占个人可支配收入的比例
是最稳定的，波动不大，78 年间书籍消费占个人可支配收入的平
均比例为 0.35%，标准差为 0.059%，这说明书籍更倾向为一种较
为稳定的生活必需品（Greco，1998)，读书成为美国人的一种生活
习惯。

　　从广告支出看，图 5—7 显示印刷媒介和视听媒介在广告投放上
存在一定的消长关系，印刷媒介广告占 GDP 比例的下降伴随着视听
媒介广告比例的上升，虽然从受众消费看，这两大类媒介之间并不存
在明显的消长关系，但不同媒介广告额之间的彼此消长关系更为明
显。20 世纪 20 年代初，广播广告的崛起伴随着报纸和杂志广告的下
降，此后广播和杂志广告一直维持在较低但相对稳定的水平。从图
5—11 可明显看出，报纸广告的下降伴随着电视广告的上升，进入 21
世纪以后互联网广告的崛起进一步加剧了报纸广告的下降，报纸、电
视和互联网在作为广告媒介方面存在着显著的消长关系。

　　这里用受众媒介消费占个人可支配收入的比例做相关分析（以
后本研究所提及的简单相关系数，如果没有特别说明均指皮尔逊简

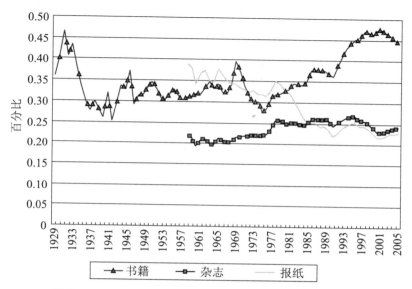

图 5—8　1929—2007 年美国受众在书籍、杂志和报纸上的
消费占个人可支配收入的百分比

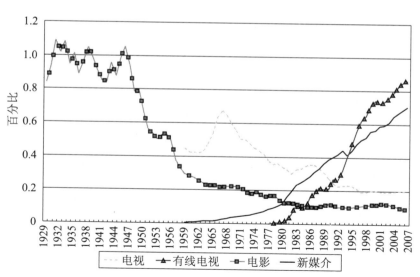

图 5—9　1929—2007 年美国受众在电视、有线电视、电影和
新媒介上的消费占个人可支配收入的百分比

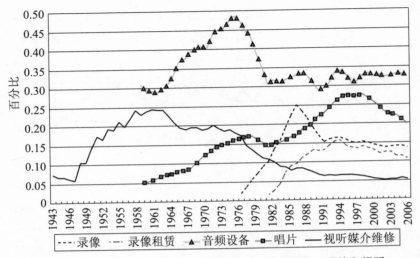

图5—10　1929—2007 年美国受众在录像、录像租赁、唱片和视听媒介维修上的消费占个人可支配收入的百分比

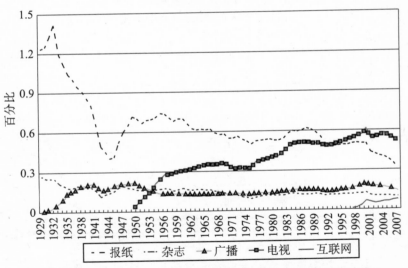

图5—11　1929—2007 年美国各主要媒介广告占 GDP 的百分比

单相关系数），显著负相关表明两者存在明显竞争。从表 5—1 中可以看出，书籍和报纸、电视、音频设备和电影消费之间存在竞争，报纸和杂志消费之间存在竞争，杂志和电视、电影消费之间存在竞争，音频设备和视听媒介、新媒介消费之间存在竞争，电影和新媒介消费之间存在竞争。

表5—1　1929—2007年美国受众各媒介消费占个人可支配收入比例相关矩阵表

	图书	报纸	杂志	印刷媒介	电视	音频设备	电影	视听媒介	新媒介
书籍	1.00								
报纸	−0.78***	1.00							
杂志	0.45***	−0.66***	1.00						
印刷媒介	0.17	−0.13	0.29**	1.00					
电视	−0.70***	0.84***	−0.75***	−0.28**	1.00				
音频设备	−0.45***	0.35**	−0.27*	−0.33**	0.45**	1.00			
电影	−0.30***	0.87***	−0.84***	0.75***	0.78***	0.18	1.00		
视听媒介	0.61***	−0.84***	0.45***	0.10	−0.56***	−0.15	−0.17	1.00	
新媒体	0.96***	−0.76***	−0.22	0.60***	−0.91***	−0.38*	−0.46***	0.87***	1.00

　＊ $p<0.10$，＊＊ $p<0.05$，＊＊＊ $p<0.01$。

　　1929—2007年美国受众在媒介上的花费和广告主的广告支出总的发展脉络基本一致，只是到了21世纪后，受众的媒介消费支出和广告主的广告支出出现一定偏离，受众媒介消费支出仍然保持直线上涨，而广告支出在新世纪出现了下滑，无论是绝对额（图5—4、图5—5）还是其占宏观经济的比例都表现出一定的下降趋势（图5—7）。可见，媒介消费是受众的生活必需品，随着收入的增加，人们的消费需求、欲望也随之增加，从而在媒介消费上的支出也相应增加；广告作为商品经济的助推剂，促进了经济的发展和繁荣，反过来，经济的发展也会促进广告业的增长，进入新世纪后广告在GDP中比重的下降一方面反映了媒介生态的变化，市场上出现了越来越多新的广告传播媒介，户外媒介、手机媒介、楼宇电视、植入式广告等为广告投放提供了更多的选择，而各种媒介形式的广告又没有纳入广告统计中，这就导致传统的经典广告额比例出现了一定的下滑，另一方面也反映了在各种新媒介和新技术层出不穷的情况下，企业营销手段逐渐走向多元化。

从不同媒介广告开发度的相关矩阵表可以发现，印刷媒介和视听媒介广告之间、互联网广告和大部分传统媒介广告之间存在较为明显的替代关系，但印刷媒介内部（报纸和杂志之间）、视听媒介内部（广播和电视之间）不存在显著竞争关系，这与上述描述性结果类似，更进一步证明了印刷媒介和视听媒介、互联网和传统媒介之间存在广告竞争（表5—2）。从表5—1中可以发现，各媒介在广告开发度上存在更为显著的竞争关系。

表5—2　　　1929—2007年美国不同媒介广告开发度相关矩阵

	报纸	杂志	印刷媒介	电视	广播	视听媒介	互联网
报纸	1.00						
杂志	0.89***	1.00					
印刷媒介	1.00***	0.92***	1.00				
电视	—0.74***	—0.70***	—0.75***	1.00			
广播	—0.55***	—0.39***	—0.53***	0.066	1.00		
视听媒介	—0.73***	—0.81***	—0.75***	0.99***	0.25**	1.00	
互联网	—0.76***	—0.59*	—0.74***	0.0095	—0.27	—0.10	1.00

　＊$p<0.10$，＊＊$p<0.05$，＊＊＊$p<0.01$。

5.2
回归分析结果

5.2.1　含虚拟变量的回归

本模型用来检验以1993年Mosaic浏览器的推出为界，互联网作为大众媒介进入美国以后，受众或广告主的媒介消费相对于宏观经济的比例是否显著增加。受众媒介消费模型显示，交互变量Dummy×ΔlnDPI的系数均没有显著大于0，说明1993年后美国受众在新媒介上的消费并没有显著增加，受众在所有的媒介上的消费较为平稳，并没有随着电脑和互联网的普及而增加消费。但需要注意的是所有回归方程的 R^2 较低（表 5—3），方程解释力不够，因此在作出解释的时候要格外谨慎。

表 5—3 1929—2007 年美国受众媒介消费与
个人可支配收入回归分析结果

媒介消费	Dummy×ΔlnDPI		R^2	F	N	DW′ d[a]
	系数	t				
报纸	−0.60	−0.56	0.11	1.83	48	1.81 (1.32,1.59)
杂志	−0.53	−0.52	0.13	2.20	48	1.95 (1.32,1.59)
书籍	−0.40	−0.19	0.23	7.26*	78	2.41 (1.48,1.65)
印刷媒介	−0.17	−0.14	0.21	6.38*	78	2.28 (1.48,1.65)
电视(0.57[b])	−0.21	−0.20	0.23	4.26*	48	1.20 (1.32,1.59)
音频设备	−0.39	−0.40	0.46	12.41*	48	1.34 (1.32,1.59)
视听媒介(0.21)	−0.029	−0.02	0.30	10.57*	78	1.58 (1.48,1.65)
传统媒介	−0.057	−0.05	0.37	14.74*	78	1.79 (1.48,1.65)
新媒介(0.45)	2.49	0.42	0.13	1.32	30	1.09 (1.12,1.54)
合计	−0.096	−0.07	0.36	13.64*	78	1.55 (1.48,1.65)

* $p<0.01$。

a. 括号内的值分别表示查表获得的 d 和 d_U 值，即 DW 下限和上限临界 d 值（$p=0.05$，双尾检验），下同。

b. 括号内数字表示当 DW 检验发现有自相关时，采用 GLS 进行估计时的 ρ 值，下同。

与受众媒介消费模型不大一样，在关于广告支出的哑变量模型中，所有交互变量 Dummy×ΔlnGDP 的系数均大于 0，但都不具有统计显著性，也就是说 1997—2007 年各媒介广告占 GDP 的份额与

1929—1996 年相比并没有显著扩大，与上述描述性研究结果相似，说明广告占 GDP 的比例相对比较稳定（表5—4）。同样，从方程的 R^2 和 F 值可以看出，所有方程的拟合度并不好，因此在解释方程的时候需要特别谨慎。

表 5—4　　　1929—2007 年美国广告支出与 GDP 回归分析结果

媒介广告	Dummy×ΔlnDPI		R^2	F	N	DW'd
	系数	t				
报纸(0.45)	1.40	1.14	0.20	6.07*	78	1.22 (1.48,1.65)
杂志	1.00	0.72	0.28	9.83*	78	1.64 (1.48,1.65)
印刷媒介(0.38)	1.31	1.09	0.22	7.04*	78	1.35 (1.48,1.65)
电视(0.47)	0.12	0.05	0.24	5.60*	58	0.64 (1.39,1.61)
广播(0.78)	2.00	1.09	0.098	1.98*	78	0.43 (1.48,1.65)
视听媒介(0.75)	1.36	0.70	0.073	1.93	78	0.51 (1.48,1.65)
合计(0.33)	1.05	0.94	0.29	10.00*	78	1.39 (1.48,1.65)

* $p < 0.01$。

5.2.2　研究假设2：不同收入和教育水平的受众媒介支出比例差异显著

收入和教育水平是最常用的两个人口统计学变量，这两个变量尤其对消费行为具有很大的影响，这里分析不同收入和教育水平受众的媒介消费的差异。

1. 不同收入受众媒介消费比例差异

1984—2007 年不同收入受众的可支配收入（税后）中花在娱乐、视听媒介、阅读（包括报纸、杂志和书籍）和电脑（包括非商业用途的计算机及计算机硬件、非商业用途的计算机软件和附件、计算机信息服务支出、非商业用途的计算机系统维修）上的消费存在较大差异（表5—5）。

表 5—5　1984—2007 年美国不同收入受众媒介消费占收入的比例

单位:美元

收入 组别	平均	5 000 以下	5 000~ 9 999	10 000~ 14 999	15 000~ 19 999	20 000~ 29 999	30 000~ 39 999	40 000~ 49 999	50 000~ 69 999	70 000 以上	F
娱乐	5.63	41.69	10.76	6.38	7.94	7.40	6.92	6.61	6.51	5.62	(8,203)[a] 23.07*
视听媒介	1.58	23.41	3.64	2.88	2.38	2.06	1.81	1.66	1.41	1.09	(8,205) 13.71*
阅读	0.45	4.42	0.84	0.72	0.62	0.54	0.46	0.43	0.38	0.34	(8,205) 52.87*
电脑 (1984—2007)	0.27	7.10	0.49	0.42	0.31	0.26	0.26	0.30	0.31	0.25	(8,170) 5.09*
电脑 (1984— 1993)	0.11	0.67	0.13	0.26	0.13	0.14	0.11	0.20	0.22	0.22	(8,69) 2.63*
电脑 (1994— 2007)	0.38	11.92	0.96	0.53	0.48	0.35	0.37	0.37	0.37	0.28	(8,92) 5.50*

* $p < 0.01$。
a. 括号里的数字为自由度,下同。

1984—2007 年所有受众花在娱乐（包括电影、视听、玩具等）上的平均支出百分比为 5.63%，该比例在不同收入群体上具有明显的差异，随着收入水平的提高，受众个人可支配收入中花在娱乐、视听媒介、印刷媒介和新媒介上的比例在降低，说明收入高的消费者有更多的选择，具有更多可以消费的渠道。方差分析发现，娱乐支出占个人可支配收入的百分比在 9 组不同收入群体上具有显著差异 $[F(8, 203) = 23.07, p < 0.01]$，虽然从绝对值上看，高收入群体在娱乐上的消费比其他组别高，但从图 5—12 可以看出，随着收入的提高，受众在娱乐上的消费占其个人可支配收入的相对比例逐渐下降。

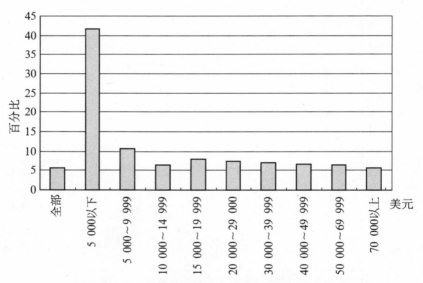

图 5—12　1984—2007 年美国不同收入群体消费者的
娱乐消费占个人可支配收入的百分比

　　相对于传统媒介，不同收入受众的新媒介消费具有不同特点，以互联网正式成为大众媒介的 1993 年为界限，将 1984—2007 年分成前互联网时期和互联网时期，在 1993 年以前，电脑还是奢侈品，普及率相对较低，电脑消费占个人可支配收入的比例随着收入水平的提高也在提高，高收入受众的电脑消费不但绝对值高于低收入者，而且其电脑消费占个人可支配收入的比例也比低收入者高，说明电脑在普及初期是从高收入者开始普及的。因为在普及初期，电脑属于奢侈品，只有高收入群体有足够的经济能力承担电脑的消费；但是1993年后，这种趋势刚好相反，与传统媒介一样，随着收入的提高，人们可支配收入中用于电脑消费的比例逐渐下降（图5—13），说明随着互联网作为一种大众媒介进入美国家庭，电脑价格飞速下降。据美国商务部经济分析局的资料，电脑价格指数从1977年刚开始进入美国家庭时的12 100.68下降到2007年的29.555，电脑的普及程度越来越高。

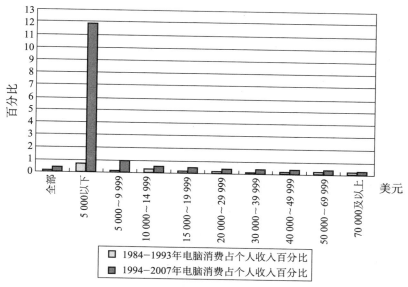

图 5—13　1993 年前后美国不同收入受众在电脑上的
消费及其占个人可支配收入的比例

2. 不同教育水平受众媒介消费比例差异

1989 年—2007 年不同教育水平受众花在媒介相关产品或服务上的消费比例也有显著差异（表 5—6），与不同收入受众的媒介消费不同，受众在电脑上的消费比例基本上随着教育水平的提高而提高。除电脑外，不同教育水平的受众在娱乐、视听媒介和印刷媒介上的支出比例虽均有显著差异，但是这种差异并没有明显的规律可循。

表 5—6　　　　　1989—2007 年美国不同教育水平受众个人可支配
收入中用于媒介消费的比例（%）

	总体	高中以下	高中	职业学院	大学毕业	准学士	学士	硕士、专业人员、博士	F
娱乐	4.64	3.86	4.58	5.14	4.95	4.73	4.50	4.18	(6, 93) 23.44*
视听媒介	1.55	1.93	1.86	1.95	1.95	1.60	1.34	1.14	(6, 93) 3.26*
印刷媒介	0.39	0.30	0.35	0.41	0.57	0.30	0.34	0.39	(6, 93) 5.98*
电脑	0.50	0.26	0.38	0.60	0.46	0.65	0.68	0.65	(6, 96) 19.30*
电脑 1989—1993	0.26	0.07	0.12	0.31	0.40				(3, 16) 30.28*
电脑 1994—2007	0.59	0.34	0.47	0.71		0.65	0.68	0.65	(5, 69) 39.08*

* $p < 0.01$。

从 1996 年起，美国劳工统计局在原来教育水平分类的基础上，新增了两个更宽的分类：大学以下、大学及以上，分别统计不同教育水平受众花在娱乐、视听媒介、印刷媒介和电脑上的消费。这两大类受众在消费比例上同样存在显著差异（表 5—7）。从表中可以看出，采用这种二分法，除两者娱乐消费比例差异不显著外，花在其他媒介上的支出比例差异较为显著。大学学历以下的受众在视听媒介上的消费比例远高于大学及以上学历的受众（$F = 22\ 205$，$p < 0.01$），但在印刷媒介上的消费比例刚好相反，大学以下学历的受众在印刷媒介上的消费比例低于大学及以上学历的受众（$F = 3.66$，$p < 0.10$），这说明大学及以上学历的受众更愿意将收入用于印刷媒介的消费。电脑消费比例与印刷媒介消费比例呈现较为相似的趋势，大学及以上学历的消费者花在电脑上的消费高于大学以下学历的消费者（$F = 15.35$，$p < 0.05$），说明无论印刷媒介还是新媒介

都与教育水平较高的群体联系更紧密，同时也从另一方面反映了这两种媒介与视听媒介之间存在一定的此消彼长的关系。

表 5—7　　　　　1996—2007 年美国不同教育程度
受众个人可支配收入中媒介消费比例（%）

	总体	大学以下	大学及以上	F (1, 22)
娱乐	4.50	4.58	4.37	2.24
视听媒介	1.52	1.71	1.26	222.05*
印刷媒介	0.32	0.29	0.36	3.66*
电脑	0.61	0.57	0.67	15.35**

* $p < 0.10$，** $p < 0.01$。

需要说明的是，美国劳工统计局在向作者提供个体数据的时候特意强调，该数据之所以没有公开发布的一个重要原因是数据欠准确，因此在实际运用时要特别注意，比如 1994—2007 年年收入 5 000 美元以下的受众花在电脑上的消费占其收入的 11.92%，明显高于该时间段内的平均水平（0.38%），因此可以怀疑这可能是由于数据错误造成的。

5.2.3　研究问题：影响媒介消费的显著变量

1. 多元静态回归结果：户均可支配收入或人均 GDP 分别是受众媒介消费或广告主广告支出的最显著的影响变量

从多元静态回归结果可发现，户均可支配收入或者人均 GDP 仍然分别对受众的媒介消费或广告主广告支出有显著性影响（表 5—8 和表 5—9）。有六类媒介（书籍、杂志、印刷媒介、电视、音频设备、视听媒介）的户均消费显著受到户均可支配收入的显著影响，而这几种媒介大多属于媒介产品，其中以媒介耐用品居多。与其他自变量相比，户均可支配收入仍然是最影响受众媒介消费的自变量。与都潘（Dupagne，1997b）对比利时的研究的发现不同，本研究发现价格对受众在大多数媒介上的消费都不起显著性作用，说明价格并没有影响到美国受众的媒介消费。在 0.05 的显著性水平下，利率对书籍消费和印刷媒介消费的影响显著，失业率对视听媒介的消费影响显著。

表5—8　1989—2007年影响美国受众媒介消费的显著变量（多元静态回归）

媒介消费（户均）	解释变量（回归系数）					R^2	F	N	DW's d
	截距	户均可支配收入	物价	失业率	利率				
书籍	−0.005 6	1.13**	−0.16	0.017	0.007 5**	0.30	7.76**	78	2.35 (1.53, 1.74)
杂志	−0.009 7	0.83**	0.35*	−0.051*	−0.007 8**	0.32	5.16**	48	1.96 (1.36, 1.72)
报纸	0.003 5	0.45	−0.16	−0.052	−0.003 6	0.22	3.07**	48	1.61 (1.36, 1.72)
印刷媒介	0.009 5	0.64**	−0.17	0.005 5	0.006 2**	0.36	9.21**	78	2.18 (1.53, 1.74)
电视 (0.52)	−0.033	1.37**	−0.27	−0.055	0.000 35	0.33	5.38**	48	1.20 (1.36, 1.72)
收音设备 (0.39)	−0.013	1.59**	−0.41	−0.029	−0.001 0	0.45	8.72**	48	1.37 (1.36, 1.72)
视听媒介	−0.025**	1.28**	0.55**	0.098**	−0.003 5	0.42	13.38**	78	1.64 (1.53, 1.74)
电脑 (0.55)	0.12	0.15	−0.45	0.066	0.039	0.13	0.94	30	1.37 (1.14, 1.74)
互联网服务 (0.78)	0.31	−2.12	−0.87	−0.23	0.029	0.28	1.34	19	0.77 (0.86, 1.85)
新媒介 (0.52)	0.14	−0.23	−0.46	0.051	0.039	0.13	0.97	30	1.38 (1.14, 1.74)
总计 (0.23)	−0.009 7	1.06**	0.31	0.065**	0.001 2	0.43	13.84**	78	1.53 (1.53, 1.74)

* $p < 0.1$，** $p < 0.01$。

需要注意的是，该模型方程的拟合程度均不高，特别是在电脑和新媒介的受众消费模型中，R^2 只有 0.13，也就是说本回归方程只解释了因变量 13% 的变异，而另外 87% 的变异仍无法解释，并且这些模型中的 F 值也不显著，更进一步说明模型的解释力不高，在做解释的时候，这一点需要特别谨慎。因为模型中自变量的系数代表弹性大小（Woodridge，2002），也就是说自变量、因变量对数转换并差分后的回归系数可以解释为自变量从时间 $t-1$ 到时间 t 每变化 1%，因变量（户均媒介消费）变化的百分数，因此方程中的回归系数表示媒介消费收入弹性系数，这里以书籍消费（代表受众在书籍和地图上的消费）模型为例来说明：（1）截距表示在所有自变量都不变的情况下，有 $-0.005\,6\%$ 的趋势表示，若其余条件不变消费者在书籍和地图上的消费每年以 0.005 6% 的速度下降。（2）收入的系数 1.13 代表户均可支配收入每增加 1%，家庭在书籍和地图上的消费将显著增加 1.13%。（3）价格系数 -0.17 表示，价格每增加 1%，家庭在书籍和地图上的消费将减少 0.17%。（4）失业率的系数 0.017 表示，失业率每增加 1%，家庭在书籍和地图上的消费将增加 0.017%。（5）为了获得实际利率的弹性，利率的系数要除以实际利率的样本均值（2.73），穆迪实际利率的弹性是 0.002 7（0.007 5/2.73≈0.002 7），表示利率每增加 1%，书籍和地图消费将增加 0.002 7%。需要指出的是，上述的系数（弹性）中只有收入和利率的影响是显著的，其余的影响均不显著。因为该方程是静态回归模型（不包括滞后自变量或滞后因变量），自变量个人可支配收入的系数即表示收入弹性系数（表 5—8）。由此可以发现，受众在报纸、杂志、印刷媒介、电脑和新媒介上的消费的收入弹性系数小于 1，属于缺乏弹性的媒介产品；而书籍、电视、音频设备、视听媒介和所有媒介消费的收入弹性系数大于 1，即属于具有弹性的媒介产品。结果显示，印刷媒介（除书籍）缺乏弹性，更接近生活必需品，而媒介消费耐用品多属于具有弹性的媒介产品，如书籍的收入弹性系数为 1.13，表示个人可支配收入每增加 1%，则其在书籍上的消费就相应增加 1.13%，杂志的收入弹性系数为 0.83，表示其缺乏弹性。

表 5—9　　1929—2007 年美国受众各媒介消费短期收入弹性系数

弹性系数＜1		弹性系数＞1	
媒介消费	收入弹性系数	媒介消费	收入弹性系数
杂志	0.83*	书籍	1.13*
报纸	0.45	电视	1.37*
印刷媒介	0.64	音频设备	1.59*
电脑	0.15	视听媒介	1.28*
		总计	1.06*

* $p<0.01$。

从表 5—8 可见，自变量价格的系数表示价格弹性系数，即价格每变化 1％引起的媒介消费的变化百分数，除杂志、视听媒介和全部媒介消费的价格弹性为正数外，其余媒介的价格弹性皆为负数，即表示随着价格的提高媒介消费减少，但所有的价格弹性绝对值都小于 1，说明美国受众在媒介上的消费较少受媒介价格的影响。

与受众媒介消费静态模型类似，在广告投入静态模型中，GDP 是影响最为显著的自变量（表 5—10）。人均 GDP 是报纸、杂志、印刷媒介和电视这几种媒介的人均广告支出的唯一显著影响变量，而广播和视听媒介广告则显著受到价格的影响，其他解释变量对人均广告支出的影响均不显著。与受众媒介消费模型近似，广告支出模型的方程拟合度也不高。

虽然本书研究宏观经济对媒介消费的影响，但作为媒介消费的重要组成部分——广告对宏观经济特别是 GDP 也起着重要的反作用，广告扩大了商品的知名度，促进了企业产品或服务的知名度，刺激了消费，同时广告自身也是 GDP 的一部分，因此广告对 GDP 也有反向影响。一种商品或服务的广告刊登以后，对这种商品或服务的销售的影响往往会有滞后效应，因此这里运行动态回归方程为：$\Delta \ln \text{PGDP}_t = \beta_0 + \beta_1 \Delta \ln \text{PAD}_t + \beta_2 \Delta \ln \text{PRICE}_t + \beta_3 \Delta \ln \text{UN}_t + \beta_4 \Delta \text{IR}_t + \beta_5 \sum_{i=1}^{P} \Delta \ln \text{PAD}_{t-i} + \beta_6 \sum_{i=1}^{Q} \Delta \ln \text{PGDP}_{t-i} + \varepsilon_t$，以检验人均广

表 5—10　1929—2007 年影响美国广告支出的显著变量（多元静态回归）

人均广告支出	解释变量（回归系数）					R^2	F	N	DW'd
	截距	人均GDP	物价	失业率	利率				
报纸 (0.46)	-0.009 8	0.50*	0.022	-0.030	0.004 0	0.22	5.16*	78	1.30 (1.53, 1.74)
杂志	-0.019	0.68*	0.39	-0.039	0.003 9	0.33	8.79*	78	1.77 (1.53, 1.74)
印刷媒介 (0.31)	-0.012	0.51*	0.15	-0.029	0.004 0	0.24	5.82*	78	1.47 (1.53, 1.74)
电视 (0.53)	0.074	2.35*	-0.80	0.078	0.009 3	0.23	4.07*	58	0.60 (1.35, 1.65)
广播 (0.64)	0.15*	0.21	-2.52*	-0.039	0.004 1	0.24	5.65*	78	0.79 (1.53, 1.74)
视听媒介 (0.55)	0.18	0.24	-3.00*	-0.036	0.003 3	0.31	8.05*	78	0.91 (1.53, 1.74)
总计	-0.009 4	0.56*	0.42*	0.002 3	0.001 5	0.28	7.24*	78	1.61 (1.53, 1.74)

* $p < 0.01$。

告支出对人均 GDP 的影响。AIC 信息准则分析显示，滞后一阶的模型 R^2 较大，因此该动态模型滞后自变量均滞后一阶，回归分析结果如下：

$\beta_0 = 0.015^*$，$\beta_1 = 0.23^*$，$\beta_2 = -0.062$，$\beta_3 = -0.091^*$，$\beta_4 = -0.001\ 3$，$\beta_5 = -0.17^*$，$\beta_6 = 0.34^*$，$R^2 = 0.69$，DW's $h = 1.80$。由此可以证明，广告支出对 GDP 具有较显著的反影响，由于每一种媒介对 GDP 的影响有限，且不同媒介对 GDP 的影响很难区分，所以这里仅运行总广告支出对 GDP 的影响模型。

2. 多元动态回归结果：上年媒介消费影响当年媒介消费，但上年宏观经济对当年媒介消费影响不显著

从动态回归模型结果可以发现，无论对于受众媒介消费还是对于广告主广告支出，滞后自变量（宏观经济变量）的影响多不显著，说明宏观经济对受众媒介消费的影响更多是即时而非滞后的，上一年宏观经济变量对当期媒介消费的影响（如果有）非常小。

虽然滞后自变量（宏观经济指标）对当期媒介消费影响不显著，但是滞后因变量影响大多显著，上年受众在书籍、电视、音频设备和视听媒介上的消费显著影响了当年消费者在这些媒介上的消费，说明美国受众在这些媒介上的消费时间具有较强的惯性。总的来看，滞后解释变量对媒介消费的影响非常小，当年可支配收入是影响媒介消费最显著的解释变量，当年受众户均可支配收入显著影响了除报纸、电脑和新媒介以外的媒介消费（$p < 0.01$，杂志 $p < 0.1$）（表 5—1）。

影响受众在新媒介上的消费与传统媒介上的消费的解释变量具有明显的差异，价格显著负向影响了受众在新媒介上的消费，在影响电脑、互联网和新媒介消费的显著自变量中，价格和失业率更为显著。另外，在动态模型中，相对于当期自变量，滞后自变量对新媒介消费有更大的解释力，如收入 $_{t-1}$、价格 $_{t-1}$ 和利率 $_{t-1}$ 等（表 5—11）。

在受众媒介消费动态模型中，根据模型的当期个人可支配收入和滞后可支配收入的系数可以计算短期和长期收入弹性系数（表 5—12），短期收入弹性系数报告的是媒介消费对收入变化的及时/部

表5—11　1929—2007年影响美国受众媒介消费的显著变量（多元动态回归）

户均媒介消费	解释变量（回归系数）							R^2	F	N	DW'h^a
	截距	媒介消费$_{t-1}$	户均收入	物价	失业率	利率	收入$_{t-1}$				
书籍			1.18**					0.34	6.14**	77	1.96
报纸			0.78**					0.25	2.24*	47	1.82
杂志				0.35*				0.32	3.14**	47	1.88
印刷媒介			0.70**			0.005 8**		0.37	6.81**	77	1.97
电视	−0.032**	0.42**	1.61**					0.63	11.58**	47	1.89
收音设备	−0.014*	0.36**	1.73**					0.61	10.62**	47	2.15
视听媒介		0.23**	1.29**	−0.34**	0.11**			0.45	9.43**	77	2.02
电脑		0.46**					−5.05**	0.55	4.56**	29	2.30
新媒介		0.45**		−0.87**				0.54	4.37**	29	2.29
总计		0.28**	1.09**		0.069**			0.51	12.07**	77	2.06

* $p < 0.10$，** $p < 0.01$。

a. 与前述多元静态回归方程不同，此处检验包括滞后因变量的多元动态回归的 Durbin-Watson 检验，其检验值用 DW'h 统计值而非 DW'd 值。

分反应，长期收入弹性系数则表示收入变化对媒介消费变化影响的累积/总体效应，短期收入弹性系数估计消费者在第一年（即当年）对收入变化的反应，而长期收入弹性估计消费者在第一年、第二年（从第一年年底到第二年年底）对收入变化的反应，以及两年的总反应，即从第一年年初到第二年年底对收入变化的反应。因此，长期收入弹性系数要比短期收入弹性系数大，因为长期收入弹性系数反映的是受众在几年里对收入变化的全部反应。在动态模型中，收入的回归系数即短期收入弹性系数，长期收入弹性系数可以通过公式进行计算：收入弹性系数（长期）＝收入弹性系数（短期）/（1－rho），其中 rho 为滞后因变量的回归系数。由表 5—13 可以发现，长期收入弹性系数比短期收入弹性系数高。

表 5—12   1929—2007 年美国各媒介消费—收入弹性系数

媒介消费	rho	短期收入弹性系数	长期收入弹性系数
电视	0.42*	1.61*	2.78
音频设备	0.36*	1.73*	2.70
视听媒介	0.23*	1.29*	1.68
总计	0.28*	1.09*	1.51

* $p < 0.1$。

与受众媒介消费动态模型结果类似，从广告支出动态模型可以看出，滞后一阶因变量——上一年广告支出和当年人均 GDP 是影响所有广告支出的最显著的自变量，并且这种影响均是正向的，说明了广告投放具有较强的连续性，同时也说明了人均 GDP 仍然是影响广告支出最显著的宏观经济变量。广播广告和视听媒介广告显著受到价格和失业率的反向影响，需要注意的是，滞后自变量（上一年人均 GDP）对因变量（当年媒介广告）的影响虽显著，但均为负向影响，它显著影响了报纸、杂志、印刷媒介和电视广告（表 5—13）。

表 5—13　1929—2007 年影响美国广告支出的显著变量（多元动态回归）

人均 广告支出	解释变量（回归系数）							R^2	F	N	DW'h
	截距	人均 广告$_{t-1}$	人均 GDP	物价	失业率	利率	人均 GDP$_{t-1}$				
报纸		0.40**	0.60**			0.40*	−0.49**	0.28	4.54**	77	1.91
杂志			0.77**			0.004 7*		0.31	5.14**	77	2.06
印刷媒介		0.32**	0.63**			0.004 3**	−0.42**	0.27	4.30**	77	1.97
电视 （−0.65）		0.69**	1.61**				−1.00**	0.72	65.36**	57	2.92
广播 （−0.57）		0.80**		−0.42**	−1.00**	0.007 7**	−0.59**	0.92	133.93**	77	2.87
视听媒介 （−0.65）		0.79**	0.38**	−0.40**	−0.069**	0.009 3**	−0.72**	0.92	138.47**	77	2.91
总计		0.25**	0.72**	0.34*			−0.35**	0.30	5.03**	77	2.10

* $p<0.1$，** $p<0.01$。

5.3

研究结论及其讨论

5.3.1 受众媒介消费中印刷媒介消费比例下降，有线电视消费比例上升

从描述性结果图示可以看出，无论是从受众媒介消费还是从广告主广告投放占宏观经济的比例看，印刷媒介尤其是报纸的相对消费比例都在持续下降，图 5—8 显示受众在印刷媒介上的消费占个人可支配收入的比例，书籍和杂志相对稳定，而报纸呈直线下降（从有读者报纸消费数据的 1959 年开始）。

美国受众在印刷媒介特别是报纸上的消费比例的下降可以从报纸的发展脉络中寻求解释。2008 年 12 月 8 日，拥有《洛杉矶时报》、《芝加哥论坛报》、《巴尔的摩太阳报》等 10 家日报和 23 家广播电视台的美国第二大报业集团——论坛报业集团，因为不敌广告严重下滑与网络媒介的冲击，正式宣布申请破产保护，成为网络普及以来首家申请破产的美国主要报业集团。论坛报业集团的破产不是一个偶然现象，在以互联网为代表的新媒介和经济危机的双重冲击下，美国报业正在经历历史上最严寒的冬天。实际上不仅仅是因为互联网加重了报业的危机，美国报业的下滑早就开始了。在美国报纸的经济收入中，广告收入约占 80％，报纸发行收入约占 20％，[①] 广告收入是报纸的主要经济来源。将报纸广告[②]放在所有媒介广告中看，报纸广告在所有媒介广告中的比例在逐年下降。报纸曾经是第一大广告媒介，1950 年报纸广告占总广告额的比例超过 1/3，为 36.32％，为当时的第一大广告媒介（当时诞生不久的

---

① See The Project for Excellence in Journalism，*The State of News Media：an Annual Report on American Journalism*，http：//www. stateofthenewsmedia. com/2008/ printable＿newspapers＿chapter. htm.

② 这里报纸广告数据来自美国报业协会（Newspaper Association of America，NAA）网站，http：//www. naa. org/，百分比为作者计算，所有广告数据均为实际广告额。

电视广告仅占总广告额的 3.00%，广播占总广告额的 10.61%，杂志占 8.39%，其余为户外、直投、其他广告等），1992 年报纸广告第一次被电视超越，其比例降至 22.77%，而同年电视广告份额为 23.66%。其后报纸广告在总广告额中的比例一直落后于电视广告，到了 2001 年，报纸广告份额再度跌破 20%，为 19.15%，被直投广告（占 19.33%）超越，在各类广告中居第三。2005 年报纸广告在媒介广告中的比例继续降至 17.49%，鉴于报纸广告仍然在低迷，估计这一比例还会继续下降。2007 年报纸广告额为 422.09 亿美元，比 2006 年下降了 9.4%，创下 1950 年以来报纸广告的最大降幅。如果再加上 2007 年 31.66 亿美元的报纸网站广告收入，那么 453.75 亿美元的广告总收入相对于 2000 年 486.70 亿美元的最高广告收入，也许并没有下降太多（下降 7.26%），但是如果去除通货膨胀因素，报纸广告在这期间实际下降了 20%，无论从相对比例还是从绝对数都可以看出，报纸广告已经完全失去了曾经的风光。

从报纸读者市场看，美国全国平均日报阅读率[①]从 1964 年的 80.80%，下降到 2007 的 48.40%，即只有不到一半的美国成年人有读报的习惯，星期日报的阅读率下降幅度相对较小，从 1964 年的 75.30%，下降到 2007 年的 55.40%。但从阅读率在不同年龄组读者中的变化可看出，18～34 岁年轻人的阅读率最低，下降速度也快于平均阅读率，1967 年 18～34 岁年轻人的日报阅读率为 71.80%，到了 2007 年，他们在一周之内阅读日报和星期日报的比例分别降为 33.77% 和 40.99%，也就是说现在大约 2/3 的年轻人不读报纸了（图 5—14）。2000 年全年平均一个美国成年人花在报纸上的平均时间是 201 小时，当时预计，到 2007 年要下降到 175 个小时；而花在互联网上的时间在 2000 年是 104 个小时，当时预计，到 2007 年会上升至 195 个小时。[②]

---

① 这里的阅读率是指最常用的报纸平均每期阅读比率，在上下两期报纸出版间隔期读过报纸的成年人被视作该报读者，如日报的阅读率为"昨天读过报纸"的回答者的比例，周报阅读率为"最近一周读过报纸"的回答者的比例，以此类推。这里采用昨天读过报纸的回答者的比例。

② See Associated Press(2006). Study of American Media Use Finds Web Finally Passing Newspapers. *Editor & Publisher*, 2006 - 12 - 15.

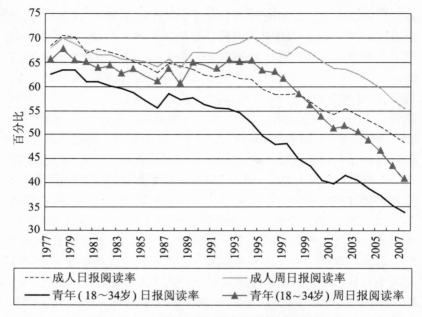

の凡例:

----- 成人日报阅读率 　　　　——— 成人周日报阅读率
——— 青年(18～34岁)日报阅读率 　—▲— 青年(18～34岁)周日报阅读率

图5—14　1980—2007年美国报纸平均阅读率

数据来源：美国报业协会（NAA）。

除了广告，报纸发行市场也在逐渐萎缩，2003—2007年美国报纸的发行量平均每年下降2％，特别是一些大的报纸，如《旧金山纪事报》（*San Francisco Chronicle*），《波士顿环球报》（*The Boston Globe*）和《洛杉矶时报》（*The Los Angeles Times*），这几年的发行量下降了20％～30％。[①]

报纸是印刷媒介的重要组成部分，受众报纸消费和广告投放的相对下降导致了受众报纸消费占收入的比例和报纸广告占GDP比例的下降。

所以有线电视自诞生以来在美国得到了强劲的发展，有线电视业的经济影响几乎覆盖了美国经济的所有主要方面，受其影响最大的是信息产业、服务业和制造业，这几个产业都对经济的健康发展

---

① See Perez-Pena，R. (2008). An Industry Imperiled by Falling Profits and Shrinking Ads. *New York Times*，2008 - 02 - 07.

有直接的影响。除了上述对经济的直接影响，有线电视业还影响到全国宽带基础设施的发展，并能带来一个真正有竞争力的电信传播市场。由于竞争刺激了宽带基础设施建设，所以有线电视业还将继续为美国的经济提供生产力。① 目前有线电视正在提供各种服务，有线服务的消费包括高清电视（High-Definition Television）、标清电影（Standard-Definition Movies）和节目以及高速互联网服务和数字电话服务，而有线高速互联网接入带来了"第三次互联网革命"，每个季度有线服务都吸引了 100 万的数字消费者并将为消费者引入更多的数字服务。有线电视广告收入也从 1990 年的 26.31亿美元增加到 2007 年的 263.19 亿美元，年均增长 14.51％，而无线电视广告从 1990 年的 266.16 亿美元增加到 2007 年的 445.21 亿美元，每年仅增长 3.07％（图 5—15）。

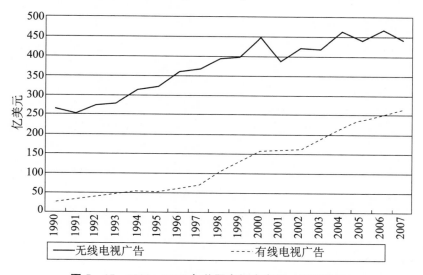

图 5—15 1990—2007 年美国电视广告额（当期价格）

数据来源：美国电视广告局（TVB）。

① See National Cable & Telecommunications Association，*National Cable & Telecommunications Association 2008 Industry Overview*，http：//i. ncta. com/ncta _ com/PDFs/NC-TA _ Annual _ Report _ 05. 16. 08. pdf.

5.3.2 互联网显著增加了受众媒介消费的比例，但广告支出比例增长不如受众媒介消费

回归（模型 $H_{1.1}$[①] 和 $H_{1.2}$[②]）结果显示，互联网作为大众媒介进入美国家庭后媒介消费比例并没有显著上升，该结果没有支持研究假设1，但是媒介消费比例分布图与回归结果显示出不同的变化，比例图显示，从1993年以后受众媒介消费占其收入的比例在逐渐上升，如果去掉受众在新媒介上的消费，受众在传统媒介上的消费比例相对平稳（图5—6）。

通过比较分布图和回归结果可以发现，两者存在较大差异，实际增长在回归模型中不显著有下列原因：媒介消费比例每一年都在变化，这种波动有大有小，回归模型显示的常数可能是因为实际消费比例是平稳的；可能是因为不同年份的比例波动较大，短期的波动被长期的平稳掩盖了；还有可能是因为研究年份太短，个案少于30个导致研究结果不可靠（Wood，1986）；还有可能是经过对数转换和一阶差分后的数据掩盖了原始数据的大量信息（Dupagne，1997b）。在统计学中，比较同一样本中两组个案均值差异的常用方法是 T 检验，因此这里采用统计学的 T 检验来看互联网进入前后媒介消费平均比例有无显著上升。T 检验显示，1993年以后媒介消费比例显著上涨了，同时1997年以后媒介广告投放的比例也上升了，但是相对于媒介消费比例，媒介广告投放上升不够显著（表5—14）。

表5—14　　1993年前后美国媒介消费比例的 T 检验

	媒介消费占宏观经济百分比		T
	1929—1993	1994—2007	
受众媒介消费比例	2.66	3.63	−13.08*
广告开发度（1997—2007）	2.07	2.27	−2.04*

* $p < 0.01$。

比较受众在新媒介和传统媒介上消费额的增长率可以发现，受

---

① $H_{1.1}: \Delta 1_n EX_2 = \beta_0 + \beta_1 \Delta 1_n DPI_2 + \beta_2 DUMMY + \beta_3 (DUMMY \times \Delta 1_n DPI_2) + \varepsilon_t$

② $H_{1.2}: \Delta 1_n AD_{1929-2007} = \beta_0 + \beta_1 \Delta 1_n GDP + \beta_2 DUMMY + \beta_3 (DUMMY \times \Delta 1_n GDP) + \varepsilon$

众在新媒介上的消费增长明显快于在传统媒介上的消费增长，1994—2007 年，受众在传统媒介上的消费年均增长率为 2.94％，而受众在新媒介上的消费年均增长率为 8.94％（图 5—16）。

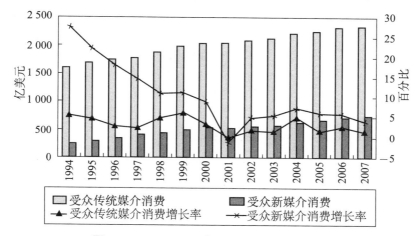

图 5—16　1994—2007 年美国受众在传统媒介及
新媒介上的消费额及其增长率

　　但是否因此就可以证明受众在新媒介上的消费是以牺牲他们在传统媒介上的消费为代价的呢？现在还不能立即下定论。78 年间美国受众传统媒介消费年均增长率为 2.90％，实际上随着新媒介的进入，人们在传统媒介上消费的增加并没有减速反而加快了，这说明新媒介与传统媒介在很大程度上是共同发展的，因为从功能上看，新媒介是一种具有全新功能的全媒介，它具有传统媒介无可比拟、不可替代的优势，作为一种具有高度互动性的个性化媒介，新媒介拓展了传统媒介的功能而不是仅仅替代这些功能，新媒介只是在某些方面替代了传统媒介的功能，最明显的就是互联网对报纸部分功能的冲击。但从另一方面看，传统媒介还可以利用新媒介的平台来发展自身，两者还具有一定的互补性。

　　再从广告市场来看互联网是否造成了传统媒介广告的相对萎缩。互联网对受众媒介消费和广告主广告投放的影响是不一样的，虽然互联网进入美国后显著增加了受众在媒介上的消费，但互联网进入后引起的广告开发度增长不如受众媒介消费占收入比例的增长显著，无论从 T 检验结果还是从分布图看，互联网作为广告媒介进入美国后引起的广告开发度的扩大都不明显。如果再看广告开发度的分布就可以发现，美国传统媒介广告占 GDP 的比例在 2000 年一度达到 2.45%，但是此后一直下降，至 2007 年降至 1.94%，传统媒介广告年均增长 − 1.07%；同时期，互联网广告年均增长 4.30%，互联网广告占 GDP 的比例从 2000 年的 0.066% 增长到 2007 年的 0.076%，这种增长的反差部分是由于互联网广告对传统媒介广告的替代作用，特别是互联网广告的发展是以牺牲一部分报纸广告为代价的，但是与受众在新媒介上的消费额相比，互联网广告的绝对值和比例都不大。1997 年当互联网刚作为一种广告媒介刊登广告的时候，其广告额（6.00 亿美元，当期价格，下同）占 GDP 的比例仅为 0.007 2%，而当年新媒介的受众消费额（包含软硬件，370.45 亿美元）占收入的比例已经达到 0.62%。到了 2007 年，互联网广告（105.29 亿美元）占 GDP 的比例也才达到 0.076%，而 2007 年受众在新媒介上的消费额（878.62 亿美元）占其收入的比例已经达到 0.86%。这说明互联网首先是作为一种消费媒介，其次才是一种广告媒介。与互联网给人们带来的巨大改变相比，互联网作为广告媒介的功能远远没有发挥出来，互联网还算不上一种成熟的广告媒介，还不具有成熟的广告盈利模式。鉴于此，互联网的社会影响不能仅仅用广告额来衡量，2007 年美国全部广告投放总额达到 2 796.12 亿美元，而投放在互联网上的广告只有 105.29 亿美元，不到总额的 4%（图 5—17）。

从受众花在互联网上的时间看，2007 年美国人平均每周上网 15.3 小时，美国人每年花在互联网上的时间都在持续上涨（图 5—18）。

那么与过去不断进入的其他各种新媒介相比，互联网作为全新的媒介进入市场有没有不同呢？这里以电视机在 20 世纪 40 年代末进入美国市场为参照，分析互联网对受众媒介消费比例的影响，1929—2007 年，除互联网外影响最大的"新媒介"就是电视机，受众在电视机上的消费占其个人可支配收入的比例有明显的扩散周期。受众电视消费比例的扩散呈倒"V"字形，呈现出明显的"导入期、

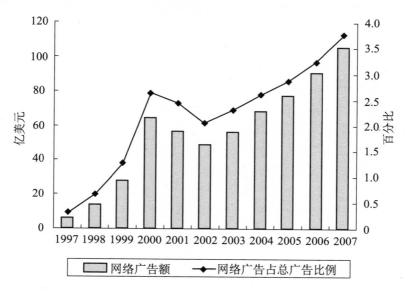

图 5—17　1997—2007 年美国网络广告及其占总广告的百分比
数据来源：优势麦肯。

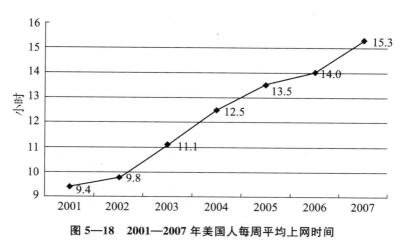

图 5—18　2001—2007 年美国人每周平均上网时间

　　数据来源：南加州大学安伦伯格传播学院数字化未来中心：《2008 年数字化未来报告》和以前的数字化未来报告，来自《2009 年互动性广告展望》。

早期采用、早期大多数、晚期大多数和后来跟进"五个阶段（图5—19）。1948年美国消费者在电视机上的消费占个人可支配收入的比例为0.10%，三年后的1950年该比例达到最高点0.67%，此后就一直下降，到了1960年这一比例下降到了0.23%，而美国拥有电视机的家庭比例也从1948年的0.4%（Fullerton，1988）增长到1960年的87.10%（TVB，2008），那时大部分家庭都已经有了电视机，基本完成了电视机的扩散过程。

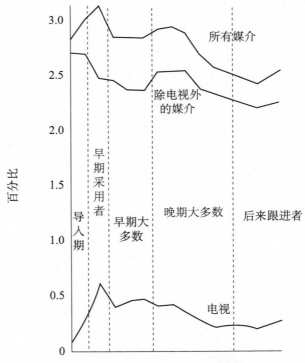

图5—19　1948—1962美国消费者媒介消费占个人可支配收入的百分比（Fullerton，1988）

　　与电视机的扩散相比，受众在电脑和互联网上的消费占个人可支配收入的比例呈直线上升，电脑和互联网消费占个人可支配收入的比例从1977年电脑第一次进入美国家庭，到1993年互联网作为大众媒介进入美国家庭，直到 2007 年，一直直线上升而没有波动（图 5—6），并且在可以预见的将来，该比例还会继续上升。这说明电脑和互联网是全新的媒介，虽然从最初的个人电脑进入家庭至今已经有 30 余年，但是该扩散过程还没有完成，而这并不是因为新媒介扩散过程慢，而是因为新媒介更新换代太快，不断有新功能和新款式的电脑问世，互联网服务更是日新月异，不断推出新网络服务项目来拓展网络的功能，吸引越来越多的受众去接触新媒介。从这个意义上说，新媒介的扩散远没有结束，它将继续改写媒介格局，改变人们的生活习惯和思维方式。

5.3.3 受众收入越高媒介消费占个人可支配收入比例越低（新媒介除外），不同教育水平受众媒介消费水平差异显著

与以前的研究（Werner，1986）类似，从受众个体角度看，美国受众在娱乐、视听媒介、印刷媒介和新媒介上的花费占其个人可支配收入的比例均随着个人可支配收入的提高而显著下降，但如果再深入研究新媒介消费在不同收入组的分布，可以发现一个例外，1993 年以前在电脑的普及初期，受众在新媒介（包括个人电脑软硬件）上的消费比例随着收入的提高而提高，1993 年以后（1994—2007）该比例又与其他媒介相关产品消费的比例表现出一致的趋势了，即随着收入的上升而下降，这与创新的扩散理论是一致的，即新技术在扩散的初期往往是从收入较高的群体中最先开始的。这种差别说明随着收入的提高，人们的消费渠道越来越多，作为人们消费之一的媒介产品和服务只是众多消费选择的一种，因此媒介消费比例就随着个人可支配收入的提高而下降。从教育水平看，不同教育水平受众也有显著差异，教育程度高的群体在印刷媒介和电脑上的消费占其个人可支配收入的比例也较高，而在视听媒介和娱乐上的消费占其收入的比例较低，这说明相对于视听媒介和娱乐消费，印刷媒介和电脑消费需要以一定的教育水平作为保障，这两类媒介是偏信息类媒介，而视听媒介以及娱乐消费的文化门槛相对较低，属于大众媒介，视听媒介是偏娱乐媒介。

5.3.4 个人可支配收入显著影响了受众媒介消费，GDP 显著影响了广告支出

从受众媒介消费静态回归模型（模型 RQ$_{1.1}$）的结果可以发现，个人可支配收入是影响媒介消费最显著的解释变量，从不同媒介消费的显著解释变量看，个人可支配收入更显著地影响了媒介硬件产品（如电视机等）的消费，说明影响不同类别媒介消费的解释变量是不同的，从静态受众媒介消费模型中得出的收入弹性系数表明杂志是缺乏弹性的媒介，说明在美国这样一个以中产阶级为主的国家，杂志已经成为中产阶级的一种生活必需品。

与受众媒介消费模型近似，广告主广告支出静态模型（模型 RQ$_{1.2}$）显示，影响广告支出最显著的变量是人均 GDP，个人可支配收入或人均 GDP 对受众媒介消费或广告主广告投放的强影响说明，美国受众的媒介消费成为其消费中的一部分，总的来看，媒介消费偏向于"刚性消费"。同样，美国广告也成为 GDP 的一部分，广告已经成为现代社会不可或缺的一个构成部类。收入和 GDP 这两个宏观经济变量的影响显著，也可能导致这两个解释变量的解释力太强而掩盖了其他解释变量的显著性。在相关矩阵中，其他各解释变量（除失业率）均与户均可支配收入呈高度显著正相关（表5—15）。

表 5—15　　　美国受众的媒介支出与各解释变量的相关矩阵

	户均媒介消费	户均可支配收入	价格	失业率	利率
户均媒介消费	1.00				
户均可支配收入	0.96*	1.00			
价格	0.94*	0.90*	1.00		
失业率	−0.079	−0.49*	−0.24*	1.00	
利率	0.19	0.13	0.27*	0.39	1.00

　* $p < 0.01$。

同样，在广告支出模型中，其他各解释变量（除失业率）也都与人均 GDP 呈高度显著正相关（表 5—16）。

表 5—16 美国广告支出与各解释变量的相关矩阵

	人均广告额	人均 GDP	价格	失业率	利率
人均广告额	1.00				
人均 GDP	0.97*	1.00			
价格	0.96*	0.93*	1.00		
失业率	−0.36*	−0.45*	−0.24*	1.00	
利率	0.28*	0.16	0.28*	0.39	1.00

* $p < 0.01$。

虽然对自变量、因变量对数转换和差分后的模型不存在多重共线性，但个人可支配收入和 GDP 无疑是最具解释力的自变量，从而弱化了其他自变量的解释力，使其他解释变量的影响缺乏显著性。同时，在受众媒介消费静态模型中，价格对所有媒介的消费影响多不显著，这说明美国受众在进行媒介消费时，对价格并不敏感，这从一定程度说明，媒介成了一种生活必需品，并不受价格的显著影响，进一步证明了媒介作为一种"刚性"消费品的特点。

5.3.5 媒介消费具有较强的惯性

从媒介消费的动态模型（模型 $RQ_{2.1}$ 和 $RQ_{2.2}$）看，滞后（$t-1$）解释变量即上一年宏观经济变量对当年的媒介消费影响多不显著。但是滞后因变量的影响模式是不同的，在受众媒介消费模型中，除报纸、杂志、印刷媒介、电脑、互联网和新媒介外，媒介消费滞后因变量均显著影响了当期媒介消费，说明大部分传统媒介（报纸、杂志和印刷媒介除外）消费具有连贯性，而新媒介消费则缺乏连贯性，这说明新媒介的功能和款式不断推陈出新，消费者可能被其吸引而随时购买。但在广告支出模型中，滞后因变量均具有较为显著的影响，说明广告支出的惯性更强，更具连贯性。另外，消费者在新媒介和传统媒介消费的解释变量上是有区别的，新媒介消费较多受到除个人可支配收入外的其他宏观经济变量的影响，说明新媒介更多是作为一种全媒介出现的。同样，广告支出动态回归模型显示，除杂志广告外，滞后因变量对广告支出影响显著，即上一年的广告支出显著影响了下一年的广告支出，各媒介的广告支出均具有较强的惯性。

需要注意的是，在动态模型中，影响新媒介消费的解释变量系数的符号与传统媒介有所不同，如上一年个人可支配收入对电脑消费的系数为负数，这可以从如下几个方面得到解释：首先，理论与实证研究结果并不总是一致的；其次，更有可能的是，从方法论看，这些不一致的系数可能是由于测量误差以及样本量较小造成的。研究者总是假设回归中用到的数据是准确无误的，但是无论是自变量还是因变量的测量误差总是存在的，因变量的测量误差可能会导致回归系数产生更大的标准误差（T 值也会被高估）。有些数据并非按细类公布，例如书籍消费就不能精准得出，因为书籍和地图的消费是归为一类公布的，而散页乐谱的数据也不能从报纸、杂志这一类别的总数据中分离出来。尽管美国商务部的媒介消费数据具有权威性，但与相关研究相比，本研究的数据仍然有一些不足之处。由于媒介市场的变化，本研究中用到的美国受众媒介消费的分类与之前的研究有所不同。例如，在麦库姆斯（1972）的研究中，他把媒介消费分为六类：（1）报纸、杂志和散页乐谱；（2）书籍和地图；（3）收音机、电视机、录音机和乐器；（4）收音机和电视机维修；（5）电影；（6）其他（其他合法的娱乐消费，不包括体育）。这种分类法一直被后来绝大多数的媒介消费研究所采用。此外，通常美国商务部等数据机构在发布数据的时候会做出一些修正，例如，在麦库姆斯 1972 年的研究中，1959 年的书籍和地图消费为 1.35 亿美元，而 2008 年 4 月 28 日发布的同样来自美国商务部的该项数据却是 1.09 亿美元。宏观经济的某些变量也有这种不统一的情况：在麦库姆斯的著作《市场中的大众媒介》中，美国 1964 年的家庭规模为 5 599.6 万户，而当代人口调查（CPS）2008 年 6 月发布的数据则是 5 614 万户。还有，数据加和的时候存在舍入误差，因此数据会存在一些差异。

动态模型除滞后因变量和当期个人可支配收入或 GDP 具有显著影响外，其他自变量（当期或滞后）系数的显著性不强，但其拟合度明显好于静态模型，说明动态模型可以解释的因变量的变异比静态模型高，这也说明了引入滞后变量改进了方程的拟合度，具有可行性。虽然自变量影响多不显著，滞后变量，特别是滞后因变量仍然能解释因变量的部分变异。

第6章
相对常数原则在中国的检验——跨时间、跨地区、跨媒介

　　媒介消费和宏观经济关系的研究主要集中于以美国为代表的西方发达资本主义国家，在发展中国家很少有相关研究（见本研究第 2 章文献回顾部分）。从主观上看，发展中国家的媒介消费历史比较短，媒介在社会中的作用和地位还不突出，没有引起足够的重视；从客观上说，发展中国家的媒介消费和宏观经济的数据都比较缺乏。如果数据可以获得，发展中国家的媒介消费与宏观经济的关系应该与发达国家表现出不同的模式。本研究尝试从跨国比较的角度来研究中美两国媒介消费和宏观经济的关系的异同。

　　改革开放后中国国民经济以及媒介消费发展都很快，举世瞩目。据国际货币基金组织的数据，中国 GDP 总量在世界上的排位，1990 年为第十位，2000

年上升到第六位，2005 年上升到第五位，2006 年上升到第四位，[1]
2007 年超越德国成为世界第三，2010 年则超越日本成为世界第二
大经济体。[2] 作为宏观经济撬动力量的广告也从改革开放初的几
乎零起步开始突飞猛进。实力传播的全球媒体花费预测称，中国
已经成为拉动全球广告费用增长的第二大主力，仅次于美国，并
预计 2011 年中国将超越德国成为继美国、日本之后的全球第三大
广告市场。[3] 2010 年 6 月 9 日，会计师事务所普华永道（PwC）发
表报告说，中国将在 2015 年超过日本成为全球第二大广告市场。[4]
快速发展的中国宏观经济及与其伴随的媒介消费之间的关系值得
关注。

6.1 中国媒介消费和宏观经济：快速增长下的区域失衡

6.1.1　改革开放以来的中国宏观经济发展

自从 1978 年实施改革开放以来，中国经济稳步增长，取得了
巨大的发展，从 1978 年到 2007 年中国 GDP 按照可比价格年均增
长 9.8%，与世界上同期主要经济体相比增长速度是最快的（同期
世界经济平均增长率 3.0%），年人均 GDP 年均增长 8.2%[5]。1978
年城镇居民家庭年人均可支配收入为 343.4 元，恩格尔系数为
57.5，2007 年年人均可支配收入增长到 13 785.8 元，恩格尔系数

---

① 参见王茜：《中国 GDP 30 年增长 14 倍今年有望升至世界第三位》，http://news. china. com/zh_cn/domestic/945/20081217/15238683. html.

② 参见王兴栋：《数据显示中国超过日本成为全球第 2 大经济体》，载《新闻晚报》，2010 - 08 - 16.

③ 参见木木：《数据显示 2011 年中国将成全球第三大广告市场》，http://www. jmnews. com. cn/c/2010/12/06/13/c_6280294. shtml.

④ 参见杜笑宇：《中国将超过日本成全球第二大广告市场 外媒眼热》，http://world. people. com. cn/GB/11821250. html.

⑤ 如无特别说明，本章所用宏观经济数据均据中国国家统计局统计数据。

下降到 36.3；1978 年农村居民家庭年人均纯收入为 133.6 元，恩格尔系数为 67.7，2007 年农村年人均纯收入增长到 4 140.4 元，恩格尔系数下降到 43.1。

中国改革开放后的经济发展大致是沿着 1987 年提出的"三步走"的路子走的。1987 年，中国共产党第十三次全国代表大会确立了邓小平提出的分"三步走"基本实现现代化的战略构想。第一步，从 1981 年到 1990 年，国民生产总值翻一番，解决人民温饱问题；第二步，从 1991 年到 20 世纪末，国民生产总值再翻一番，人民生活水平达到小康水平；第三步，到 21 世纪中叶，人均国民生产总值达到中等发达国家水平，人民生活比较富裕，基本实现现代化，然后，在这个基础上继续前进。1987 年提前 3 年实现国民生产总值比 1980 年翻一番的第一步战略目标，1995 年实现再翻一番的第二步战略目标，提前 5 年进入实现第三步战略目标的新的发展阶段，开始全面建设小康社会，即达到中等发达国家程度的现代化发展战略第三步阶段。

1992 年，中国共产党第十四次全国代表大会确定经济体制改革的目标是建立社会主义市场经济体制；2001 年，中国正式成为世界贸易组织（WTO）成员，中国的经济更加国际化了。

改革开放 30 多年来，中国坚持巩固和加强第一产业、提高和改造第二产业、积极发展第三产业，三次促进了产业结构不断向优化升级的方向发展。中国产业结构不断优化，与 1978 年相比，2007 年第一产业比例下降了 16.9％，第二产业比例上升了 0.7％，第三产业比例大幅上升了 16.2％。30 多年来，城镇人口占总人口的比例逐年提高，城市化率由 1978 年的 17.9％上升到 2007 年的 44.9％，上升了 27.0％，年平均上升 0.9％。

6.1.2　改革开放以后中国媒介消费的发展

与中国经济一起成长甚至超常规发展的是中国的媒介消费。伴随着 1978 年的经济改革，新闻媒介逐渐从完全的宣传工具转变为产业，1978 年，财政部批准了《人民日报》等八家新闻单位实施企业化管理的报告，这些单位可从经营收入中提取一定比例用于增加员工收入和福利，改善传媒自身的条件。"事业单位、企业化管理"的实行，是传媒从完全的计划运作转向市场运作的重要转折。

历次传媒变革中，报纸基本都走在前面。1981 年，在广州市委的批准下，《广州日报》与市财政脱钩，率先实现了"自筹自支，自负盈亏"的新财务制度，标志着中国的报社从传统的机关式的传导部门向实体企业发展的重大转变，意味着中国报业开始被纳入社会主义市场经济轨道。1988 年以后，新闻媒体发展成为独立法人，在经济上独立自主、自负盈亏。①

在 1978 年改革开放之初，中国仅有 186 份报纸，但是这个数字在 2006 年时达到了 1 938。② 中国政府以前所未有的速度开发媒介消费，尤其是 1992 年中国决定走有中国特色的社会主义市场经济道路之后，中国传媒改革进一步提速。1995 年《华西都市报》脱离其母报《四川日报》，成为改革开放后中国第一家以市场为导向的报纸。中国第一家媒介集团广州日报报业集团于 1996 年成立，正式开启了中国媒介消费化的序幕，到 2010 年 11 月全国共有报业集团 49 家。③ 2007 年，中国的报纸达到 1 938 份，发行量达到 2 亿多份，2005 年千人日报拥有量为 76.84 份④。中国数字报刊业的成长也出现了良好的发展势头，截至 2008 年全国已有手机报 300 余种，网络报纸 1 000 余种，网络期刊逾 2 万种，⑤ 2009 年全国 55% 的报社拥有手机报。⑥ 2007 年全国共出版期刊 9 468 种，平均期印

---

① 参见李婉芬、徐锋：《报业：从宣传工具到传媒产业》，载《传媒》，2008（11）
② 数据来自国家统计局网站，http：//www.stats.gov.cn/tjsj/ndsj/2007/html/V2213c.htm。
③ 参见周志懿：《传媒这十年》，载《传媒》，2011（1）。
④ 参见新闻出版总署：《2006 年全国新闻出版业基本情况》，http：//www.gapp.gov.cn/cms/html/21/493/200707/448190.html。
⑤ 参见梁勤俭：《盘点中国报刊广告 30 年：与市场经济共成长》，载《中国新闻出版报》，2008-12-04。
⑥ 参见《2010 年中国数字出版业将迎来拐点》，http：//www.china.com.cn/economic/txt/2010-03/09/content_19569175.htm。

数 1.67 亿册。① 2002 年，中国第一家期刊集团——家庭期刊集团在广州成立，到 2010 年 11 月，我国已组建期刊集团 4 家。

无论是从受众的占有率还是广告份额上看，电视都被称为第一媒介，2007 年第五次全国观众调查显示，工作日和双休日全国观众日均看电视时长分别为 199.97 分钟和 229.35 分钟②，看电视成为人们闲暇时间的第一活动。据国家工商行政管理总局的统计，2010 年全国电视广告经营额为 679.83 亿元，占全国四大传统媒介广告的 58.07%。

1983 年第 11 次全国广播电视工作会议提出，要以新闻改革为突破口，带动整个广播电视宣传改革，并提出实行中央、省、有条件的地（市）和县"四级办广播、四级办电视、四级混合覆盖"，这是中国广播电视实现第一次突破的主要标志。此后十多年，中国广播电台、电视台以年均 122%、134.7% 的增长速度发展。1992—2000 年，以有线电视崛起和卫星电视出现为标志，中国广电事业实现了第二次重大突破，形成第二个高速增长期。20 世纪 80 年代后期，中国城市有线电视启动，90 年代中后期，"天上卫星转发，地上有线网络传输"的广电覆盖新格局逐渐形成，到 2000 年年底，"村村通"解决了 7 000 多万户农牧民"收听收看广播电视难"的问题。到 2007 年年底，中国收音机、电视机的社会拥有量分别达 5 亿台和 4 亿台，千人平均拥有量居世界首位。③ 中国广播和电视在 2006 年分别达到了 95.04% 和 96.23% 的覆盖率，与 1982 年相比分别增长了 48.51% 和 68.22%（图 6—1），2009 年中国广播和电视覆盖率分别达到 96.31% 和 97.23%。④ 到 2007 年年底，中国共有

---

① 参见新闻出版总署：《2007 年全国新闻出版业基本情况》，http：//www.gapp.gov.cn/cms/html/21/490/200808/459129.html。

② 参见《2007 年全国电视观众抽样调查分析报告》，http：//cctvenchiridion.cctv.com/special/C20624/20100104/101721_1.shtml。

③ 参见廖翊、曲志红：《改革开放 30 年：中国广播电视电影事业获得大发展》，http：//news.163.com/08/1009/10/4NQBPJRF00012QEA.html。

④ 参见国家广播电影电视总局：《国家广播电影电视总局统计信息》，http：//gdtj.chinasarft.gov.cn/index.aspx? ID=2435c168-d7dc-4947-87f9-f02943945300。

113

广播电台 263 座、电视台 287 座，分别比 1978 年增长 2.83 倍和 8.97 倍；开办公共广播节目 2 477 套、公共电视节目 1 283 套，分别比 1980 年增长 16.62 倍和 32.08 倍。2001 年以来，以广播电视体制机制改革创新与广电数字化发展为主要标志，中国广电业开始了第三次重大突破，传统广电媒介在模拟转数字中改造升级，与视听新媒介业务的发展并行推进；发展事业与发展产业、提供公共服务和提供市场服务成为广电业的基本目标和双重任务；逐步构建起以公共服务、市场运营、政府监管、中介社会服务等体系为基本框架的广播电视新体制；广播影视走出去、提高中华文化国际影响力成为重要目标。① 1999 年 6 月 9 日，无锡广播电视集团正式挂牌成立，成为全国第一家广电集团；2002 年 12 月，中国第一家省级广播影视媒体集团——湖南广播影视集团成立，现全国已有 20 多家广电集团。

20 世纪 80 年代初期，出现了报业的第一次办报高潮和广播电视业的建台热。1985 年《洛阳日报》正式告别邮发，在全国率先实行自办发行，这是媒介向产业经营迈出的关键性一步，20 世纪 90 年代后期自办发行逐渐成为主导的报纸发行模式，中华全国报纸行业经营管理协会于 1988 年在北京成立。1987 年，国家科学技术委员会编制的中国信息产业投入产出表将"新闻事业"、"广播电视事业"纳入了"中国信息商业化产业"中，从而使传媒业的产业特性得以初步确立。1988 年 3 月，《关于报纸、期刊社、出版社开展有偿服务和经营活动的暂行办法》出台，传媒业经营范围进一步扩大。1990 年 12 月，国家新闻出版总署颁布了《报纸管理暂行规定》，明确公示具有法人资格的报社"可开展有偿服务和多种经营活动"。20 世纪 90 年代后期，多种经营从起步进入发展时期，从中央到地方，报社纷纷开办各种各样、各种规模的经济实体。

中国的传媒业已开始通过自身重组和外部扩张等多种方式整合

---

① 参见廖翊、曲志红：《改革开放 30 年：中国广播电视电影事业获得大发展》，http：//news．163．com/08/1009/10/4NQBPJRF00012QEA．html。

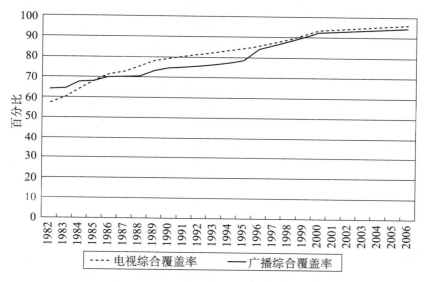

图6—1 1982—2006 年中国历年电视和广播综合覆盖率

数据来源：1982—2005 年覆盖率来自国家广电总局网站，2006 年覆盖率来自国家统计局网站。

内部资源、面向市场实行统一的市场化管理运作，在经营模式上不断探索，逐渐办出了自己的特色，经济实力不断增强。2003 年 7 月中共中央办公厅、国务院办公厅转发了《中共中央宣传部、文化部、国家广电总局、新闻出版总署关于文化体制改革试点工作的意见》，此后国家广播电影电视总局、新闻出版总署分别依据此文件的精神提出了相应的改革措施，标志着中国媒介业的改革步入了新的阶段。媒介消费改革最主要的内容是将媒介消费分为公益性事业与经营性产业两大块。2005 年 12 月 23 日，中共中央、国务院下发《关于深化文化体制改革的若干意见》，强调区别对待、分类指导。公益性文化事业要增加投入、改善服务，经营性文化产业要创新体制、壮大实力。2009 年 7 月 22 日，我国第一部文化产业专项规划——《文化产业振兴规划》由国务院常务会议审议通过。这是继钢铁、汽车、纺织等十大产业振兴规划后出台的又一个重要的产业振兴规划，标志着文化产业已经上升为国家的战略性产业。该规划提出要推动跨地区、跨行业联合或重组，培育骨干文化企业。

随着中国新闻事业的快速发展，新闻从业人员不断增加。安岗①发表在 1982 年《中国新闻年鉴》的创刊贺文《新闻事业的春天》中表示，"我们的新闻工作队伍有了不小的发展，号称 20 万大军"。而到了 2007 年，全国新闻从业人员已达百万，其中采编人员已近 30 万。②

媒介经济的命脉是广告，新中国成立后的一段时间里，商业广告虽具有一定规模的发展，但"文化大革命"中商业广告被全面禁止，所有的媒介都是政府的政治工具，所有在媒介上的消费也都是公共的，媒介只是政府宣传的工具，1979 年中国正式恢复商业广告。1979 年 1 月 4 日《天津日报》登出了一则牙膏广告，这是改革开放后的第一条消费品报纸广告；③ 1979 年 1 月 11 日，上海《文汇报》发表了"为广告正名"的文章，文章指出，"有必要把广告当做促进内外贸易，改善经营管理的一门学问对待"。文章对于广告存在的合法性和必要性进行了充分的论证。此文的发表引导人们重新认识广告，在理论上为广告业的复兴做了准备。1979 年 1 月 28 日，上海电视台赶在"第一时间"播放了第一条电视商品广告；还是在 1979 年，11 月 8 日，中共中央宣传部发布了《关于报刊、广播、电视台刊登和播放外国商品广告的通知》，提出调动各方面的积极因素，更好地开展外商广告业务。这是新中国第一份真正意义上对广告工作作出明确指示的文件。

1982 年，中国广告协会成立，标志着广告行业自律组织建立的开始。1985 年，中国广告协会报纸委员会成立，1988 年，中国报业协会广告工作委员会成立，这两个委员会在行业交流沟通、搞

---

① 著名新闻工作者，曾任《人民日报》副总编辑、中国人民大学新闻系主任、中国社会科学院新闻研究所所长、《经济日报》总编辑等。

② 参见王玉娟：《30 年传媒路 技术进步使新闻人才不断成长》，载《中国新闻出版报》，2008 - 12 - 16。

③ 参见王雨佳：《广告三十年 追寻中国式商道》，载《新财经》，2008 - 11 - 07。

好行业自律、协调促进健康发展中发挥了重要的作用。① 1989 年，一些大型广告公司在中国设立分支机构。20 世纪 90 年代初期报纸广告在服务大众方面不断走出新路，但是这一时期电视台、广播电台数量少，可容广告数量不多，报纸品种少，报纸版面和发行受限制。有关部门规定报纸广告版面不能超过版面总量的六分之一或八分之一，在较长时间内广告版面处于供不应求的卖方市场，客户排队刊登广告的局面比比皆是，这才有了后来的报纸"周末版热"和"扩版潮"的兴起。这既是为了满足读者日益增长的精神和文化渴求，也是为了适应广告客户的需要。报纸吸纳广告的能力大大增强，进而迎来了报纸广告收入的新一轮快速增长。1992 年邓小平同志南方谈话进一步解放了全党和全国人民的思想，在这种情况下，广告公司如雨后春笋般地迅速发展。1992—1994 年是中国广告业发展的高峰期，广告公司数量增长了 5.1 倍，从业人员增长了 2.99 倍。这个时期，外商大举进入中国广告市场，世界上大的跨国广告公司大部分都在中国注册了合资广告公司，3 年内合资广告公司增长了 5.5 倍，从业人员增长了 5.13 倍。1992 年之前，我国还没有私营广告企业，1992 年以后个体私营广告经营得到快速发展，成为广告行业中的重要组成部分。② 自 1995 年 1 月 1 日中国首部广告法律——《中华人民共和国广告法》实施以来，广告业进入了标准化和成熟的发展阶段。2005 年年末，中国广告主协会与中国 4A 广告协会相继成立，两个协会成立以来，先后展开咨询委员会活动、理事会活动等，积极以行业协会的身份在中国广告产业的发展中发挥作用。2006 年以来，政府行政部门对广告行业开展了严格的管理并出台了一系列文件，2006 年 7 月 19 日，国家工商行政管理总局、广电总局下发《关于整顿广播电视医疗资讯服务和电视购物节目内容的通知》；2006 年 11 月，国家新闻出版总署、国家

---

① 参见梁勤俭：《盘点中国报刊广告 30 年：与市场经济共成长》，载《中国新闻出版报》，2008 - 12 - 04。

② 参见贾玉斌：《在阳光普照下前行——中国广告业 30 年改革与发展回顾》，ht-tp：//www.saic.gov.cn/ywdt/gsyw/sjgz/200903/t20090321_29235.html。

工商行政管理总局联合发布《关于禁止报刊刊载部分类型广告的通知》，禁止部分医疗广告、不健康广告及可用于犯罪技术的广告等。广告行业的一些突出问题也越来越受到重视，也逐渐得到规范。[①]媒介广告发展迅猛，全国报刊广告经营额从 1979 年起步阶段的一年几百万元，上升到 2007 年的 322.20 亿元，增长了约 1 000 倍。[②]到了 2010 年，全国报刊广告额为 381.51 亿元；全国总广告额从 1981 年的 1.2 亿元增加到 2007 年的 1 741 亿元，在 26 年的时间里增长了大约 1 450 倍，2009 年突破 2 000 亿元大关，达到 2 041.03 亿元，2010 年又再创历史新高，达 2 340.51 亿元。[③]

6.1.3　媒介消费和经济发展的区域差异

中国经济的快速发展并不意味着均衡发展，实际上，这种快速发展一直伴随着区域差异。中央政府对于不同省份的投资、政策方面的差异，不同地区的自然条件、历史文化的巨大差异，都导致了不同省份之间经济发展的极度不平衡。中国的经济政策使得沿海地区的发展比别的地区更早更快，因为改革开放从广东开始，主要集中在珠江三角洲，再延伸到长江三角洲地区，然后才进入内陆和西部各省。在允许和鼓励一部分地区、一部分人先富起来的政策下，先发展的东部省份比内陆和西部省份更加发达。与过去 30 多年快速而失衡发展的中国经济一致，这种不平衡也表现在媒介消费的发展上，如以联合国教科文组织所规定的衡量传媒发展水平的常用指标千人日报拥有量计，2006 年上海地区的千人日报拥有量为204.13 份，北京的千人日报拥有量为 184.86 份，但西部贵州的千人日报拥有量仅为 21.85 份，青海为 19.79 份。[④] 作为经济发展的

---

　　① 参见崔保国、徐佳：《中国广告产业发展概况》，见崔保国主编：《中国传媒产业发展报告（2007—2008）》，311 页，北京，社会科学文献出版社，2008。

　　② 参见梁勤俭：《盘点中国报刊广告 30 年：与市场经济共成长》，载《中国新闻出版报》，2008-12-04。

　　③ 数据来自国家工商行政管理总局，刊登于每年的《中国广告年鉴》。

　　④ 参见喻国明主编：《中国传媒发展指数报告 2008》，北京，社会科学文献出版社，2008。

缩影和反映，经济快速发展的地区广告业也发展迅猛，如 2006 年北京、上海和广东三地的广告业占据了中国所有地区广告总额的近一半。[①] 从集中度看，2006 年中国城市广告投放量的 CR4＞45％，CR8[②]＞70％，说明报业广告集中在几个特大城市。[③]

再以广告为主要收入来源的电视媒体的发展为例：据广电总局 2004 年的数据，从电视台广告收入总量上看，东、中、西部呈明显的阶梯分布，东部地区电视台广告收入占全国省级电视台广告收入的 58％，中部地区占 27％，西部地区占 15％。同样一部电视剧，在上海影视频道的广告收入可以达到几千万，而在内地一家电视台播出广告收入仅有几十万元或几百万元。2005 年，苏州、无锡、常州三市电视台的平均广告收入在 1 亿元以上，相当于宁夏、内蒙古等省级电视台的收入。[④] 地域经济发展状况对媒体影响巨大，形成强者愈强、弱者愈弱的"马太效应"。

6.1.4　不同类媒介消费发展的差异

不同媒介之间的发展也大不相同。由于电波资源的稀缺性，广播和电视比报纸和杂志更多地受到中央政府和地方政府的管制。目前广播电视能够出版报纸，但是报纸却不能拥有广播电视，政府办广电是国家的大政方针。[⑤] 过去 30 多年中，广播电视在不同层级上接受了更多的政府财政支持。电视的广告收入比其他任何一种媒介增长都要快，电视广告收入从 1983 年的 0.16 亿元增加到 2007 年的 442.95 亿元，一跃成为第一大广告媒介，占四大传统媒介广告

①　2006 年三地广告额占全国广告额的 49.74％，根据国家工商行政管理总局广告司，数据来自《现代广告》，2007（4）。

②　行业集中度（Concentration Ratio）指标，CR4 指四个最大的企业占有该相关市场份额，CR8 表示八个最大的企业占有该相关市场份额。

③　参见崔保国、张晓群：《中国报业发展概况》，见崔保国主编：《中国传媒产业发展报告（2007—2008）》，34 页。

④　参见谢耘耕、唐禾：《2006 年中国电视广告竞争报告》，载《新闻界》，2006（6）。

⑤　参见佚名：《广电总局副局长张海涛：报业能否办广电由国家决定》，载《中国新闻出版报》，2008-03-07。

总额的一半以上（51.84%），这期间电视的年均广告增长率为39.13%，居四大传统媒介之首。不同媒介的发展速度、规模各不相同，媒介生态发生了很大的变化，1983年报纸还是第一大广告媒介，当年广告收入0.73亿元，到了2007年报纸广告增长到322.2亿元，成为四大传统媒介（报纸、杂志、广播和电视）中仅次于电视的第二大广告媒介，24年间年均增长率为28.88%；广播已从1983年的第二大广告媒介变成2007年的第三大广告媒介，其广告收入从1983年的0.18亿元增长到2007年的62.82亿元，年均增长速度为27.63%；而杂志广告在四大媒介中的广告份额一直最低（有几年略超过广播），从1983年的0.11亿元增加到2007年的26.46亿元，年均增长率为25.67%。从四大传统媒介（报纸、杂志、广播、电视）的广告构成看，电视的份额从1983年的13.56%增加至2007年的51.84%，而广播和杂志分别占据2007年广告收入的7.00%和3.00%。①

同美国等世界上大部分国家一样，中国媒介演变史上最大的革命就是以个人电脑和互联网为代表的新媒介的扩散。据中国互联网络信息中心（CNNIC）发布的第一次《中国互联网络发展状况统计报告》显示，截至1997年10月31日，中国共有上网计算机29.9万台，上网用户数62万。② 而CNNIC发布的《第26次中国互联网络发展状况统计报告》显示，截至2010年6月底，我国网民规模达4.2亿人，互联网普及率持续上升至31.8%。1997年3月，Chinabyte.com（现为"比特网"）网站上出现了第一条商业性广告，那就是IBM为AS400做的宣传，IBM投放了3 000美元的广告费用，广告表现形式为468×60像素的动画旗帜广告。这条广告标志着中国互联网广告的诞生。1999年1月，新浪获得IBM 30万美元的广告投放，成为当时最大的单笔互联网广告。中国互联网企业经过几年的艰苦探索，逐渐摸索出适合自己的盈利模式，2002年下半年一部分网站开始扭亏为盈，网

---

① 数据来自国家工商行政管理总局广告司，刊登于每年的《中国广告年鉴》。
② 中国缺乏电脑和互联网消费的相关数据。

易、搜狐、当当、艺龙等网站宣布盈利，互联网广告仍然是几大网站最主要的收入来源。[1] 中国互联网广告从最早有统计的 1998 年的 0.3 亿元广告收入算起，到 2007 年已经增长到 105 亿元，[2] 已成为世界第一大互联网广告市场，也是中国目前增长速度最快的广告媒介（图 6—2）。

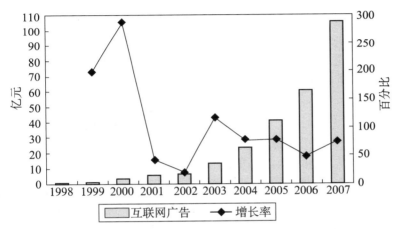

图 6—2　1998—2007 年中国互联网广告额及增长速度

从五大媒介（电视、报纸、广播、杂志和互联网）广告额的比例来看，广告生态发生了巨大的变化。电视广告占五大媒介广告的比例从 1983 年的 13.56% 增长到 2007 年的 46.12%，报纸广告的比例从 1983 年的 61.86% 下降到 2007 年的 35.55%，而互联网广告虽然只有短短不到 10 年的历史，但已经从 1997 年的 0.12% 的份额增长到 2007 年的 11.04%（图 6—3）。[3]

① 参见赵曙光、段景涛：《2007：中国网络广告历经十年渐成熟》，见崔保国主编：《中国传媒产业发展报告（2007—2008）》，320 页。

② 资料来自艾瑞市场咨询，其中 1998—2000 年互联网广告数据来自《2004 年中国网络广告研究报告》，2001—2007 年互联网广告数据来自《2008 年网络核心数据》。

③ 电视、报纸、杂志和广播广告数据来自国家工商行政管理总局广告司（1984、1986 年数据缺失），1998—2000 年网络广告数据来自艾瑞市场咨询《2004 年中国网络广告研究报告》，2001—2007 年网络广告数据来自艾瑞市场咨询《2008 年网络核心数据》。

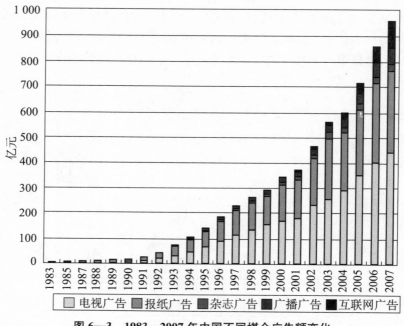

图 6—3 1983—2007 年中国不同媒介广告额变化

6.2 研究假设和问题

这里关于中国的研究同样采用本书中美国研究的框架，从受众消费市场和广告市场来研究中国的媒介消费和宏观经济的关系在改革开放 30 多年中的演变。

从受众媒介消费来看，随着人们生活水平的逐渐提高和媒介种类的增多，人们的媒介消费选择也越来越多。科技的进步、教育水平的提高、人们生活水平的提高，都让人们有越来越多的时间和金钱可以花在包括媒介在内的文化娱乐消费上，人们花在媒介上的费用占其可支配收入的比例越来越高。同时，中国广告业发展迅猛。在计划经济时代，所有的生产和销售都是按照计划执行的，消费者没有必要通过商业广告来了解商品信息，企业也没有必要通过广告促进销售。随着市场经济体制的逐步确立，无论是消费者、商家还是传播媒介都对广告产生了越来越强烈的需求。因此本研究提出下列假设。

假设 1：无论是受众市场还是广告市场，改革开放以来中国受众媒介消费或广告主广告支出占宏观经济的比例都是增加的而非保持相对稳定的常数。

基于之前讨论过的媒介消费和宏观经济之间的关系以及对于相对常数原则的回顾，本研究将超越传统的相对常数原则（PRC）检验中国不同地区的媒介消费和宏观经济的关系（即媒介消费占宏观经济的比例）。由于媒介消费水平与城市化水平、工业化水平和人们的生活水平呈正相关，本研究认为不同地区媒介消费占宏观经济的比例是变化的，而非不变的。

假设 2：不同地区的媒介消费占宏观经济的比例是变化的，随着收入、城市化水平和工业化水平的提升而增加。城市化水平高、工业化水平高、人均收入高的"三高"地区，该比例也较高，反之亦然。

同样，该假设可以进一步细分为：

假设 2.1：不同地区的受众媒介消费占其收入的比例是变化的，随着收入、城市化水平和工业化水平的提升而增加。

假设 2.2：不同地区的广告主广告投放占 GDP 的比例是变化的，随着收入、城市化水平和工业化水平的提升而增加。

尽管有很多关于中国媒介广告的研究，但是很少有学者比较不同类型媒介广告支出的差异。如前所述，由于政府加强管制、增加财政支持，相对于印刷媒介，广播电视在中国各省和主要广告城市与宏观经济的关系更为显著，据此提出研究假设 3。

假设 3：在中国的媒介消费中，由于各媒介之间存在差异，视听媒介（广播和电视）的广告支出对于经济发展变化的反应比印刷媒介（报纸和杂志）更敏感。

该假设也可以细分为几个分假设，视听媒介和印刷媒介的消费差异在中国是一个普遍现象，无论是从时间序列看还是从省份角度衡量，视听媒介对宏观经济变化的反应程度都较印刷媒介显著，因此本假设可以细分为下列两个分假设。

假设 3.1：从全国广告看，中国视听媒介广告对宏观经济的反应要比印刷媒介强烈。

假设 3.2：从全国各省份（31 个）的广告看，视听媒介广告对各省份宏观经济的反应较印刷媒介强烈。

媒介作为社会的一个组成部分，媒介消费（受众媒介支出和广告主广告投入）与宏观经济具有密切的关系，虽然本研究关于美国的研究以及以前的大量研究证明主要是收入影响了媒介消费、GDP 影响了广告支出，但都潘（Dupagne，1996）对比利时的研究证明，人口和价格是影响媒介消费更为显著的变量，同时麦库姆斯（1972）和都潘（1997）都发现滞后变量影响了媒介消费。但中国作为一个发展中国家，其媒介消费与西方发达资本主义国家应该具有不同的特点，中国的媒介消费时间短，只有近 30 年的时间。关于影响媒介消费的因素的研究在中国比较少。有研究证明，GDP 总量、恩格尔系数、居民受教育年限总量和科技水平等因素影响了报业总量。[①] 为此本研究试图找出改革开放以来影响中国媒介消费的变量。

研究问题 1：改革开放以来，影响中国媒介消费的宏观经济变量有哪些？

该研究问题也可以从时间序列和横截面进行检验，并且还可以引入滞后自变量，故此，本研究可以细分为几个小研究问题。

研究问题 1.1：中国改革开放以来，哪些宏观经济因素影响了媒介消费？

研究问题 1.2：从中国各省份看，哪些宏观经济因素影响了媒介消费？

在本研究引入的自变量中，除参照前述美国研究中已经引入的人均 GDP 或人均可支配收入（全称为城镇居民人均可支配收入）、物价、失业率以外，新闻出版总署信息中心传媒发展研究所的研究

---

① 参见崔保国、张晓群：《中国报业发展概况》，见崔保国主编：《中国传媒产业发展报告（2007—2008）》，34 页。

发现，受教育程度、恩格尔系数和科技水平显著影响了报业经济。[①]
在中国，还不允许个人投资媒体，媒介融资也十分有限，因此与美国不同，中国模型中的自变量没有包括利率。因此在中国研究中引入的自变量包括人均 GDP 或人均可支配收入、物价、城市化率、失业率、文盲率工业化率和恩格尔系数等，工业化率表示第二、三产业产值占 GDP 的百分比，文盲率表示 15 岁以上不识字或识字较少的人所占百分比，恩格尔系数即食品消费在居民消费中的百分比，其他变量的操作化定义同美国研究部分的对应变量。可以预期人均 GDP 或人均可支配收入、城市化率和工业化率与媒介广告投放或受众媒介消费呈正相关变动，即这些变量的增加引起了媒介消费的增长，而物价、失业率和恩格尔系数则与受众媒介消费或广告主广告投放呈负相关。虽然可以假设宏观经济对媒介广告的影响具有滞后性，但是鉴于中国研究样本数量非常有限（最长时间段为1981—2006 年，有些年份数据缺失），个案太少，所以动态滞后模型不能运行。

6.3 研究方法

6.3.1 研究变量

在跨时间（时间序列）检验中，本研究的因变量是媒介消费，但中国缺乏系统的消费者在媒介上的消费数据，因此只能用相关数据"城镇居民在文化娱乐上的消费"[②] 来代替，中国最早的广告支出数据收集于 1981 年。宏观经济指标分别为 GDP、人口数、家

①　参见新闻出版总署信息中心传媒发展研究所：《中国宏观经济与报业互动关系研究报告》，见林江主编：《中国报业发展报告 2007：创新成就未来》，315～326 页，北京，社会科学文献出版社，2007。

②　在国家统计局的统计中，文化娱乐消费包括在新闻出版、广播电影电视和音像、文化艺术、体育和娱乐等方面的开支，但国家统计局并不分类统计，只作一大类进行统计。详见国家统计局网站。

庭户数、城市化率、工业化率、人均城镇可支配收入、失业率和恩格尔系数等，其中每年城镇居民文化娱乐消费和宏观经济数据刊登于下一年的《中国统计年鉴》，最近一年《中国统计年鉴》刊登历年全国数据，有些数据刊登于《中国统计摘要》，并且大部分数据可以在国家统计局网站上下载。历年广告数据刊登于下一年的《中国广告年鉴》。本研究中的有些变量如城市化率和工业化率是复合变量，分别是城镇人口占总人口百分比和第二、三产业产值占 GDP 的百分比，为作者自行计算，计算方法同前文关于美国的研究。为消除通货膨胀因素，本研究中所有与经济有关的变量（城镇居民在文化娱乐上的消费、广告额、GDP 和城镇居民人均可支配收入等）根据 CPI 转换成以 2000 年为基础的不变价格指标。

在跨地区和跨媒介检验中，因变量包括 2006 年各省份广告开发度（包括广播电视媒介广告开发度和印刷媒介广告开发度），各省份城镇居民文化娱乐消费占其可支配收入百分比等，这些相对指标都是根据原始数据计算的。2006 年各省广告额由国家工商总局提供，刊登于《中国广告年鉴》2007，2006 年各省份城镇居民在文化产品、服务和娱乐上的支出以及城镇居民总支出和 GDP 均来自《中国统计年鉴》2007。由于工商总局不提供各省份不同类媒介的广告数据，2006 年各省份广播电视媒介的广告额来自国家广播电影电视总局，刊登于《中国广播电影电视发展报告》2007。而由于新闻出版总署不公布各省份报纸和期刊的广告额，印刷媒介广告数据来自市场调查公司慧聪媒体研究中心。

需要指出的是，慧聪公布的印刷媒介广告数据是广告刊例价，即没有打过任何折扣的价格，而报纸、杂志实际刊登广告的时候需要在刊例价的基础上打折扣，而折扣率随媒介、地区和时间的不同有很大的变化，完全由各媒体自主决定，因此，全国并无统一的广告折扣数据。据专家估计，从全国来看，报纸广告的平均折扣比例为 44％，期刊约为 55％。由于慧聪公布的各省份报纸、杂志广告刊例额在一个类别中，因此要按照两者的综合折扣比率转化为实际广告额。新闻出版总署公布的 2006 年报纸总计广告额原价为 312.6

亿元，期刊广告 24.1 亿元，根据以上数据可初步计算报纸和期刊广告的最终折扣率约为 45％（44.78％）[1]。

自变量 2006 年各省份城市化率，第二、三产业比例，GDP，文盲率，失业率和城镇居民人均可支配收入，均来自《中国统计年鉴》2007。

考虑到宏观经济对媒介消费的滞后影响，本研究中还有部分 2005 年各省份城市化率，第二、三产业比例，GDP，文盲率，失业率和城镇人均可支配收入数据来自《中国统计年鉴》2006。另外，2005 年各省份广告数据来自国家工商总局，刊登于《中国广告年鉴》2006；2005 年各省份印刷媒介广告刊例数据来自慧聪，并与 2006 年一样将其转换成实际广告额；2005 年电视广告数据同样来自国家广播电影电视总局，刊登于《中国广播电影电视发展报告》2006。需要指出的是，鉴于中国存在着城乡差异的现实，如 2007 年全国城乡人均收入比为 3.33∶1[2]，城镇和农村消费者在文化和娱乐支出上也必然存在巨大差异，因此国家统计局分别公布城镇和农村收入、消费等相关数据。中国目前的媒介消费主要集中在城镇地区，广告更是集中在城市，农村地区的媒介消费是最近几年才开始兴起的。由于交通、通信、电力等设施的相对落后，农村地区，特别是偏远农村地区在有线电视、数字电视、报纸发行、杂志发行、互联网接入等方面均落后于城镇地区。因此本研究中的人均文化和娱乐消费、人均可支配收入等都是指城镇居民。

鉴于不同省份之间广告额和消费者文化和娱乐支出绝对值的不同，直接比较没有实际意义。为比较媒介消费和宏观经济关系的不同，为与本研究的美国研究保持一致，本研究的因变量都是相对指标。这里引入"密度"这个概念，即相对指标概念，文化娱乐消费密度即文化娱乐消费占个人可支配收入的比例，消费密度是指媒介消费占总支出的比例，广告开发度是指广告占 GDP 的比例，如广播电

---

① 计算公式为：$44\% \times \dfrac{312.6}{312.6+24.1} + 55\% \times \dfrac{24.1}{312.6+24.1} \approx 44.79\%$。

② 参见潘燕：《"剪刀差"未缩小有缘由》，载《瞭望新闻周刊》，2008（9）。

视广告开发度是指广播电视广告额占 GDP 的比例，而报纸杂志广告
开发度是指报纸杂志广告额占 GDP 的比例。这里的视听媒介是指广
播和电视，印刷媒介即报纸和杂志（不含书籍）。另外，如无特别说
明，本研究中国部分的宏观经济数据均来自国家统计局网站，广告数
据均来自历年《中国广告年鉴》，数据来源见表 6—1 和表 6—2。

表 6—1　　　　　　　中国研究使用的时间序列变量[a] 及其来源

变量		变量名称	单位	时间段	来源
自变量		GDP	亿元	1981—2006	《中国统计年鉴》2007
		人口数	万人	1981—2006	《中国统计年鉴》2007
		城市化率	％	1981—2006	《中国统计摘要》2007
		工业化率	％	1981—2006	《中国统计摘要》2007
		失业率	％	1981—2006	《中国统计摘要》2007
		恩格尔系数	％	1981—2006	《中国统计摘要》2007
		城镇居民人均可支配收入	元	1981—2006	《中国统计摘要》2007
		财政支出	亿元	1981—2006	《中国统计摘要》2007
		城镇居民消费物价指数		1981—2006	《中国统计摘要》2007
因变量	受众消费	城镇居民文化娱乐消费[b]	元	1985—2006	《中国统计摘要》2007
	广告投放	报纸	亿元	1983—2006（1984 和 1986 年数据缺失）	历年《中国广告年鉴》
		杂志	亿元	1983—2006（1984 和 1986 年数据缺失）	历年《中国广告年鉴》
		广播	亿元	1983—2006（1984 和 1986 年数据缺失）	历年《中国广告年鉴》
		电视	亿元	1983—2006（1984 和 1986 年数据缺失）	历年《中国广告年鉴》
		互联网	亿元	1998—2006	艾瑞咨询公司
		广告总额	亿元	1981—2006	历年《中国广告年鉴》

　　a. 部分变量数据没有进入回归模型。

　　b. 所有数据为城镇人均数据，文化娱乐消费支出包括文化娱乐用品和文化娱乐
服务。

表 6—2　　　　2005 年和 2006 年中国 31 个省份的变量及其来源

变量		变量名称	单位	来源
自变量		GDP	亿元	《中国统计年鉴》2006、2007
		人口数	万人	《中国统计年鉴》2006、2007
		城市化率	％	《中国统计年鉴》2006、2007
		工业化率	％	《中国统计年鉴》2006、2007
		失业率	％	《中国统计年鉴》2006、2007
		恩格尔系数	％	《中国统计年鉴》2006、2007
		文盲率	％	《中国统计年鉴》2006、2007
		城镇居民人均可支配收入	元	《中国统计年鉴》2006、2007
因变量	受众消费	城镇居民文化娱乐消费	元	《中国统计年鉴》2006、2007
	广告投放	报纸和杂志广告	亿元	慧聪媒体研究中心
		广播和电视广告[a]	亿元	《中国广播电影电视发展报告》2006、2007
		广告总额	亿元	《中国广告年鉴》2006、2007

a. 2005 年仅包括电视广告数据。

6.3.2　分析方法

为保持一致，本研究的模型主要采用前文美国研究的模型。研究假设 1 主要用方差分析的方法来检验各个"五年计划"[①] 期间媒介消费比例是否显著上升，同时用 T 检验的方法来检验 1992 年后媒介消费比例是否比 1992 年前显著上升。

假设 2 将先按城镇人均可支配收入，第二、三产业比例和城市化率进行聚类，然后再用单因素方差分析（ANOVA）来检验广告开发度和文化娱乐消费密度在不同类别地区（按城镇人均可支配收入，第二、三产业比例和城市化率进行聚类）是否存在显著差异。

---

① "五年计划"是新中国成立后国民经济计划的一部分，主要是对全国重大建设项目、生产力分布和国民经济重要比例关系等作出规划，为国民经济发展远景规定目标和方向。1949 年到 1952 年年底为国民经济恢复时期；1963 年到 1965 年为国民经济调整时期外；第一个五年计划从 1953 年开始；目前正在实施国民经济发展第十二个五年计划（2011—2015 年）。各个五年计划经济政策和经济发展差异巨大，与之相关的媒介消费比例也各不相同并不断增长（最早的广告数据始于"六五"期间的 1981 年）。

假设 3 将通过对印刷媒介广告或广播电视广告与 GDP 的回归分析来比较不同回归模型的拟合度，以此来比较两者对宏观经济的反应。研究问题将采用多元回归来寻找影响媒介消费的显著解释变量，在时间序列数据中，本研究将与前文的美国研究一样，因变量用人均广告额和人均文化娱乐消费，考虑到时间序列数据存在的异方差性和序列相关，要先对原始数据进行对数转换，再进行一阶差分，模型如下[①]。

$RQ_{1.1}$：

$$\Delta \ln PREC_t = \beta_0 + \beta_1 \Delta \ln PDPI_t + \beta_2 \Delta \ln PRICE_t + \beta_3 \Delta \ln IND_t + \beta_4 \Delta \ln UN_t + \beta_5 \Delta \ln ENG_t + \varepsilon_t$$

$RQ_{1.2}$：

$$\Delta \ln PAD_t = \beta_0 + \beta_1 \Delta \ln PGDP_t + \beta_2 \Delta \ln PRICE_t + \beta_3 \Delta \ln UR_t + \beta_4 \Delta \ln IND_t + \beta_5 \Delta \ln ENG_t + \varepsilon_t$$

6.4 研究结论

6.4.1 中国 1981—2006 年媒介消费比例逐渐上升

改革开放后（限于数据，实际仅包括 1981—2006 年）中国媒介消费不符合相对常数原则，无论是广告开发度还是媒介消费占GDP 的比例均不固定，广告开发度逐年上升，文化娱乐消费比例则略有下降。

中国广告从 1981 年的 1.2 亿元增长到 2007 年的 1 741 亿元，在27 年的时间里增长了大约 1 450 倍。在这段时期里，中国经济也取得了飞速发展，GDP 从 1981 年的 4 889.5 亿元增长到 2007 年的246 619 亿元，30 年间增加了约 50 倍。虽然经济增长速度也很快，但是广告

---

① 其中 PREC 表示人均城镇居民文化娱乐消费，PDPI 表示城镇居民人均可支配收入，PRICE 表示物价指数（即 CPI），UR 表示城市化率即城镇人口占总人口比例，IND 表示工业化率，即二、三产业产值占 GDP 百分比，UN 表示失业率，ENG 表示恩格尔系数，即食品消费占居民消费百分比，PAD 表示人均广告支出，PGDP 表示人均 GDP。

的增长速度更快，由此广告开发度也呈较快增长。广告开发度从最早有数据统计的 1981 年的 0.025％增加到 2007 年的 0.710％，说明广告在国民经济中的地位越来越重要（图 6—4）。

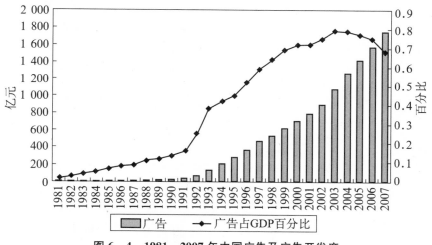

图 6—4　1981—2007 年中国广告及广告开发度

与广告开发度的发展趋势不大相同，受众在文化娱乐上的消费占人均可支配收入的比例并不是直线上升的，甚至有一定下降（图 6—5）。这有以下几个原因：首先，虽然人均文化娱乐消费绝对额一直在上升，但是城镇居民人均可支配收入也在上升，甚至上升更快。其次，统计口径的变化。现在越来越多的文化娱乐消费是免费体验的，尤其今天的新媒介网络给消费者提供了越来越多的免费信息，如以前需要买报纸、杂志才能看到的信息现在上网就可以免费阅读了。还有很多文化娱乐新服务在推广期的开始阶段都免费，如手机铃声、游戏等。另外，还有很多文化类消费都没有进入文化娱乐消费的统计之中。

这里用方差分析来检验广告开发度和文化娱乐消费比例在各"五年计划"期间的差异，结果显示，在 $p=0.01$ 的显著性水平下，两个比例在各"五年计划"期间皆有显著差异。但是广告开发度和人均文化娱乐消费占人均可支配收入的比例的差异是不同的。对于广告开发度而言，这种比例是逐渐上升的，从"六五"期间的平均

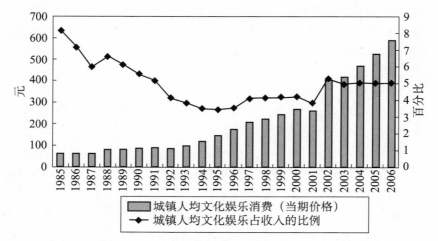

图6—5 1985—2006年中国城镇居民人均文化娱乐消费及其占可支配收入的比例

每年0.042%到"十一五"期间（仅2006年）的0.75%，上升趋势很明显。文化娱乐消费占收入的比例虽然在不同组别具有显著差异，但是并没有明显的上升或下降趋势，而是上下波动的。从绝对值上看，这期间广告支出和城镇居民文化娱乐消费支出均是稳步增长的，但城镇受众在文化娱乐上的消费增长速度没有广告快，城镇受众人均文化娱乐消费从1985年的60.36元增长到2006年的591.04元，21年间年均增长率为11.48%，远低于1985—2006年广告额30.27%的年增长率，说明广告更像国民经济的催化剂，广告发展速度快于宏观经济的增长，广告对国民经济的变化具有放大作用，而人们在文化娱乐上的消费更像生活必需品消费，并没有随着宏观经济的发展而加速度增长（表6—3）。

表6—3　　　　　各"五年计划"期间中国广告开发度和文化娱乐消费比例的F检验（%）

	六五	七五	八五	九五	十五	十一五	平均	F
广告开发度	0.04 (5)	0.11 (5)	0.33 (5)	0.63 (5)	0.77 (5)	0.75 (1)	0.39 (26)	93.33*
文化娱乐 消费比例	8.17 (1)	6.29 (5)	4.01 (5)	4.02 (5)	4.82 (5)	5.03 (1)	4.95 (22)	17.60*

* $p < 0.01$，括号里的数字为个案数。

1992 年是改革开放后中国经济发展的关键一年，1992 年 1 至 2 月，邓小平南方谈话发表，他强调，改革开放的胆子要大一些，步伐要快一点，这对中国 20 世纪 90 年代的经济改革与社会进步起到了关键的推动作用。同年 10 月，中国共产党第十四次代表大会召开，将建设有中国特色社会主义的理论和党的基本路线写进党章，第一次明确提出了建立社会主义市场经济体制的目标模式。把社会主义基本制度和市场经济结合起来，建立社会主义市场经济体制，从而促进了社会主义市场经济体制的最终建立，同时也加快了媒介消费化的进程。1995 年 1 月，第一份市场化报纸——《华西都市报》在四川成都诞生了，从此都市报蓬勃发展，成为中国报业市场竞争中的一支生力军，也加快了中国媒介产业化的进程。因此这里用 T 检验来看 1992 年后媒介消费比例是否显著上升了。T 检验结果显示，广告开发度和文化娱乐消费比例在 1992 年前后具有显著差异（$p=0.01$，双尾检验），与各"五年计划"媒介消费比例的 F 检验类似，两组媒介消费比例存在显著差异，并且 1993—2006 年广告开发度显著大于 1981—1992 年的广告开发度，而 1985—1992 年的文化娱乐消费比例要显著大于 1993—2006 年的比例（$T=4.59$）。这进一步说明了广告开发度在中国实行社会主义市场经济以后呈显著上升状态。但出乎意外的是，随着市场经济的实行，人们在文化娱乐上的消费比例下降了（表 6—4）。

表 6—4　1992 年前后中国广告开发度和文化娱乐消费比例的 T 检验（%）

	1981—1992 年	1993—2006 年	平均	T
广告开发度	0.096（12）	0.64（14）	0.39（26）	−11.93*
文化娱乐消费比例	6.12（8）	4.29（14）	4.95（22）	4.59*
广告开发度[a]	0.18（16）	0.72（10）	0.39（26）	−9.75*

＊ $p<0.01$，括号里的数字为个案数。
a. 表示 1992 年前后广告开发度比较。

6.4.2　相对常数原则在中国各省份媒介消费中也不成立

从横向看，全国各省份广告和经济的快速发展也并不表示每个省份广告业和经济的发展步伐完全吻合。由于各地发展水平的巨大差异，文化娱乐消费密度在各省份的情况并不相同。检验结果显示，各省份广告开发度和文化娱乐消费密度随着城市化、工业化和收入水平正向变化。

以广告开发度为例，2006 年居全国广告开发度前三名的省份分别是北京 3.355％，上海 2.579％和天津 1.425％，而当年居全国广告开发度后三名的省份分别是内蒙古 0.095％，陕西 0.085％和河北 0.080％（表 6—5）。

表 6—5　　2005—2006 年中国各省份广告开发度比较（％）

省份	2005 年广告开发度	2006 年广告开发度
北京	3.239	3.355
上海	2.911	2.579
天津	1.427	1.425
广东	1.049	0.935
重庆	0.883	0.800
浙江	0.712	0.695
西藏	0.735	0.670
江苏	0.495	0.585
辽宁	0.569	0.558
福建	0.549	0.550
安徽	0.420	0.417
江西	0.403	0.416
新疆	0.412	0.407
湖南	0.321	0.404
四川	0.400	0.403
云南	0.393	0.402
吉林	0.363	0.353
宁夏	0.395	0.347
山西	0.338	0.344
贵州	0.386	0.337
山东	0.330	0.324
湖北	0.404	0.315

续前表

省份	2005 年广告开发度	2006 年广告开发度
海南	0.364	0.299
广西	0.283	0.297
黑龙江	0.312	0.296
青海	0.202	0.245
河南	0.217	0.188
甘肃	0.157	0.160
内蒙古	0.098	0.095
陕西	0.106	0.085
河北	0.087	0.080

我们这里检验研究假设 2，即不同省份的媒介消费占宏观经济的比例是变化的，并随着收入、城市化水平和工业化水平的提升而增加。在数据分析之前，首先通过自变量和因变量的分布图来检验数据中的异常值。分布图显示在省份数据中，北京和上海都是异常值（即大于或者小于平均值三个标准差的数据）。2006 年北京广告开发度标准差为 3.94%，上海为 2.88%。如果将北京从 2006 年数据中排除，上海的标准差达到 4.33%，除此并未发现其他的异常值。因此，将北京和上海从数据中排除，剩下的数据中只包括 29 个省份。

将北京和上海从数据中去除，也可以从中国经济和媒介发展的现实情况中得到解释。北京是中国的首都，政府会比其他地方更加重视该市的经济和传媒业发展。例如，中央电视台 2007 年的广告收入就达到 110 亿元，占 2007 年中国电视广告总收入（442 亿元）的四分之一，2007 年中央电视台的广告市场份额也达到全国广告市场份额的 35%。① 上海是中国最繁荣最发达的城市，它是改革开放后商业广告的发源地。这两个直辖市并不能全面真实地代表中国传媒产业。

---

① 参见吴琳琳：《明年央视广告将"恢复性提价"》，载《北京青年报》，2008-09-20。

本研究首先使用 K 均值聚类法（考虑到每组内的最小差异和组间的最大差异，K 均值聚类法是最合适的方法），根据城镇人均可支配收入、城市化率和工业化率将 29 个省份分成三个小组，然后检验这三个小组广告开发度的差异。单因素方差分析显示，在 $p=0.01$ 的显著性水平下，三组之间的差异显著（表 6—6）。

表 6—6　　　　2006 年中国不同组别省份的广告开发度的差异[a]

组别	个案数	2006 年广告开发度（%）	人均可支配收入（元）	工业化率（%）	城市化率（%）
组 1	11	0.33	9 161.23	83.68	38.06
组 2	13	0.35	10 342.63	85.60	42.47
组 3	5	0.83	15 280.26	93.30	59.03
样本均值	29	0.43	10 745.83	86.20	43.65
总体均值	31	0.58	11 363.69	87.02	46.42

　　a. 组 1 的 11 个省份包括宁夏、甘肃、四川、陕西、海南、新疆、西藏、青海、江西、贵州和黑龙江，它们都是相对落后的省份，主要在西部地区；组 2 的 13 个省份包括广西、山西、安徽、内蒙古、河北、重庆、吉林、湖北、河南、山东、云南、辽宁和湖南；组 3 的 5 个省份包括福建、天津、广东、浙江和江苏，这些省份主要位于相对发达的沿海地区。

　　$F(2, 26) = 11.03$，$p < 0.01$。

组 1 表示城镇人均可支配收入（9 161.23 元）、工业化率（83.68%）和城市化率（38.06%）最低的 11 个省份。这些省份 GDP 中的大约五分之一都是初级产品，三分之二的人口居住在农村地区，而初级产品和农村地区都不需要大量的广告，城镇人均可支配收入低意味着城镇居民生活水平不高。因此，这个组的广告开发度也是最低的，仅有 0.33%。组 3 的 5 个省份中城镇人均可支配收入、工业化率和城市化率在三个组中均最高，该组的广告开发度也是最高的，达到 0.83%。组 2 包括介于组 1 和组 3 之间的 13 个省份，它的广告开发度为 0.35%。

文化娱乐消费密度的情况与广告开发度基本一致。31 个省份的文化娱乐消费密度的分布图显示，西藏是个异常值，其标准值为 −3.33，故从数据中剔除；北京的标准值为 3.11，也是个异常值，因此也将北京从数据中剔除，然后用 K 均值聚类法将剩余的 29 个省份分成两组，由于本假设检验不同地区的文化娱乐消费密度的差异，因此不必使用城市化率，而是用了工业化率和城镇居民人均可支配收入作为聚类的标准。再用方差分析法检验文化娱乐消费密度在两组之间是否具有显著差异。结果显示，在 $p=0.01$ 的显著性水平下，该比例在两组之间差异显著，工业化率和城镇居民人均可支配收入较高的城镇地区，其文化娱乐消费密度也较高（表 6—7）。

表 6—7   2006 年两组省份文化娱乐消费密度在情况[a]

组别	个案数	2006 年媒介消费密度（%）	人均可支配收入（元）	工业化率（%）
组 1	23	6.26	9 838.55	84.82
组 2	6	7.40	16 178.20	94.27
样本	29	6.49	11 150.20	86.77
合计	31	6.46	11 363.69	87.02

a. 组 2 包括上海、江苏、福建、广东、浙江和天津，其他 23 个省份属组 1（北京和西藏已经被移除）。

$F(1, 27) = 7.82$，$p < 0.01$。

组 2 中的 6 个沿海省份是中国最发达的地区，城镇人均可支配收入和工业化率都高于全国平均水平，文化娱乐消费密度达到 7.40%。如研究假设所预期，组 2 中各省份的文化娱乐消费密度要比组 1 高。因此如果人们的可支配收入更多，工业化程度更高，那么人们会在文化活动上花费更多（包括媒介消费）。

6.4.3　广播电视广告对于宏观经济的反应强度要大于印刷媒介

第 3 个假设通过一元回归来检验，首先采用两个基本的回归模型（即时模型）：$AD_{2006广播电视} = \beta_{0.4} + \beta_{1.4} GDP_{2006} + \varepsilon$（1），$AD_{2006报纸杂志} = \beta_{0.2} + \beta_{1.2} GDP_{2006} + \varepsilon$（2）。其中 $AD_{2006广播电视}$ 表示 2006 年各地广播电视广告额，$AD_{2006报纸杂志}$ 表示 2006 年各省份报纸杂志广告额，GDP_{2006} 表示 2006 年各地 GDP。另外，麦库姆斯（1972）证明，宏观经济对广告的影响具有滞后效应，往往是上一年的宏观经济对下一年的广告产生影响，因此在回归模型中引入滞后自变量，即 2005 年的 GDP，引入滞后模型 $AD_{2006广播电视} = \beta_{0.3} + \beta_{1.3} GDP_{2006} + \varepsilon$ （3），$AD_{2006报纸杂志} = \beta_{0.4} + \beta_{1.4} GDP_{2006} + \varepsilon$ （4）。然后比较每组回归方程中广播电视广告和印刷媒介广告模型的拟合优度。2005 年和 2006 年的模型均证明广播电视广告与 GDP 的关系更为密切，同时滞后宏观经济变量对广播电视和报纸杂志广告均有显著的影响（表 6—8）。据此可以得出结论，无论是在即时模型还是在滞后模型中，广播电视广告都更依赖于宏观经济。

表 6—8　2005—2006 年中国广告与 GDP 简单线性回归模型汇总表（跨地区）

	即时模型		滞后模型	
	广播电视	报纸杂志	广播电视	报纸杂志
调整 R^2	0.87	0.70	0.88	0.71
标准化回归系数 b	0.94*	0.84*	0.94*	0.85*

　* $p < 0.01$。

　　用同样的模型来检验 1983—2006 年的时间序列数据，简单线性回归方程结果显示，无论是即时模型还是滞后模型，广播电视广告模型的拟合度都比报纸杂志模型好（表 6—9）。

表 6—9　　1983—2006 年广告与 GDP 简单线性回归模型汇总表

	即时模型		滞后模型	
	广播电视	报纸杂志	广播电视	报纸杂志
R^2	0.992 8	0.973 7	0.992 4	0.974 4
标准化回归系数 b	0.996 547*	0.987 4*	0.996 351*	0.987 743*

　* $p < 0.01$。

　　在上述模型中，将广播电视和报纸杂志广告分别作为一类进行回归，因为 2005—2006 年的全国各省份广告数据分别将广播电视和报纸杂志作为一类。在 1983—2006 年的时间序列数据中，报纸、广播、电视和杂志广告是分别统计的，电视和报纸目前分别是第一大和第二大广告媒介，故此，将电视和报纸分别再与 GDP 进行回归，结果仍然支持上述结论：无论是即时模型还是滞后模型，电视广告模型拟合程度均好于报纸广告模型（表 6—10）。

表 6—10   1983—2006 年中国电视和报纸广告与 GDP 的回归分析

	即时模型		滞后模型	
	电视	报纸	电视	报纸
R^2	0.990 8	0.974 5	0.991 1	0.975 6
标准化回归系数 b	0.995 6*	0.987 8*	0.995 7*	0.988 3*

* $p < 0.01$。

6.4.4   GDP（尤其是上年 GDP）是影响广告支出的最显著的宏观经济变量，其次是工业化率和城市化率

从时间序列数据（1981—2006 年）多元回归分析结果看，GDP 仍然是影响广告支出最显著的变量，其次是工业化率，在 $p = 0.05$ 的显著性水平下，工业化率显著影响了印刷媒介的广告，恩格尔系数显著影响了印刷媒介广告，失业率和价格对所有广告的影响并不显著。同时，在城镇居民人均文化娱乐消费模型中，除价格外其他的解释变量影响均不显著（表6—11）。需要指出的是城市化率对报纸和印刷媒介广告影响虽然显著，但其影响是负向的，与研究预期相悖，这可能与模型个案（$n = 19$）太少有关。

时间序列数据回归的最大问题就是容易产生自相关，特别是在经济数据中，不易排除物价上涨因素的影响，本研究虽然通过统计检验解决了自相关问题，也将消费数据转换成以 2000 年为基础的不变价格，但仍然不如直接横截面数据简便。因此在 2006 年全国各省份横截面数据中，本研究尽可能找出所有可能影响广告支出的31 个省份的宏观经济变量，如 GDP、财政支出、人口数、家庭户数、工业化率（第二、三产业产值占 GDP 的比例）、城市化率（城镇人口占总人口比例）、文盲率和失业率等。因自变量同时包含绝对指标和相对指标，相对指标变异较小，缺乏敏感性，绝对指标变异较大，为消除取值影响，自变量和因变量同时取对数，自变量、因变量两边均进行双对数转化。在影响广告消费的各种宏观经济变量中，经回归方程的不断拟合和调整（具体过程略），得出影响当年广告消费的显著变量为 GDP 和城市化率，进一步分析发现，上年的 GDP 和当年的城市化率对当年广告额的影响最为显著（R^2 和 F

表6—11　　　　　1981—2006年中国媒介消费与宏观经济指标的时间序列回归分析结果

人均广告投放或媒介消费	截距	人均GDP	价格	城市化率	工业化率	失业率	恩格尔系数	R^2	F	N	DW
				解释变量							
报纸广告	0.12	1.25**	0.069	−7.52**	6.51**	0.74*	−3.30**	0.82	9.06**	19	2.02 (0.66, 1.90)
杂志广告	0.002 9	0.26	0.093	1.17	5.35*	0.49	−0.51	0.42	1.45	19	3.23 (0.66, 1.90)
印刷广告	0.099	1.19**	0.12	−6.63**	6.23**	0.69*	−3.13**	0.82	9.18**	19	2.00 (0.66, 1.90)
电视广告	0.37**	−0.18	−0.040	−4.47	5.21**	−1.01**	1.20	0.53	2.29*	19	1.66 (0.66, 1.90)
广播广告	0.12	1.65**	0.15	−3.73	2.79*	−0.34	−0.48	0.67	4.05**	19	3.08 (0.66, 1.90)
视听广告	0.33**	0.097	0.074	−4.11	4.94**	−0.95**	1.03	0.58	2.78*	19	1.56 (0.66, 1.90)
总广告	0.085	1.01**	0.59	−0.42	4.00**	−0.49*	0.60	0.57	3.96**	25	1.56 (0.86, 1.77)
文化娱乐消费	0.050	0.21[a]	−0.61*	—[b]	−2.61	0.46	−1.47	−0.47	2.62*	21	2.61 (0.73, 1.84)

* $p<0.10$，*** $p<0.01$。

a. 此时的自变量不是人均GDP，而是城镇人均可支配收入。

b. 因为该模型因变量是城镇居民人均文化娱乐消费，不包括农村消费，因此该模型不包括城镇化率这个自变量。

值最大）（表 6—12）。

表 6—12 2005—2006 影响中国广告总额的宏观经济变量的多元回归分析结果

因变量	截距	自变量	系数	R^2	F
2005 年广告额	−11.62*	2005 年 GDP	0.89*	0.803 3	57.18*
		2005 年城市化率	0.42*		
2006 年广告额	−11.95*	2006 年 GDP	0.88*	0.800 0	56.01*
		2006 年城市化率	1.96*		
2006 年广告额	−11.81*	2005 年 GDP	0.89*	0.806 2	58.24*
		2006 年城市化率	1.94*		

* $p < 0.01$。

再按不同类别的媒介消费来分析，由于各省份广告数据是分印刷媒介和视听媒介两大类，这里分别用 2005 年和 2006 年的这两类广告作为因变量，不断纳入宏观经济变量进行回归，如 GDP、财政支出、人口数、家庭户数、工业化率、城市化率、文盲率和失业率等，同样发现影响印刷媒介广告额最显著的自变量为上年 GDP 和当年城市化率（表 6—13）。

表 6—13 2005—2006 年影响中国印刷媒介广告的宏观经济变量回归分析

因变量	截距	自变量	系数	R^2	F
2005 年广告额	−7.81*	2005 年 GDP	0.76*	0.764 7	45.51*
		2005 年城市化率	1.06*		
2006 年广告额	−7.84*	2006 年 GDP	0.75*	0.795 9	54.60*
		2006 年城市化率	1.09*		
2006 年广告额	−7.71*	2005 年 GDP	0.75*	0.799 4	55.78*
		2006 年城市化率	1.08*		

* $p < 0.01$。

与印刷媒介广告或总广告不同，显著影响 2005 年电视广告和 2006 年视听媒介（广播和电视）广告的宏观经济变量只有 GDP（特别是上一年 GDP），城市化率对其并无显著影响。虽然只有 GDP 显著影响了 2005 年和 2006 年视听媒介广告，但其拟合度高于广告总额和印刷媒介广告额回归模型，说明 2005 年电视广告或 2006 年视听媒介广告与 GDP 具有更紧密的关系（表 6—14）。

表 6—14   2005—2006 影响中国视听媒介广告的宏观经济变量回归分析

因变量	截距	自变量	系数	R^2	F
2005 年广告额	−9.34*	2005 年 GDP	1.14*	0.897 2	122.24*
		2005 年城市化率	0.45		
2006 年广告额	−9.38*	2006 年 GDP	1.13*	0.888 9	112.05*
		2006 年城市化率	0.46		
2006 年广告额	−9.18*	2005 年 GDP	1.14*	0.893 5	117.46*
		2006 年城市化率	0.445		

   * $p < 0.01$。

6.5
中国媒介消费：基本脉络和逻辑

上述研究结果显示，广告占 GDP 的比例从 1981 年的 0.02% 提高到 2006 年的 0.75%，25 年间提高了 30 多倍，从图 6—4 也可以看出，广告开发度在此期间直线上升。描述性研究和方差分析均显示，在 1981—2006 年间，广告开发度显著上升。但是再进一步分析中国改革开放后广告的发展，以 1997 年为界明显可以分成两个阶段，1982—1997 年是中国广告 "井喷" 式发展时期，广告年增长率均在 25% 以上，最高达到近 100% 的增长率，如 1993 年广告增长率达到巅峰（为 97.50%）；从此以后广告增长率直线下滑，1998 年首次跌破 20%，为 16.41%，广告发展进入一个相对平稳的时期，到了 2007 年，广告增长率降至 10.68%，首次低于当年 GDP 增长速度（11.40%），广告增长失去了对宏观经济的放大效应。因此可以将 1981—2007 年分成两个阶段来分析广告开发度：1981—1997 年和 1998—2007 年，从图 6—4 也可以明显看出，在广告大发展的 1981—1997 年，广告开发度也快速增长，但在相对平稳的 1998—2007 年，广告开发度相对平稳，说明中国的广告经过了 1981—1997 年的快速发展，形成了一定的基础，逐渐进入规范和调整时期，媒介和广告环境都逐渐趋于成熟。

广告在引导城镇居民消费的过程中发挥着重要作用。十一届三中全会之后，随着企业自主经营权逐步放开，企业纷纷利用各种媒介刊登广告。广告成为媒介经营的经济保障，也是整个宏观经济的晴雨表。学术界常常可以通过计算一个国家广告营业额占 GDP 的比例（即广告开发度）来衡量一个国家广告业的发达程度。从上述研究结果看，改革开放以后，中国广告开发度呈上升状态，从 1981 年的 0.025％增长到 2007 年的 0.710％，这与美国、日本等广告发展较为成熟的国家不同，在那些广告发展历史较长、广告开发比较成熟的国家，其广告开发度是比较固定的。美国 1929—2007 年共 78 年的时间里广告开发度相对稳定，平均为 2.095％，标准差为 0.305％，基本稳定在 2％，波动也不大（图 5—7），这说明广告业在美国已经比较成熟。与美国的情形比较近似，日本的广告开发度在 1985—2006 年也表现出较强的稳定性，21 年间广告开发度平均为 1.16％，标准差为 0.056％（图 6—6），同样说明了日本的广告业发展也很成熟。

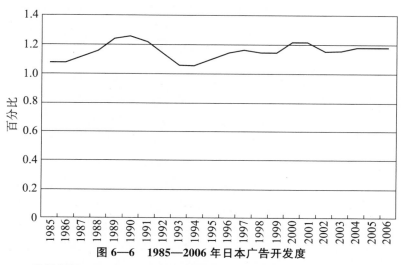

图 6—6　1985—2006 年日本广告开发度

数据来源：The Japan Magazine Advertising Association：GDP Growth and Advertising Expenditures （Japan）， http：//www. zakko. or. jp/eng/qa/01/index. html.

进一步分析可发现，不同国家由于发展程度、产业结构不同，宏观经济对广告的拉动和依赖也不一样。日本的广告开发度就比美国低，而中国的广告开发度也应该低于日美等国家，因为中国还是一个农业大国，农村地区和农产品对广告的依赖要比工业产品低得多。如中国 2006 年大部分省份的广告开发度都低于 0.80%，而美国在 2006 年广告开发度就达到了 2.13%。2006 年美国的 GDP 是中国的 4.41 倍，而当年美国的广告额是中国的 12.53 倍（表 6—15），按照这个国际标准，随着中国工业化、城市化水平的进一步提高，中国的广告开发还有较大的发展空间。另外，从工业化发展程度来说，中国远落后于美国和日本等发达国家，在美国和日本，企业投放广告是一种较为成熟和经常化的活动，而中国的企业广告投放还没有真正形成一种企业习惯，许多企业只有在有了促销的需求时才会刊登广告，广告还没有成为企业的日常营销活动。

表 6—15　　　　　2006 年中美广告开发度和总体经济比较[a]

国家	广告额（亿美元）	GDP（亿美元）	广告开发度（%）	工业化率（%）	城市化率（%）	人均可支配收入（美元）
中国	224.70	29 915.30	0.75	87.02	46.42	1 623.38
美国	2 816.50	131 947.00	2.13	—	79.00	27 961.22

中国的数据来自《中国广告年鉴》2007 和《中国统计年鉴》2007，美国的 GDP 和个人可支配收入数据来自美国商务部经济分析局网站，城市化率来自美国劳工统计局网站，广告相关数据来自美国电视广告局网站。

一般而言，经济发达国家的广告开发度在 1.5%～2.5% 之间，中等国家在 0.8%～1.5% 之间，欠发达国家一般在 0.3%～0.5% 之间。[①] 按照这个标准，2007 年中国全国的广告开发度为 0.706%，还不及中等发达国家水平，从 2005 年和 2006 年各省份广告开发度来看，中国只有北京和上海两个特大城市的广告开发度在发达国家之上，而且远远超过发达国家的平均水平，在中国这样的发展中国

① 参见宋建武：《媒介经济学：原理及其在中国的实践》，109、110 页，北京，中国人民大学出版社，2006。

家，北京、上海两地的广告开发度过高，也从一个侧面反映出中国经济发展的极不平衡。天津、广东和重庆的广告开发度居中等国家水平，除广东外，广告开发度相当于中等国家或发达国家水平的皆为四大直辖市，可见城市是现代广告的集中地，这一点在中国这样一个发展中国家表现得尤为明显。浙江、西藏、辽宁和福建的广告开发度居中等发达国家和欠发达国家之间（其中江苏2006年的广告开发度也处于这一水平），其余的21个省份的广告开发度均相当于欠发达国家水平，但这也说明中国的广告开发还有比较大的发展潜力。另外，根据广告额占GDP的比例大小来判断广告市场的发展程度，大致可以分为以下四个阶段：起步期——广告经营额占GDP的比例为0.5％以下；起飞期——广告经营额占GDP的比例在0.5％~1％；成长期——广告经营额占GDP的比例为1％~2％；成熟期——广告经营额占GDP的比例为2％以上。① 依此标准，目前中国的广告发展还处于起飞期。

媒体如果掌握并利用广告与宏观经济的这种关系，就可以根据某个城市的GDP水平来预测该城市的广告规模，以发现那个城市的市场空间有多大，从而为来年的媒介计划做一个指导，这对当前媒介的发展也具有现实意义。比如现在一些报纸发展到一定规模，增长空间越来越小，进一步的发展遭遇"天花板"问题，如果没有大的变革，继续在报业原来的经营模式上画延长线的话，要图大的增长几乎没有可能，这时就要寻找一些尚未饱和的市场。但一个城市对广告的容量是有限的，有没有进一步开发的空间，该城市的广告开发度可以为进一步开发提供一些有价值的参考。需要注意的是，用某地广告经营额占该地GDP的比例来估算该地的广告开发度只是一个参考，实际情况远远比这复杂。比如浙江、福建等省的产品出口省外甚至国外较多，或者是来料加工企业较多，这些产品都为当地的GDP作了贡献，但对广告的刺激力度却不是很大，或者说没有正常的产品对广告业的贡献大，从而导致该地创造的GDP与创造的广告收入严重不一致，因此不能在所有情况下都直

---

① 参见胡亮：《中国广告产业：羊与虎的博弈》，载《中国经济时报》，2006-07-04。

接套用这个法则。

媒体和广告公司必须正确看待 GDP 与广告收入的关系，不仅要参考 GDP，同时还要综合衡量具体城市的经济结构和产业结构，并结合一些专业媒介研究公司的时间序列预测数据，只有这样才能做到更精准、更有效地把握广告市场形势，为媒介的经营管理提供有意义的指导。

虽然广告开发度在上升，但是城镇人均文化娱乐消费占城镇人均可支配收入的比例并没有随之上升，相反，该比例还出现了一定的下滑，如 1985—1992 年该比例为 6.12%，而 1993—2006 年该比例降为 4.29%，方差分析显示该差异具有显著性（$p < 0.01$）。一种可能的解释是，1992 年后，人们生活水平提高了，城镇居民人均可支配收入也提高了，当人们的收入提高以后，就会有更多的消费选择，这样虽然花在文化娱乐上的绝对消费额增长了，但是其占收入的比例反而下降了（表6—16）。另外一个可能的解释是，改革开放后，特别是 1992 年正式实行社会主义市场经济以后，由于对物质生活的追求，人们对文化娱乐的追求反而下降了，在文化娱乐上消费也就下降了；最后，随着互联网的兴起，很多网上的文化娱乐消费是免费的，比如网上看电影取代了上电影院，网上看报取代了购买印刷版报纸，从而文化娱乐消费减少了。

表 6—16　　　　1985—2006 年中国城镇居民人均文化娱乐
支出及其占个人可支配收入百分比

年份	人均文化娱乐消费（元）	个人可支配收入（元）	人均文化娱乐支出占个人可支配收入百分比
1985	60.36	739.10	8.17
1986	64.32	899.60	7.15
1987	60.07	1 002.20	5.99
1988	78.22	1 181.40	6.62
1989	84.26	1 373.90	6.13
1990	83.93	1 510.20	5.56
1991	87.93	1 700.60	5.17
1992	83.78	2 026.60	4.13
1993	98.66	2 577.40	3.83

年份	人均文化娱乐消费（元）	个人可支配收入（元）	人均文化娱乐支出占个人可支配收入百分比
1994	122.36	3 496.20	3.50
1995	147.01	4 283.00	3.43
1996	170.95	4 838.90	3.53
1997	210.77	5 160.30	4.08
1998	224.38	5 425.10	4.14
1999	243.72	5 854.00	4.16
2000	264.07	6 280.00	4.20
2001	261.72	6 859.60	3.82
2002	407.04	7 702.80	5.28
2003	420.38	8 472.20	4.96
2004	473.85	9 421.60	5.03
2005	526.13	10 493.00	5.01
2006	591.04	11 759.00	5.03

　　同样，与传统相对常数原则相悖的是，在不同的省份，广告开发度和受众媒介消费占总消费的比例并不恒定。随着城镇人均可支配收入、工业化率和城市化率的提高，这两个比例也相应增加。事实上，中国发展不平衡的现实正好能解释这个结论。另外，不同地区的经济结构也对广告开发度产生影响，农林牧副渔产品、石油、地质矿产等第一产业对广告的依赖度较低，所以一些农业大省如四川、安徽、河南等的广告开发度就要比直辖市低，因此不能一刀切，仅仅看广告开发度来决定某一地区的广告开发潜力。

　　从全国层面看，城镇居民文化娱乐消费占个人可支配收入的比例并没有随着时间的推移而增加，而是保持了相对平稳，甚至还有所下降（图6—5），这说明，从受众市场看，媒介消费与人们日常生活中的其他生活必需品的消费比较类似。但从省份横向比较看，人们的媒介消费比例是随着收入水平、城市化率和工业化率的提高而提高的。

　　与美国和其他西方国家不同的是，本研究发现，中国广播电视对于 GDP 的反应程度要强于印刷媒介。皮卡德（Picard，2001）研究发现，在 9 个发达国家^①，报刊广告受到经济衰退的影响程度要大于广播电视所受的影响。报纸更容易受到经济衰退的影响，因为在发达国家，报纸广告收入的很大一部分来自零售业广告和分类广告，尤其是被称为经济指示器的分类广告，而这两者都很容易受经济影响。以美国为例，2007 年分类广告占美国报业广告收入的33.61％^②。然而，中国报纸还没有真正意义上的分类广告，报业广告与宏观经济的关联度远不如美国报业那么紧密。在美国，期刊之所以受到经济衰退的影响，是因为美国期刊的目标人群是细分化的，且是利基市场，^③ 中国还缺少细分市场的期刊，导致中国报纸杂志广告受宏观经济的影响不及西方那么大。

中国视听媒介广告对宏观经济的反应灵敏程度高于印刷媒介广告。广播电视广告与宏观经济的回归模型效果更好，还因为广电是一种高度同质化的媒介，其市场集中度要远远高于印刷媒介，而报纸市场同质化较低，所以广电媒介的市场集中度就高于报纸，因而其与宏观经济的关系就更为紧密。另外，虽然各地卫视可以跨省落地，但是目前各省地电视广告主要（约占 80％）还是来自本省地市场。

中国的报纸市场是按照行政区划确定市场边界的，各地报纸基本上是在本地区经营，另外省级报纸和地市级报纸种数占到了报纸出版总数的 90％左右。以各地报纸的出版数量来计算报纸市场集中度，报纸平均期印数的市场集中率表现为 CR4≤40％，CR8≤60％，HHI<700，报纸总印张数的市场集中度略高于报纸平均期印数，其中 CR4<50％，CR8<70％，HHI<1 200，这表明中国的报纸市场集中度较低，但这并不说明中国的报纸市场是竞争充分的，因为中国的绝大部分地区性的报纸不能跨地区经营，因而报纸

① 包括芬兰、法国、德国、意大利、日本、西班牙、瑞典、英国和美国 9 个工业化国家。

② See Newspaper Association of America，*Annual Advertising Expenditures*，http://www. naa. org/TrendsandNumbers/Advertising-Expenditures. aspx.

③ See Linnett，R.（2002）. Magazines Pay the Price of TV Recovery. *Advertising Age*，73（35），1-2.

市场被行政划分为很多小的市场，在这些地区性的小市场内，垄断的力量还比较强大。①

虽然本研究证明互联网对传统媒介广告没有什么影响，但是它对人们与传统媒介的接触有较大影响。随着人们接触互联网等新媒介，人们花在传统媒介上的时间越来越少了。以第一大传统媒介电视为例较能说明这个问题，2001 年全国人均日收视时间为 183 分钟，而这一数字在 2007 年下降为 172 分钟②（图 6—7），与前述美国研究结论类似，这再次证明了互联网首先是一种消费媒介，作为广告媒介其潜力发挥不足。

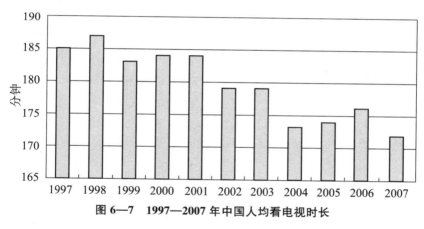

图 6—7　1997—2007 年中国人均看电视时长

但人们花在传统媒介上的时间的下降并不是一致的，作为传统的电波媒介，广播面对电视、新媒介的冲击，其市场规模仍较为稳定。2005 年以来广播在参与多媒体的竞争中收听规模有一定的增长，这一方面是由于手机、MP3 和网络广播等形态的出现，使传统广播收听介质得到了延展；另一方面，广播强化了自身优势。据调查，2005、2006 和 2007 年人均日听广播时长分别是 70、90 和

①　参见崔保国、张晓群：《中国报业发展概况》，见崔保国主编：《中国传媒产业发展报告（2007—2008）》，33 页。
②　参见陆地、高菲：《中国电视媒体的转型与创新》，见崔保国主编：《中国传媒产业发展报告（2007—2008）》，156 页。

89 分钟。① 由于本研究缺少受众在每一种媒介的消费额和消费时间，因此无法进一步检验互联网在受众市场对传统媒介的侵蚀和分割。

从多元回归（$RQ_{1.2}$）结果看，GDP 仍然是影响中国广告消费的最主要的解释变量，这与大部分美国等西方媒介消费和宏观经济关系研究的发现是一致的；其次是工业化率、城市化率和恩格尔系数，特别是这三个变量对报纸和印刷媒介广告影响显著（$p <$ 0.05），说明中国媒介尤其是报纸和印刷媒介广告投放是与城市化和工业化发展过程以及人们的生活水平紧密联系的。靠空间发行的报纸和印刷媒介广告与城市化率显著相关且更符合中国的现实国情，2005 年的一项问卷调查显示，江苏省苏州、扬州和徐州三地的家庭每月文化消费支出与三地的生活水平呈正相关。报纸、期刊等六项支出平均分别为：苏州 18.6 元/月，扬州 15.8 元/月，徐州 14.2 元/月。② 城镇人均文化娱乐消费模型（$RQ_{1.1}$）仅显示价格的负向影响显著（$p <$ 0.10），而没有显示其他显著影响变量，这可能与该城镇人均文化娱乐消费包括的类别太多太杂有关。需要注意的是，中国商业广告起步晚，1979 年才出现改革开放后第一条商业广告，正式有广告统计始自 1981 年，但每种媒介的广告是从 1983 年才有统计，并且 1984 年和 1986 年各媒介的详细广告数据缺失，多元回归方程（$RQ_{1.2}$）除广告总额模型有 25 个个案外，其余广告模型均少于 20 个个案，而在多元回归中有 6 个自变量（城镇人均文化娱乐消费模型有 5 个自变量），加上截距又吸收了 6～7 个自由度（$n + 1$），因此容易出现个案太少导致的模型估计不准确。按照经验，在时间序列数据的分析中，个案应该不能少于 30 个，否则个案太少会导致抽样误差增大，得出的结论不可靠。桑和麦库姆斯（Son & McCombs, 1993）指出，用小样本（如 10 个）来进行回

① 参见王兰柱：《中国电视收视率及广播收听率分析报告》，见崔保国主编：《中国传媒产业发展报告（2007—2008）》，352～362 页。

② 参见郑丽勇：《媒介消费结构与小康水平的相关性研究——以江苏三地居民媒介消费实证调查为例》，载《江海学刊》，2007（3）。

归得出的结论与用较大样本（如 50 个）得出的结论完全不同，因此时间序列数据的多元回归结果并不可靠，也正因为如此，本研究没有使用含滞后变量的动态模型。

用 2005—2006 年 31 个省份的横截面数据做多元回归显示，GDP（尤其是上年 GDP）和当年城市化率对当年媒介广告影响最为显著，GDP 影响的显著性在时间序列数据回归和横截面数据回归中是一致的；城市化率对广告总额以及印刷媒介广告有显著影响，但对电视媒介广告没有显著影响，这种结果也可以从目前中国的媒介发展现实中寻求解释。报纸和杂志产业顺利发展需要畅通的发行渠道，在计划经济时期，中国的报纸实行统一的"邮发合一"的方式，报社并没有建立独立的发行体系，1985 年《洛阳日报》率先尝试自办发行，取得了显著的成功，随后各地报社纷纷效仿，到 1998 年 10 月，全国自办发行的报社约 800 家，占报社总数的 35％以上。[①] 目前的地域性报纸几乎全部实行自办发行。目前报纸和杂志发行主要是靠订阅或零售，而无论是订阅还是零售，对农村消费者来说都不太现实，因为报纸和杂志对阅读者的文化程度都有一定的要求，而农民的文化水平比城市居民低，并且由于交通不便，农村还缺乏为订户服务的发行队伍和渠道，也无法建立报刊亭等零售摊位，这样报纸、杂志的发展就会受制于城市化率，使城市成为报纸和杂志发展的集中地。另一方面，由于难以触及农村受众，报纸和杂志上也比较缺乏关于农村的栏目，更缺乏专业的农业方面的报纸和杂志。但广播和电视是通过电波传输的，因此无论是城市还是农村都可以通过电波甚至有线网络接收到广播电视节目，因此广播电视上涉农节目较报纸和杂志多，农村受众也比较多，所以城市化率对广播电视发展并无显著影响。

---

① 参见唐绪军：《报业经济与报业经营》，330 页，北京，新华出版社，1999。

第7章
结论与展望

　　本书主要探讨了美国媒介消费和宏观经济的关系，研究时间跨度为 1929—2007 年，分别分析了受众媒介消费和广告主广告支出与宏观经济的关系。同时，从国际比较的视角，本研究分析了 1981—2006 年中国的媒介消费和宏观经济的关系。本章总结了本研究关于相对常数原则分析的一般结论，接着提出了未来关于相对常数原则研究的展望和建议。

7.1 主要结论：基于中美比较的视角

7.1.1 相对常数原则并非普遍成立的规律

张和陈（Chang & Chan-Olmsted，2005）检验了 1991—2001 年 70 多个国家的媒介消费（仅指广告）是否存在相对常数规律，结果发现相对常数原则更可能在发达国家成立，本研究支持了这个结论：无论在中国还是在美国，媒介消费与宏观经济的关系（媒介消费在宏观经济中的比重）都不是一成不变的，经济发展、技术进步带来的信息化、数字化扩大了媒介消费在宏观经济中的份额。中国广告开发度如此快速的增长也可以从中国广告发展的现实中去寻找答案。从 1979 年出现的改革开放后第一条商业广告算起，广告一起步就遇上了中国经济和社会的大发展，因此中国广告呈几何级发展，中国广告是在缺乏充足的经济社会发展条件下出现和发展的，刚出现不久就受到市场经济的滋润，就像中国的经济一样，中国用了几十年的时间走完了西方资本主义国家要几百年才走完的历程。虽然中国的经济和广告是一起成长的，但是广告放大了国民经济的增长，广告的增速远远超过了经济发展的速度，因此中国广告占宏观经济（GDP）的比例在迅速扩大。而美国的情况则不同，美国广告是与资本主义经济联系在一起的，美国广告经历了几百年的发展，已经非常成熟，1929—2007 年，该比例相对平稳，虽然有一定的波动，但是远远小于中国广告开发度的增长。这是任何一个国家在发展中都要经历的阶段，德莫斯（1994）发现，1850—1990 年，美国的广告占宏观经济（GNP）的比例也上升了。中国广告开发度经历了快速增长，进入 21 世纪以后比较平稳，从 2005 年开始出现了一定的下滑，但不能就此认为中国的广告在走下坡路，综合看来这主要是归于以下原因：第一，中国的广告发展进入一个调整期，传统的粗放式经营已经适应不了广告的进一步发展。第二，广告也需要依赖一定的经济支撑。从前述分析可以看出，工业化和城市化的发展能促进广告的发展，德莫斯也发现城市化进程伴随着广告的快速增长，在目前中国的城市化和工业化发展过程中，广告必有进一步的发展。第三，中国广告开发度近几年的下降还与广告结构的调整有关，商家越来越多地采用植入式广告（如电影的道具广告等）、软广告和网络广告来推销自己的产品或服务，而这一块目前还难以进入广告统计之中。第四，近年来中国广告开发度的下降还与这几年中国扩大内需的政策有关，政府扩大内需的投入虽然增加了 GDP，但是不需要投放广告。很多学者把中国广告的这种现象称为"拐点"，拐点是中国广告业高速发展过程中的正常回落，是中国广告业由"起飞期"即将进入"成长期"之前的重大调整。中国广告业的"零起点"导致广告业在起步期出现"井喷"，"拐点"是高位的正常回落。用产业经济学理论来看，从暴利到正常利润甚至于薄利、微利，是产业规范与理性发展的必然结果，中国广告业增长速度的放缓，正是中国广告业逐渐走向成熟的表征。

在受众市场上，中国城镇消费者 1985—2006 年文化娱乐消费占个人可支配收入的平均比例为 4.95％，标准差为 1.25％，美国 1929—2007 年受众媒介支出占个人可支配收入的平均比例为 2.83％，标准差为 0.45％。在广告市场上，广告占 GDP 的比例在中美两国之间存在巨大差别。这说明，媒介（从更广义上包括娱乐文化消费等）更像一种生活必需品，受众在这方面的消费是根据自己的收入"量入为出"的，媒介产品在收入中所占的比例差别不是很大，但是广告占 GDP 的比例差别就非常大了，这是与深层次的经济社会发展程度和经济结构密切相关的。

中美两国的研究结果证明，相对常数原则并不是一个放之四海而皆准的理论，该原则的成立与否视不同的国家、不同的发展阶段而不同，并非一个普遍成立的规律。

7.1.2　互联网对受众媒介消费的拉动大于其对广告支出的拉动，互联网广告盈利能力发挥不足

鉴于互联网对传统媒介的革命性影响，本研究在美国媒介消费和宏观经济关系的研究中重点检验了互联网对媒介消费比例的

影响。以 1993 年 Mosaic 浏览器的推广为标志，互联网正式成为一种大众媒介，本研究引入虚拟变量将媒介消费分成前互联网时期和互联网时期。回归分析发现，无论是受众的媒介消费占收入的比例还是广告开发度，互联网的进入均没有对其造成显著影响，但是结合图 5—6、图 5—7 可以发现，虽然 1993 年互联网进入美国家庭之后（美国最早的互联网广告数据是 1997 年的数据），广告开发度并没有显著增长，但是 1993 年后，美国受众在媒介上的消费占个人可支配收入的比例显著上升，说明回归模型不够准确，除了长时期的均衡可能掩盖了不同年份受众媒介消费占其可支配收入的比例或广告开发度的上下波动，也有可能是相对于前互联网时期（1929—1993 年），互联网时期（1994—2007年）的个案太少，导致互联网时期的受众媒介消费比例增加不显著。另外，经过对数转换和差分的模型掩盖了原始数据的很多信息。本研究首先引入方差分析（含 T 检验）来比较不同时间段的比例差别，T 检验是对两个样本均值差别的显著性进行检验的统计方法，这里引入 T 检验来比较 1993 年前后媒介消费比例的差异，结果显示，1993 年后受众在媒介上的消费比例显著提升了，如果去掉新媒介（包括个人电脑和互联网）消费，受众媒介消费比例则表现出较为稳定的模式，说明互联网扩大了受众媒介消费的份额，互联网不仅仅是传统媒介的功能替代者（如网民可以在网上看新闻而不用买报纸），还是传统媒介的功能创新者，互联网可以越来越多地提供传统媒介所不具有的功能，如网上游戏、网上交友等等。根据诺和格兰特（1997）的研究结论，功能互补的媒介提高了受众媒介总消费占经济总量的比例，并且从图 5—6的发展趋势可以看出，随着网民的增多和互联网功能的拓展，该份额还会逐渐扩大。从互联网对广告的影响来看，虽然美国的广告开发度在 1997 年（美国最早有互联网广告的年份）以后显著大于 1997 年之前，但是结合图 5—7 可以发现，美国的广告开发度在进入 20 世纪以后呈下滑趋势，说明互联网对受众媒介消费比例和广告开发度的影响不同，互联网显著增大了受众媒介消费的份额，但是没有扩大广告支出的份额，说明互联网虽然已经作为一种成熟的消费媒介进入美国家庭，但是互联网还不是一种成熟的广告媒介，互联网广告还没有找到一种成熟的盈利模式。这也符合媒介演化的规律，一种媒介首先要在受众市场上得以接受和认可，当其获得了一定的受众支持以后，才有可能作为广告媒介吸引广告投放。

以电视的扩散作为参照，从受众消费角度比较电脑、互联网的扩散和以前媒介演变历史上的各种"新媒介"扩散的不同。当一种新的媒介进入受众家庭时，虽然人们有时候会以牺牲既存媒介的消费为代价（如电视机的消费是以电影消费的减少为代价的）来消费新媒介，但是在短期内，在新媒介进入市场的时候，其价格一般较高，这样就会增加人们在媒介上的相对支出，往往会扩大受众媒介消费占其可支配收入的比例。比如麦库姆斯发现，20世纪50年代初电视机进入美国家庭的时候，消费者突然增加了在媒介上的消费，格拉斯考克（1993）发现，20世纪80年代有线电视和录像机进入美国市场的时候，美国受众也增加了在媒介上的相对支出。但是一般而言随着新媒介市场不断饱和，其价格也会不断下降，这样受众在这种新媒介上的消费就会不断下降，新媒介也就逐渐变成了"旧媒介"，受众在媒介上的总消费也就不断达到新的平衡状态，直到下一新媒介进入市场，又开始新一轮的波动。在新媒介的整个扩散过程中，受众在媒介上的总消费占其可支配收入的比例呈典型的倒"V"字形（图5—19）。但是电脑和互联网的扩散引起的受众媒介消费比例的变化并不是呈倒"V"字形，而是从1977年电脑进入美国家庭后至今约30年时间里一直呈上升状态，并可预计将继续持续这种状态，说明作为一种具有全新功能的媒介，电脑和互联网不断创新，不断拓展新的功能，受众对这种新媒介的消费得到持续的刺激，这种消费甚至是没有止境的。

7.1.3　个人可支配收入显著影响受众媒介消费，GDP显著影响广告支出，中国的工业化率和城市化率显著影响媒介消费

媒介消费的多元回归模型在美国的分析中发现，人均GDP是

影响广告投放最显著的变量，个人可支配收入是影响受众媒介消费的最显著变量，除此以外几乎没有别的显著影响解释变量，这说明GDP对广告投放的影响太大，同样，个人可支配收入对受众媒介消费的影响太大，从而抑制了其他解释变量的影响力。另外，美国分析发现，滞后解释变量对当期受众媒介消费或广告投放影响不显著，但是滞后因变量（无论是滞后受众媒介消费还是广告主广告投放）都对当期因变量具有显著影响，说明无论是受众媒介消费还是广告主广告投放，受滞后宏观经济变量的影响都不大，但其消费自身具有惯性。但滞后模型的拟合度（主要看R^2）多大于当期模型，说明引入滞后解释变量后方程还是能够解释因变量的一些变异，但可能这种滞后周期以一年来度量有些不太准确，有些媒介消费，如受众在互联网、有线电视等媒介服务上的消费，可能上个月或上个季度的可支配收入等宏观经济变量就会对其产生影响，但是有些媒介消费如电视机等耐用品，收入等宏观经济变量对其消费的影响可能会跨越几年才能表现出来。中国多元回归模型的结果与美国近似，同样是GDP显著影响了广告投放，个人可支配收入显著影响了受众媒介消费。但是与美国研究结果不同，多元回归在中国的研究结果显示，除上述GDP或个人可支配收入外，时间序列数据分析发现，影响中国广告主广告投放的显著解释变量还有城市化率、工业化率和恩格尔系数，特别是2005年和2006年31个省的横截面数据分析发现，城市化率显著影响了中国的媒介消费，特别是广告主的广告投放，说明在目前的中国，城乡差距还较大，由于大部分人生活在农村，收入较低，文化程度较低，而且交通不便利，媒介很难到达，尤其是偏倚空间的印刷媒介，城市化率对其影响更为显著，这些都成了制约中国广告投放进一步发展的瓶颈，所以中国广告业的进一步发展需要以城市化、工业化和人们生活水平的进一步提高作为基础。而作为世界上头号经济和传媒大国的美国，它已经在几百年的资本主义发展过程中完成了城市化和工业化的积累，基本不存在较大的城乡差别，但在美国城市化初期，城市化率仍然是广告的显著的影响变量（Demers，1994）。当前美国人民生活水平已经较高，市场经济发展已经很成熟，所以其媒介经济的发展已经不再受制于诸如城市化率、工业化率等变量了。这说明在不同类型的国家和不同的发展阶段，影响媒介消费的宏观经济变量是不同的。

7.1.4 受众媒介消费比例随收入提高而下降，随城市化率和工业化率提高而提高

本研究中的美国研究发现，无论是受众还是广告主在各种不同媒介上的支出占宏观经济的比例是不断变化的，总的说来，受众在报纸等印刷媒介上的支出占个人可支配收入的比例和广告主在报纸等印刷媒介上的广告投放占 GDP 的比例在下降，而受众视听媒介和互联网的消费比例、广告主在视听媒介和互联网上的广告投放占 GDP 的比例在上升，印刷媒介和视听媒介消费之间具有一定的消长关系。在美国研究中，从不同受众看，不同受众媒介消费占其可支配收入比例存在显著差异。随着收入水平的提高，美国消费者花在娱乐、视听媒介、印刷媒介和新媒介上的比例在降低，但是唯一例外的是，1977—1992 年美国消费者电脑消费占其可支配收入的比例随着收入的提高而提高，说明随着收入的提高，虽然媒介消费的绝对额也提高，但是由于高收入受众多了其他选择，其媒介消费比例反而下降了。但是在电脑普及的初期，电脑是从高收入群体的受众中开始普及的，因为只有高收入受众才更有可能消费当时昂贵的电脑。受众印刷媒介消费比例随学历的提高而提高（$F=3.66$，$p<0.10$），在电脑上的消费比例也随学历的提高而提高（$F=15.35$，$p<0.05$），而在视听媒介上的消费比例随学历的提高而下降（$F=22\,205$，$p<0.01$），但在娱乐上的消费比例差异不显著。不同教育程度的媒介消费比例的差异证明，较高教育水平的受众更喜欢接触印刷媒介，因为印刷媒介如报纸、杂志和书籍更有可能传递具有深度的信息，和电脑在不同收入群的消费比例类似，教育水平高的受众更有可能是高收入者，同样也更有可能是新技术的最早接触者。在中国研究中，中国视听媒介广告对于 GDP 的反应程度要强于印刷媒介；鉴于中国各地区发展的极不平衡，从中国不同地区看，随着城镇人均可支配收入、工业化率和城市化率的提高，广告开发度和受众媒介消费占个人可支配收入的比例也随之相应提

高。不同地区、不同受众的媒介消费比例的差异再次证明了相对常数原则并不是一个普适性原则，在不同的地区、不同的媒介或不同的受众中具有不同的适应性。

本研究的主要创新和不足

本研究是在前人丰富的研究成果之上，向前前进了一小步。本研究在文献回顾部分详细介绍了前人关于相对常数研究的成果，其目的就在于说明，本研究是建立在前人研究的基础之上的，本研究的主要创新之处包括以下内容。

研究方法上的创新：本研究主要采用计量经济学方法，采用多元回归等定量分析方法对媒介消费和宏观经济的时间序列数据进行分析以研究媒介消费规律，并最先将多元回归模型和动态模型引入美国和中国的媒介消费研究。在采用计量经济学回归分析的同时，辅以图示法等描述性方法，使时间序列结果更直观，同时辅以方差分析（或 T 检验）检验不同时间段媒介消费比例的差异。本研究的分析证明，纯粹使用回归分析并不能很好地解释媒介消费的规律，这是由于经典一元回归模型检验相对常数容易掩盖短时期里媒介消费比例的波动，并且 OLS 回归需要满足经典假设（如残差项平均值为零、解释变量与残差均无显著相关、无序列相关、方差齐性和无多元共线性），此外回归方程还要求有足够的样本量（$n \geqslant 30$）。然而基于年度数据的时间序列分析往往较难以满足这些条件，特别是分析媒介消费起步较晚的新兴发展中国家，借以图示法和方差分析等其他方法可以使研究结果更具有内部有效性。

研究视角上的创新：本研究立足美国的媒介消费和宏观经济的关系，寻找决定美国媒介消费的关键变量和滞后影响，属于时间序列研究，同时进行横向比较（美国和中国），比较不同制度和发展阶段国家的媒介消费和宏观经济关系的差异。

研究范围上的创新：本研究的一大创新还表现在研究的对象上，本研究包括了互联网消费，将研究时间延长至从美国最早有媒介消费数据的 1929 年到 2007 年，研究跨越 78 年，成为时间跨度最长的媒介消费与宏观经济关系的研究。同时作为一项比较研究，本研究关于中国的研究也是在中国的第一次有关媒介消费与宏观经济关系的系统研究。另外本研究还从个体角度研究不同受众的媒介消费行为，研究受众或广告主在不同媒介上的支出和宏观经济的关系，研究不同时间段媒介消费和宏观经济的关系，以及中国不同地区媒介消费和宏观经济的关系的差异。

本研究也存在很多不足之处，主要包括以下问题。

首先是数据存在缺陷。从数据上看，由于收集手段和数据来源的限制，不能收集尽可能细致的数据，特别是美国的受众媒介消费数据，有些明细类目不能分开，如书籍和地图在一起不能分开，1959 年前的杂志、报纸、散页乐谱消费中杂志和报纸不能分开等等。不同受众的个体数据是美国劳工统计局向本人私人提供的，数据欠准确。在中国数据中，由于中国媒介消费起步晚，数据统计也较晚，并且有些年份的广告数据缺乏，同时中国缺乏系统的受众媒介消费数据，从而使系统的分析比较困难。另外，中美两国媒介消费的种类、统计口径各不相同，特别是中国缺乏完整的受众媒介消费数据，仅有的与受众媒介消费有关的数据是城镇居民文化娱乐消费，因此从受众媒介消费上来看，两国无法做严格的比较研究。本研究的自变量（如利率、失业率、价格等）主要是参照对都潘（1996，1997）的比利时受众媒介消费的一系列分析，而以美国为对象的研究缺乏类似的操作化，因此本研究有别于美国其他的研究，导致本研究与美国先前的研究不具备很强的可比性。同时，由于分类和数据的不同，本研究与都潘对比利时的研究也不易相互比较。有些变量，特别是中国的有些变量有统计数据的时间较短，样本量小，导致回归分析结果不可靠，甚至有些分析无法进行，但是这也确实是二手数据研究的无奈。

其次是分析欠深入。在本研究的主体美国研究中，限于作者缺乏较为宏观的视野和全面的经济学、管理学背景知识，本研究不能挖掘相对常数检验背后的机制，更多的是局限于现象的描述而缺乏深层次的剖析，这与作者缺乏对美国媒介和社会变迁的了解有关。

从中美比较研究的视角看，中美两国数据口径、可获得性不尽相同，如中国缺乏受众个体层次的媒介消费数据，同时限于篇幅和精力，也无法对美国不同区域媒介消费数据进行分析，因此无法深入比较中美两国媒介消费的异同，本研究对中美两国媒介消费模型的差异缺乏深入的挖掘，对于新媒介对传统媒介消费的影响机制、电脑和互联网等新媒介对媒介消费的影响与以前的各种新媒介的异同也缺乏深入的分析。

最后，本研究主要使用计量经济学方法来分析时间序列数据，另外本研究分析的主体部分的文献和数据都是基于英文资料，这对作者构成一个挑战，因此无论是对方法的运用还是对英文资料的消化吸收都难免有不当之处。

7.3 探索永无止境：媒介消费和宏观经济关系研究的未来

7.3.1 引入多元方法

首先从研究的范围看，媒介消费和宏观经济关系的研究可以跳出仅仅依赖于时间序列数据的传统，更多地引入横截面数据。由于时间序列数据容易产生异方差性和自相关，并且时间序列经济数据容易受价格的影响，未来的研究可以更多地采用横截面数据。一般来说，消费和需求分析会使用到两种数据：（1）以家庭消费和收入为对象的来自国家或地区普查的横截面调查数据；（2）由政府统计发布的时间序列数据，通常是年度数据，也有可能是季度、月度或者日数据（例如利率）。为了分析媒介消费与宏观经济之间的关系，长时间段的两组数据更能展现媒介与经济环境之间的关系以及这种关系的变化。

事实上，在消费与需求的研究中横截面数据有很多优点，因为数据是在同一时间收集的，商品的价格几乎保持稳定。在对个体受众层面的媒介消费与宏观经济关系的研究中，通过使用横截面数据和时间序列数据能总结出一些有意义的发现，因为具有不同背景（如不同的收入和教育水平，详见 Werner，1986）的受众有不同的媒介消费表现。然而，据作者所知，在美国，以个人为单位的时间序列数据是不公开的或者不连续的，只存在少量零散的调查数据（如 Ogan & Kelly，1986；Son，1990；Caroll，2002）。所以，本研究中的美国研究使用的时间序列数据都是二手数据，它们是1929—2007 年美国的国家年度数据。使用二手数据的主要缺点是，研究者只能假设数据的准确性，数据具有不可控性。一些数据的发布并不是为了做研究，所以有必要对一些数据进行转换，例如把当期经济数据转换成以不变价格计算的数据。有些缺失数据只能通过其他途径获得，如 1948 年之前的家庭户数只能从麦库姆斯的专著的附录中摘取。

从研究方法上看，媒介消费和宏观经济关系研究还可以借用更直观的图示以及方差分析等方法。因为传统的 OLS 回归的经典假设在现实中往往不能满足，特别是时间序列数据更难满足这些假设，因此这样的回归结果是不准确的。在本研究中，用经典回归模型检验支持相对常数的数据用方差分析却得出了相反的结论，借助图示法分析可以发现，方差分析的结论更可靠。在未来的相对常数研究中，需要更多地借助分布图、方差分析以及其他高级统计方法如结构方程模型等来综合判断媒介消费和宏观经济的复杂关系。

7.3.2　研究范围的扩张：宏观纵横拓展，微观个体挖掘

从研究的微观层面看，媒介消费和宏观经济关系的研究需要继续从不同的层次深入。除了目前主流的从宏观层次检验相对常数外，还可以较多地从中观层次和微观层次入手。如从受众角度，可以研究不同职业、年龄、性别受众的媒介消费；从地理角度，可以拓展研究范围，在更多的国家和地区检验相对常数原则的适应性，研究其媒介消费和宏观经济关系的区别，这可能是相对常数研究取得突破的地方。未来的研究可以进一步揭示受众在不同媒介上的消费或广告主在不同媒介上的广告投放的影响变量与宏观经济关系的

不同机制。同时，随着各种新媒介的出现和发展，手机、MP3、各种其他数码视听产品等层出不穷，在未来的研究中应尽可能将这些包含进去。

除了微观层面外，未来的媒介消费和宏观经济关系的研究还可以从纵横两方面向更宏观的层面拓展。除了过去较多侧重的长期的时间序列分析以外，从横向来看，本研究中中美两国的比较研究已经证明，媒介消费的相对常数原则并不是一个普遍性理论，那么在其他国家或者不同类型国家的媒介消费中，"常数"到底存不存在？因此需要做更多的跨国比较研究，研究不同国情、不同发展阶段国家的媒介消费和宏观经济的关系。

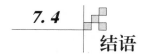

7.4 结语

从过去的研究和本研究的分析可以看出，相对常数本来就是个相对概念，媒介消费占宏观经济的比例完全不变是不可能的，但是可以肯定的是，无论从受众消费还是广告投放看，这个比例都不可能无限制地增长或下降，而是应该在一定的范围内波动的，现在的问题是，多大的波动范围是可以接受的（常数成立），多大的波动是异常的（常数不成立）？这就涉及"常数程度"的概念，正如相对常数原则的首创人麦库姆斯在回复作者的电子邮件的结尾中所写的，"现在还存在相对常数吗？这是一个开放的问题。"大众媒介是工业社会的产物，从媒介演化的历史来看，现代媒介例如报纸、杂志、广播等的兴起，都是和城市化、工业化过程紧密联系的（Demers，1994），因此媒介消费也是进入工业社会才逐渐有的。从历史长河看，媒介消费的比例自然在扩大，并且随着媒介技术的提高和社会经济的发展，作为信息产业的媒介业也越来越丰富，媒介提供给受众的消费选择也越来越多（图7—1）。

德莫斯（1994）研究发现，从19世纪50年代到20世纪90年代，广告在GNP中的比例是随着城市化和工业化的发展而增加的。已有的研究也证明，相对常数原则倾向于在市场经济发达、媒介消

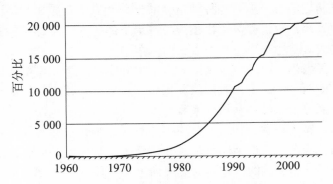

**图 7—1　1960—1980 年媒介提供给每户美国家庭的可供选择分钟数
与每户家庭实际消费分钟数之比**

Neuman，Park & Panek（2011）．*Tracking the Flow of Information Into the
Home：An Empirical Assessment of the Digital Revolution in the U. S. from
1960—2005．*

费成熟的西方发达国家的某一段时间成立，已有的研究证明最长的
"常数"只存在于 1929—1974 年共 45 年时间的美国，其后的媒介
消费比例是不断提高的（Wood & O'Hare，1991）。

　　自 18 世纪中叶以来，人类经历了三次科技革命：18 世纪末以
蒸汽机的发明和应用为主要标志的第一次科技革命；19 世纪末到
20 世纪初以发电机和电动机的发明和应用为主要标志的第二次科
技革命；以原子能、电子计算机和空间技术的发展为主要标志的第
三次科技革命。每一次科技革命都极大地提高了社会生产力，深刻
改变了社会生产生活方式。从根本上说，城市化水平是由经济发展
水平决定的，在工业革命之前的历史时期，城市规模较小、城市化
水平较低；工业革命之后，城市成为工业生产中心，城市规模迅速
扩大，城市化进程大大加快，城市化水平迅速提高，工业革命促进
了生产专业化和协作化，加深了地域分工，使工业和人口分布集中
化。工业化的发展扩大了人们利用自然资源的深度和广度，造就了
一大批新的工矿业城市，工业化提高了农村生产率，使农村剩余劳
动力增加，为城市提供了更多的后备劳动力。此外，工业化也促进
城市本身完善基础设施，加大了城市对工业和人口的吸引力。工业

革命是城市化的一个重要条件。尽管城市先于工业而诞生，但城市的高速发展，则出现在工业革命后，是工业化不断推动的结果，所以城市化通常是指工业革命以后的城市化。工业化是城市化的发动机，是城市化的根本动力。[①] 在漫长的前工业化社会，没有现代意义上的大众媒介，媒介消费也就无从谈起。在工业化社会前期，印刷媒介出现了，但是媒介远不如今天这样普及，受众在媒介上的消费也是一种比较奢侈和稀缺的活动，媒介消费是很有限的。随着城市化和工业化的进一步发展，各种新媒介不断涌现，媒介逐渐成为一种生活必需品，就像人们日常生活中的油盐酱醋一样，人们对信息的消费成为日常消费中的重要部分。

当前在以计算机、互联网为代表的新科技的带动下，整个人类社会进入信息化时代，信息服务业逐渐成为社会的主导产业，这意味着一场新的科技革命的到来，将引起整个社会发生更大的变革。在空间距离越来越小、"个性化"越来越成为社会主导价值观的时代，以互联网为代表的各种新媒介让人们的个性化诉求增强，受众的媒介消费需求增强，企业的广告投放需求也在增强，同时媒介消费占整个宏观经济的比例也是不断增加的。以前在传统媒介主导的时代，宏观经济中相对比例稳定的媒介消费将成为一种产业基线，在这个基线之上还有一些附加消费，这些附加消费就是由互联网等各种新媒介不断创新，通过拓展功能、更新形式等方式扩大人们在媒介上的消费。这种附加消费会使人们的媒介消费突破相对常数，并且不断提高，因此相对常数原则下的媒介消费可以理解为工业化社会里媒介消费的一种特征，而在城市化、工业化快速发展、以互联网为代表的各种新媒介不断更新的环境下，媒介消费的这种常数比例将不断被突破。所以，从这个意义上说，媒介消费占宏观经济的比例成了一个社会发展阶段的指标之一。

---

① 参见萧国亮、隋福民编著：《世界经济史》，218～219 页，北京，北京大学出版社，2007。

附　录

附录 1

1929—2010 年美国媒介消费和宏观经济发展概览

一、美国的媒介消费

美国拥有世界上最大的传媒市场，过去的几十年里其传媒产业持续发展，总体收入呈平稳上升趋势。据"美国娱乐与媒介产业概况"显示，2010 年度美国娱乐与媒介产业的总收入为 10 920 亿美元，2010

年度广告总收入为 1 664 亿美元。① 现具体分述如下。

（一）广播

广播是美国也是全世界最老的电子媒介，自 1920 年 KDKA 电台获得第一张官方颁发的电台牌照算起已经有超过 90 年的历史，但是广播引入广告而具有商业性质是从 1992 年开始的，在电视普及前的 20 多年时间里，广播是信息和娱乐的主导信息源。广播业有 AM 和 FM 两套电子频率系统。FM（调频广播）从 1941 年起开始播送（Albarran，2002），FM 信号比更早投入播送的 AM 信号要更好，FM 广播从 1978 年之后成为主要的广播频率。FM 广播用各种音乐形式吸引听众，在大多数的广播市场里 FM 广播被视为最有利可图的电台（Albarran，2002）。

自 1996 年美国电信法案颁布后，广播业就渐渐从垄断走向寡头体制，实际上 1926 年以后广播的集中程度就显著上升（Albarran，2002）。当今的美国广播市场主要被两大集团控制——清晰频道传播（Clear Channel Communications）和无线广播（Infinity Broadcasting）。

2007 年美国商业电台有 10 600 家，按照每天的覆盖人数计算，广播估计能覆盖 72％的 12 岁以上的美国人，按照每周覆盖人数计算，估计能覆盖 92.9％的 12 岁以上的美国人。2007 年，每周打开 AM 或者 FM 电台至少一次的 12 岁以上的美国人总数接近 2.33 亿②，比 2000 年春季略微下降了 1.6％③。2010 年美国商业电台数达 10 755 家，在 12 岁以上的美国人中的覆盖率达 93.2％。总的来说，在过去的 10 年里，美国人花在收听广播上的时间是下降的（附表 1—1）。

---

① See http://www.plunkettresearch.com/Industries/EntertainmentMedia/EntertainmentMediaStatistics/tabid/227/Default.aspx.

② See Radio Advertising Bureau, *Radio Marketing Guide & Fact Book*：*2007—2008*，http://www.rab.com/public/MediaFacts/2007RMGFB-150.pdf.

③ See The Project for Excellence in Journalism，*The State of News Media*：*an Annual Report on American Journalism*，http://www.stateofthenewsmedia.org/2008/narrative_radio_audience.php? cat＝2&media＝10.

年份	小时：分钟
1997	22：15
1998	21：45
1999	21：15
2000	20：40
2001	20：30
2002	20：15
2003	20：00
2004	19：30
2005	19：30
2006	19：15
2007	19：00

数据来源：受众调查公司阿比创公司（Arbitron Inc.，ARB），美国广播广告局（Radio Advertising Bureau，RAB）广播市场指南和现状手册（2007—2008）。

a 数据基于阿比创公司 94 个监测市场，周一到周日早 6 点到半夜 12 点，12 岁以上的听众调查。

广播是最原始的移动电子媒介，并且保持了随时接收的灵活性，不管听众在什么地方，在干什么事情，一周七天，每天 24 小时都能接收。方便性以及随处可及保证了广播可能触及每天购物的消费者，这样使得广播成为很有效的广告媒介。在汽车里面听广播的人数占到了所有广播听众的 46.7％，另外 34.9％的听众在家听广播，而 18.4％的听众在工作的地方或者其他地方收听广播。[①] 广播——一个用来消遣时间（drive time）的媒介——经常伴随着开车的路途，每周 81％的美国人在开车途中听广播。在一个"车轮上的国家"，广播对美国受众来说是十分重要的。

根据广播广告效果实验室（Radio Ad Effectiveness Lab，RAEL）[②]

---

①　See Radio Advertising Bureau 2007，*Radio Marketing Guide & Fact Book 2007—2008*，http：//www. rab. com/public/MediaFacts/2007RMGFB-150. pdf.

②　RAEL 与广告主、广播电台和各种政府机构紧密合作，以揭示广播广告的作用机制和效果测量。

的报告，广播广告比起电视或者报纸广告来说，被认为更接近消费者，听众对广播广告也更有情感依赖，从而广播广告能引起消费者的情感回应。[①] 如前所述，广播节目通常针对非常细分的人群，这些都使得广播能有效地劝服人们购买日常消费产品。广播业仍然十分依赖于其所服务的社区的地方广告（Alexander etc.，2004）。

在1996年的美国电信法案通过之后，美国广播业的经济情况发生了剧烈的变化，因为该法案取消了对单一主体拥有广播电台的数量的限制。1996年的法案使得电台拥有者卷入了更广泛和深入的经济圈。

在新的时代，出现了许多新形式的广播媒介，如卫星广播、网络广播、高清数字广播、播客、MP3/iPod和手机广播等，但对于这些新形式广播的听众还没有一个有效的调查，它们的影响仍不甚明朗。新科技（如 Digital Audio Radio Service，DARS）给广播业带来某种威胁，而互联网却给广播业带来了机遇（Albarran，2002）。DARS起初是给支付了月费的汽车订阅者提供一整套的数字广播服务。在美国最流行的数字广播服务是卫星数字音频广播服务（Satellite Digital Audio Radio Service，SDARS），由 XM 广播和 Sirius 提供。互联网则给广播业提供了另外一种格式。现在大多数广播电台都有自己的网页，并且在网页上通过流媒体的方式提供广播内容。同时，也存在一些只在互联网上播放的广播，并促进了一些个人化的广播电台的产生和发展。尽管到目前为止，仅仅在互联网上存在的广播电台和个人化的广播电台都还没有给传统的广播广告市场和听众市场带来足够的挑战，但是他们对传统广播业未来的发展可能形成挑战。而且在可见的未来，AM/FM广播的听众模式还是相对稳定的，新的广播听众仍然忠诚于本地广播。如根据阿比创公司的调查显示，79％的博客听众和77％的网络广播听众表示他们仍将和现在一样继续收听传统的 AM/FM 广播。根据在2008年年初美国的一项调查显示，尽管科技在进步，但77％的12岁以

---

① See Radio Advertising Bureau, *Radio Marketing Guide & Fact Book*：2007—2008.

上的美国人认为他们以后会和现在一样频繁地收听 AM/FM 广播。这次被调查的人群中有 76％的人每个月都收听网络广播，71％的人是卫星广播的订户，79％的人曾经是播客的听众。[①]

在美国，广播媒介运行主要有两个市场：地方市场和全国市场。地方市场针对当地的听众和广告主，以及一些比较小的次级市场；而全国市场是由在广播业中占主导地位的全国广播网渗透的，广播的主要功能是为地方市场提供信息和娱乐并获得地方的广告。

面临着电视的挑战，广播不仅生存下来了，在将来还可能会更繁荣，因为它有一个独特的优势，那就是小众化传播（Albarran，2002）和便利性。

（二）电视

2007 年，美国拥有电视的家庭数为 1.11 亿户，见附表 1—2，平均每个家庭拥有 2.79 台电视机，越来越多的家庭拥有两台及两台以上的电视机，拥有两台及以上电视机的家庭在美国所有家庭中所占的比例从 1950 年的 1.0％到 1980 年上升到了 50.1％，到 2008 年这一比例达到了 82.5％。2007 年电视每天能覆盖全部美国人口的 92.0％。[②] 当有重大事件发生的时候，比如超级保龄球或者某一流行剧的大结局时，电视还能覆盖更多的观众。

附表 1—2　　　1950—2010 年美国拥有电视家庭数及其百分比

年份	美国家庭总数（亿户）	拥有电视家庭数（亿户）	拥有电视家庭百分比	年份	美国家庭总数（亿户）	拥有电视家庭数（亿户）	拥有电视家庭百分比
1950	0.43	0.04	9.30	1989	0.92	0.90	97.83
1955	0.48	0.31	64.58	1990	0.94	0.92	97.87
1960	0.53	0.46	86.79	1991	0.95	0.93	97.89
1970	0.61	0.59	96.72	1992	0.94	0.92	97.87
1971	0.63	0.60	95.24	1993	0.95	0.93	97.89
1972	0.65	0.62	95.38	1994	0.96	0.94	97.92
1973	0.67	0.65	97.01	1995	0.97	0.95	97.94

See http：//www.arbitron.com/home/content.stm.

② See http：//www.tvb.org.

年份	美国家庭总数（亿户）	拥有电视家庭数（亿户）	拥有电视家庭百分比	年份	美国家庭总数（亿户）	拥有电视家庭数（亿户）	拥有电视家庭百分比
1974	0.68	0.66	97.06	1996	0.98	0.96	97.96
1975	0.71	0.69	97.18	1997	0.99	0.97	97.98
1976	0.71	0.70	98.59	1998	1.00	0.98	98.00
1977	0.73	0.71	97.26	1999	1.01	0.99	98.02
1978	0.75	0.73	97.33	2000	1.03	1.01	98.06
1979	0.76	0.75	98.68	2001	1.04	1.02	98.08
1980	0.78	0.76	97.44	2002	1.07	1.06	99.07
1981	0.82	0.80	97.56	2003	1.09	1.07	98.17
1982	0.83	0.82	98.80	2004	1.10	1.08	98.18
1983	0.85	0.83	97.65	2005	1.12	1.10	98.21
1984	0.85	0.84	98.82	2006	1.12	1.10	98.21
1985	0.87	0.85	97.70	2007	1.13	1.11	98.23
1986	0.88	0.86	97.73	2008	1.15	1.13	98.26
1987	0.89	0.87	97.75	2009	1.16	1.15	99.14
1988	0.90	0.89	98.89	2010	1.16	1.15	

数据来源：尼尔森媒介研究。1970—1979 年的数据截至上年 9 月，1980 年后的数据截至当年 1 月。

在美国的大多数地区，美国的成年人花在电视上的时间显著高过他们花在其他媒介上的时间，并且从纵向比较看，美国观众花在电视上的时间呈上升趋势（附表 1—3），其中女性观众花在电视上的时间最多（附表 1—4）。比如，2007 年 23～54 岁的成年人每天花在电视上的时间占他们花在媒介上总时间的 53%。[①] 尼尔森媒体调查的结果显示，2008 年一个典型的美国人每个月花 142 小时看电视，而且尽管人们有越来越多的媒介可供选择，但这一数字仍在增长。老年人会比年轻人更多地收看电视，65 岁以上的美国人平均每月花 196 小时看电视。[②] 根据 2008 年《电视维度》（TV Dimen-

---

① See TVB, *2008 Media Comparisons Study*.

② See Associated Press, *Time Spent Watching TV Continues Growing*，http：// tvdecoder. blogs. nytimes. com/2008/11/25/time-spent-watching-tv-continues-growing.

sions，2008）数据，假期和季节性周期影响了观众收看电视的兴趣和可能性，这也极大地影响了人们的电视使用。看电视的人在寒冷的冬季最多，而在夏天则最少。

附表 1—3　　1950—2009 年美国家庭平均每天看电视时间

年份	小时：分钟	年份	小时：分钟
1950	4：35	1988	7：03
1955	4：51	1989	7：01
1960	5：06	1990	6：53
1965	5：29	1991	7：00
1970	5：56	1992	7：05
1971	6：02	1993	7：13
1972	6：12	1994	7：16
1973	6：15	1995	7：17
1974	6：14	1996	7：11
1975	6：07	1997	7：12
1976	6：18	1998	7：15
1977	6：10	1999	7：26
1978	6：17	2000	7：35
1979	6：28	2001	7：40
1980	6：36	2002	7：44
1981	6：45	2003	7：58
1982	6：48	2004	8：01
1983	7：02	2005	8：11
1984	7：08	2006	8：14
1985	7：10	2007	8：14
1986	7：08	2008	8：21
1987	7：01	2009	8：21

数据来源：尼尔森媒介研究，美国电视广告局网站，http：//www.tvb.org/trends/ 95487。

附表 1—4　　1988—2009 年美国人平均每日看电视时间[a]　　单位：小时：分钟

年份	男性	女性	青少年	儿童
1988	3：59	4：41	3：18	3：22
1989	3：58	4：39	3：09	3：28

年份	男性	女性	青少年	儿童
1990	3：51	4：28	3：15	3：18
1991	4：01	4：36	3：16	3：11
1992	4：02	4：40	3：10	3：08
1993	4：04	4：41	3：07	3：07
1994	4：02	4：39	3：05	3：06
1995	4：02	4：38	3：02	3：07
1996	3：58	4：34	2：49	2：59
1997	3：56	4：33	2：54	3：03
1998	3：57	4：33	2：58	2：57
1999	4：02	4：40	3：02	2：58
2000	4：11	4：46	3：04	3：07
2001	4：19	4：51	3：04	3：12
2002	4：22	4：58	3：09	3：10
2003	4：29	5：05	3：07	3：14
2004	4：26	5：07	3：07	3：16
2005	4：31	5：17	3：19	3：19
2006	4：35	5：17	3：22	3：26
2007	4：39	5：19	3：24	3：27
2008	4：49	5：25	3：27	3：28
2009	4：54	5：31	3：26	3：31

数据来源：尼尔森媒介研究。

a.1987 年 9 月份前的数据基于电视指数受众测量仪样本，1987 年 9 月后的数据基于电视指数人数计量器样本。

美国电视有两大系统：有线电视（Cable TV）和无线电视（Broadcast TV）。由于有线电视和无线电视的收费方式不同，电视市场就依此被分成两个系统。无线电视在一个地方只有一个机构代理某一个电视台，有线电视在一个地方由某个机构代理所有广告支持的有线电视频道。从观众的层面来看，看有线电视和无线电视的都是同一群人，看有线电视频道的时间多了，看无线电视频道的时间就少；反之亦然。

1. 无线电视

从 20 世纪 70 年代开始，无线电视就主导了美国的视听媒介市场（Albarran，2002），并且从 1972 年起占所有媒介广告中的最大份额。无线电视业是由几个不同的市场组合而成的，在地方层面和全国层面有独立电视台、公共电视台及广播电视网。美国最大的四个广播电视网公司是美国广播公司（American Broadcasting Corporation，ABC）、哥伦比亚广播公司（Columbia Broadcasting System，CBS）、美国全国广播公司（National Broadcasting Company，NBC，又译美国国家广播公司）和福克斯广播公司（Fox Broadcasting Company，FOX），它们是美国电视业的领军者，它们与提供主要节目的当地电视台一起合作。每一个广播电视网公司都依赖于与它们合作的各个地方电视台来播出其节目。美国也有比较小的广播电视网（如 UPN，WB，Pax），联合它们拥有和运作的电视台以及各地合作电视机构来参与电视市场的竞争。

电视业的市场格局在本地及全国层面都呈明显集中的寡头特征。从盈利模式看，广播电视网的广告支撑模式现在慢慢向付费订阅模式转换，但无线电视网仍将存在并且不会消失（Albarran，2002）。

自 20 世纪 80 年代以后，电视业的管制条例及有线电视和录像业带来的竞争使得无线电视网流失了许多观众。而没有附属电视网的独立电视台的存在更是强化了这种竞争的格局。[①] 由于有线电视和卫星电视的竞争，消费者对无线电视的需求有所降低（Albarran，2002）。但是，广告主对于广告的需求依然十分强烈。

新的科技极大地影响了电视产业，如数字电视、互动电视、电视/电脑的一体机以及互联网上的流媒体电视（Albarran，2002）。

---

① 美国独立电视台自 1985 年默多克从马文·戴维斯（Marvin Davis）购买 20 世纪福克斯电视台后发生了改变。默多克任命巴里·迪勒（Barry Diller）领导福克斯电视台，巴里·迪勒相信要有一批没有任何附属关系的独立电视台存在来支撑第四电视台。其后，默多克在美国最大的一些城市购买了 Metromedia 公司和其拥有的独立电视台，从而奠定了福克斯电视台的基础。（来自美国独立电视台协会网站，http://www.museum.tv/archives/etv/A/htmlA/associationo/associationo.htm。）

在过去的几年里，电视业最大的投资领域之一是从模拟电视向数字电视及高清数字电视的转换。根据1996年美国联邦电信法的要求，2009年2月17号，美国的所有电视都停止了模拟信号的提供，实现全面的数字化。数字信号的放送意味着电视信号的传播不再通过无线电波，而是提供一串经过编码的数字，这一转变极大地提高了电视信号的质量，加快了传输速度，并且能够在同一波段传送多套节目内容，而模拟电视在一个波段只能传送一套节目内容。对于电视台来说，这意味着多种形式（声音、图像或者数字）、多样化的数据流。比如一个地方电视台能够同时播出24小时的新闻节目、天气预报或体育节目等。互动电视现在还不是很成熟，但它给电视业的将来提供了很多的可能性，观众能够通过电视购物、收看电视节目来娱乐（Albarran，2002）。

美国电视市场按照观众的数量将全国划分成不同的地区，[①] 2007年全美十大电视市场依次为：纽约、洛杉矶、芝加哥、费城、达拉斯—沃斯堡、旧金山—奥克兰—圣何塞、波士顿、亚特兰大、华盛顿哥伦比亚特区和休斯敦。[②]

电视节目是电视的第一产品，其观众是电视业的第一大顾客。美国观众除了他们的注意力之外不需要为看电视付出其他的代价，当然，他们要付出一些相关的费用（如买电视机、付电费以及购买有线服务的钱），但是提供节目的人并不能从广大的观众那里直接获取收益。电视业的第二顾客是指那些对看电视节目的观众有兴趣的广告主，广播电视网以及地方电视台销售的广告时间就是电视业的第二产品。广告收益能够支付电视机构制作节目和运行的成本并可能给他们带来更大的利润（Alexander etc.，2004）。

2. 有线及卫星电视业

有线电视是一整套通过光纤或者光缆给观众提供电视节目的系

---

① 在美国电视界，电视播放区域根据其市场或指定市场区域（Designated Market Area，DMA）来划分，这是收视市场调查公司尼尔森用来划分各个电视市场的，这些不同的市场是由不同的郡组成并且根据每年的电视收视情况而变化的。美国的每个郡都只属于某一个电视收视市场。全美共有210个指定市场区域。

② 来自2007年的尼尔森媒介研究。

统，它不像无线电视那样通过无线电波传送。美国早期的有线电视服务（Community Antenna Television Service，即 CATV，社区天线电视服务）是从 1948 年开始的，作为社区电视系统来传输地方电视信号。有线电视服务首先是从阿肯色州、俄勒冈州和宾夕法尼亚州开始的，用来提高山区电视信号的接收质量。[①]

从 20 世纪 60 年代开始，一些有线电视系统引入长距离的信号，从而为社区带来更多的电视节目。由于没有管制的限制以及卫星科技带来的新服务，有线电视从 20 世纪 70 年代开始快速发展。有线电视业从有线频道到高速互联网接入，发展了一套复杂的电信传播服务（Alexander etc.，2004）。

在美国大约有 10 700 套有线电视系统，许多公司拥有不止一个系统，并且以多系统运营商（Multiple System Operators，MSOs）而著称于有线电视业。有五个公司主导了整个有线电视业：美国电话电报公司（AT&T），时代华纳，康卡斯特（Comcast），考克斯（Cox）传播和阿德菲亚（Adelphia），这些公司是多系统运行商的领导者，掌握了 70% 的有线电视消费者，在地方市场长年处于垄断地位。但以 Direc TV 和 EchoStar 为代表的直播卫星电视服务（Direct Broadcast Satellites，DBS）给多系统运营商带来了很大的威胁（Alexander etc.，2004）。虽然在全国层面大公司主导了有线电视的拥有权，但有线电视实际上是一项地方性的服务。根据 2008 年《电视维度》的每周数据，有线电视覆盖了 67% 的 18～49 岁的美国成年人，以及 70% 的 25～54 岁的美国成年人，有线电视现在覆盖了 87% 的美国家庭。[②]

截至 2007 年年底，全美大约有 6 500 万家庭拥有有线电视，超过 3 700 万消费者使用数字有线服务，超过 3 500 万消费者通过有线服务接入互联网，超过 1 500 万用户在享用有线数字电话的便利

---

① See http：//i. ncta. com/ncta _ com/PDFs/NCTA _ Annual _ Report _ 05. 16. 08. pdf.

② See http：//www. rab. com/public/MediaFacts/details. cfm？ id＝9&type＝nm.

服务。截至 2007 年 12 月，全美有 1 212 个有线接入点。① 有线服务的消费包括高清电视（High-Definition Television）、标清电影（Standard-Definition Movies）和节目以及高速互联网服务和数字电话服务，而有线高速互联网接入带来了"第三次互联网革命"，每个季度有线服务都吸引 100 万数字消费者并将为消费者引入更多的数字服务。尽管有诸多的服务提供，电视仍然是有线系统的主要服务，6 490 万的家庭订了基本有线系统服务。②

有线电视网络主要针对具体的地理位置和相对集中的人口。三分之一的有线电视观众专门花时间观看具体的有线电视节目，表明有线电视正成为"约会电视"③。有线电视运营商为有特许经营权区域的观众提供打包了的电视频道和卫星传送节目，如 CNN，MTV，ESPN 和 USA NetWork，服务的范围从基本的有线电视（常常是市场上的无线电视信号）到扩展的基本有线电视节目（基本套餐加上一系列卫星传输的节目）。此外，运营商为受众提供了一系列无线和卫星频道的打包节目，这些节目包括基本的有线电视节目到扩展的有线电视节目，另外，这些有线电视运营商还提供了一系列订阅或付费节目，如家庭影院（Home Box Office，HBO）、作秀时刻（Showtime）、美国电影网（Cinemax）和重奏（Encore），这些节目都要另行支付月费。不断扩展的有线服务包括根据"定制"需求传送的高清电视节目和标清电视电影，持续增长的高速互联网接入和数字电话服务。有线服务结合了数字视频录制和交互节目导引，给美国人前所未有的自主权，他们可以自己主导什么时候以何种方式消费娱乐、与他人沟通、寻找信息，并且有线服务给受众和小商业者节省了几十亿美元。有线电视观众数量的增长伴随着无线电视观众数量的下降。根据尼尔森的数据显示，在不同

---

① See http：//i. ncta. com/ncta _ com/PDFs/NCTA _ Annual _ Report _ 05. 16. 08. pdf.

② See National Cable & Telecommunication Association ， 2008 *Industry Overview*.

③ See http：//i. ncta. com/ncta _ com/PDFs/NCTA _ Annual _ Report _ 05. 16. 08. pdf.

人口统计学特征观众群中以及在各不同时段中，有线电视观众通常都超过了无线电视的观众人数。[①] 在广告市场上，有线电视也超过了无线电视。

越来越多的有线电视服务运行商正试图为受众提供更全面的视频、音频和数字服务。其中有一项叫做三重捆绑（Triple-Play Bundled）的服务正成为有线业电视界的新商业战略，这项服务的提出是为了扩大整个有线网络的协同效应。通过捆绑服务，有线电视运营商能够在每个消费者头上获取额外的利润。该战略的另一个理由是降低竞争对手的竞争力。有线电视运营商们正试图将他们的业务扩展到电信传播领域。相比之下，定向卫星广播的提供者，以其高清能力来招徕顾客的 DirectTV，在 65 个电视市场区域内提供地方高清频道，DirectTV 的竞争者 Dish Network 则在 43 个电视市场区域内提供地方高清节目，有线电视在全国范围内的服务增长是最快的，也是市场上最稳定和最有利可图的，它覆盖了全美 92％的家庭，6 490 万家庭订了基本有线系统服务。[②]

有线电视业的经济影响几乎覆盖了美国经济的所有主要方面。影响最大的信息产业、服务业和制造业，都对经济的全面健康发展有直接的影响。除了上述对经济的直接影响，有线电视业还影响到全国宽带基础设施的发展，并能促进一个真正有竞争力的电信传播市场的形成。由于竞争刺激了宽带基础设施建设，有线电视业还将继续为美国的经济提供生产力和创新的增长。

（三）书籍与杂志

书籍是美国乃至全世界最古老的媒介，在美国成立之前书籍就已经存在了，它是历史与文化的永久记录。书籍能将文明代代相传。书籍便于携带并且容易使用，我们几乎能在任何地方阅读书籍。书籍能够给世界上每个国家的读者提供教育、娱乐并传达信息，这一特性使得书籍成为世界上最有影响力的媒介之一。

---

①② See http：//i. ncta. com/ncta _ com/PDFs/NCTA _ Annual _ Report _ 05. 16. 08. pdf.

美国图书出版业的收益包括下列部分：（1）发行售卖；（2）报摊发行；（3）广告（展示广告或分类广告）；（4）邮寄名单租借（Mailing-list Rentals）；（5）再版或重印；（6）随书插页文章；（7）社论式广告（指常作为杂志中心插页的正式广告文字）；（8）特刊；（9）贸易展销；（10）出口；（11）将特许出版权卖给外国出版社（Alexander etc.，2004）。

美国的图书业竞争激烈。美国图书业被分成几个主要类别：商业类书籍（成人及青少年读物），专业类书籍，初高中课本，大学出版物，学院出版物，大众书籍和宗教书籍。从 20 世纪 60 年代开始，美国图书业相对稳定。大多数书籍会以折扣价（通常在 52%～58%之间）从出版社卖给书店以及其他分销商。为了确定出版社的利益，编辑会在每本书出版之前做一个利润及亏损分析。

杂志是社会的重要教育者，杂志的基本功能同样是教育读者、给读者提供娱乐及传递信息给读者。杂志是 21 世纪公众讨论和社会舆论的自由市场。杂志越来越多样化和具有针对性，2007 年美国有接近 2 万种杂志，超过 85%的美国成年人阅读杂志。[①]

美国主要有三种类型的杂志：（1）"消费"或大众兴趣杂志［如《新闻周刊》（*Newsweek*）］或者越来越多的有针对性的"利基"读物［如《美国婴儿》（*American Baby*）］。（2）商业类杂志，出版对于专业人士而言"必须知道也需要知道"的专业信息（Greco，1988，1991），此类杂志如《电脑杂志》（*PC Magazine*）等。虽然此类杂志没有如《纽约客》（*The New Yorker*）那般的声名，但商业杂志也是每周都有百万计的人在追读的重要读物。（3）学术期刊，如《媒介经济学刊》（*Journal of Media Economics*），这些杂志都是非常专门化的（Alexander，2004）。

近 10 年中，美国 etc. 杂志总的数量比较平稳，但是仍在缓慢上升。2007 年，全美共有杂志 19 532 份，2008 年突破 2 万份，达

① See MPA，Base：Magazine Readers，U. S. Adults 18 ＋，230 Magazines，Source：MRI，Fall Studies，2003 and 2007.

20 590 份（附表 1—5）。

附表 1—5　　　　　1997—2008 年美国杂志种数类

年份	总计	仅有商业顾客的杂志
1997	18 047	7 712
1998	18 606	7 864
1999	17 970	9 311
2000	17 815	8 138
2001	17 694	6 336
2002	17 321	5 340
2003	17 254	6 234
2004	18 821	7 188
2005	18 267	6 325
2006	19 419	6 734
2007	19 532	6 809
2008	20 590	7 383

数据来源：美国杂志出版商协会（Magazine Publishers of America，MPA），《2009年 10 月杂志手册》。参见网站 http：//www. magazine. org。

尽管有 85％的美国人来看杂志，但是人们只花相对很少的时间在看杂志上。美国人均每天花在杂志上的时间只占他们花在媒介上的所有时间的 5％。①

大多数的杂志都包含有正文内容和广告内容。一般来讲，这两者的比例自 1997 年以来比较稳定，都维持在各占一半的比例。在过去的 10 年中，杂志的广告页数保持平稳，但是杂志广告刊例额（折扣前）在逐步上升，可见，杂志广告的价格在持续上升（附表1—6）。

附表 1—6　　　 1997—2009 年美国杂志广告页数和广告刊例额[a]

年份	广告页数（万页）	广告刊例额（亿美元）
1997	23. 14	127. 55
1998	24. 24	138. 13
1999	25. 54	155. 08

① See http：//www. rab. com/public/MediaFacts/details. cfm？ id＝5&type＝nm.

180

续前表

年份	广告页数（万页）	广告刊例额（亿美元）
2000	28.69	176.65
2001	23.76	162.14
2002	22.56	167.00
2003	22.58	192.16
2004	23.44	213.13
2005	24.33	230.68
2006	24.49	239.97
2007	24.47	255.02
2008	22.08	236.52
2009	16.92	194.51

数据来源：美国出版商信息局（Publishers Information Bureau，PIB），数据截至 2010 年 1 月；美国杂志出版商协会，《2010 年 11 月杂志手册》，所有数据经过四舍五入处理，非原始数据。参见网址 http://www.magazine.org/advertising/magazine-media-factbook/。

a. 不包括星期日增刊。

从 1970 年到 2010 年，美国的杂志发行量在持续上升，如果分开看，杂志发行量的上升主要是订阅量的增加，但在零售市场上，杂志的发行量在下降（附表1—7），读者的消费习惯逐渐从零售转向订阅。

附表1—7　　　1970—2010 年美国每期杂志发行量　　　单位：亿册

年份	订阅	零售	总计
1970	1.75	0.70	2.45
1975	1.66	0.84	2.50
1980	1.90	0.91	2.81
1985	2.43	0.81	3.24
1990	2.92	0.74	3.66
1991	2.93	0.72	3.65
1992	2.92	0.71	3.63
1993	2.95	0.69	3.64
1994	2.96	0.68	3.64
1995	2.99	0.66	3.65
1996	3.00	0.66	3.66

年份	订阅	零售	总计
1997	3.01	0.66	3.67
1998	3.03	0.64	3.67
1999	3.10	0.62	3.72
2000	3.19	0.60	3.79
2001	3.05	0.56	3.61
2002	3.05	0.53	3.58
2003	3.02	0.51	3.53
2004	3.12	0.51	3.63
2005	3.14	0.48	3.62
2006	3.22	0.48	3.70
2007	3.22	0.47	3.69
2008	3.25	0.44	3.69
2009	3.10	0.36	3.47
2010	2.92	0.33	3.25

数据来源：数据来自美国发行量核查局（Audit Bureau of Circulations，ABC）的每年稽查数据并经美国杂志出版商协会计算。

根据此前一份针对 99 份美国杂志出版商协会会员杂志的研究，销售额在消费类杂志收益中占有很大份额。在 2006 年，消费类杂志 56％的利润来自广告，44％的利润来自销售额；在 2007 年，消费杂志的订户占到了所有媒介销售的 68％，而零售占到了剩余的 32％。[①]

（四）报纸

报纸是美国第二古老的大众媒介，仅次于图书业。超过 3 个世纪以来，报纸一直对经济和意识形态有重要影响（Alexander etc.，2004：109）。

根据发行周期的不同，美国的报纸可以分成两类，日报和星期

[①] See http：//www.magazine.org/ASSETS/1BAF8D5B67A84CB2BAC4BFC7E9D7A49E/MPAHandbook0809.pdf.

日报，前者是从周一到周五或者周六出版，而后者只在周日出版。根据报纸出版时间，日报还可以分为晨报和晚报，前者是在早上发行，而后者是在下午发行。在过去的半个世纪，美国的晨报数量在上升，而晚报的数量则在下降（附图1—1）。

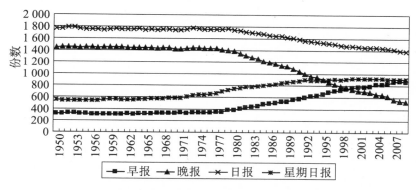

附图1—1　1950—2007年美国报纸数量的变化趋势

数据来源：历年编辑与出版杂志（*Editor & Publisher*）。

1. 报纸广告额下降

在美国报纸的经济收入中，广告约占80％，报纸发行收入约占20％。[1] 广告是报纸的主要经济来源，但报纸广告在所有广告中的比例在逐年下降。报纸曾经是第一大广告媒介，1950年报纸广告占广告总额的比例超过1/3，为36.32％，为当时的第一大广告媒介，2007年报纸广告在媒介广告总的比例降至16.55％，估计这一比例还会继续下降。2007年报纸广告额为422.09亿美元，比2006年下降了9.4％，创下1950年以来报纸广告额的最大降幅。如果加上2007年31.66亿美元的报纸网站广告收入，那么453.75亿美元的报纸广告总收入相对于2000年486.70亿美元的最高报纸广告收入也许并没有下降太多（7.26％），但是如果考虑到通货膨胀因素，那么报纸广告在这期间下降了约20％。无论从相对比例还是从绝对数都可以看出，报纸广告已经完全失去了曾经的风光（附表1—8）。

---

[1]　See The State of News Media，*An Annual Report on American Journalism*，http://www.stateofthenewsmedia.com/2008/printable_newspapers_chapter.htm.

附表 1—8　　　　　1950—2007 年美国报纸广告及其所占比例

年份	报纸广告（亿美元）	总广告（亿美元）	报纸广告占总广告百分比
1950	20.70	57.00	36.32
1951	22.51	64.20	35.06
1952	24.64	71.40	34.51
1953	26.32	77.40	34.01
1954	26.85	81.50	32.94
1955	30.77	91.50	33.63
1956	32.23	99.10	32.52
1957	32.68	102.70	31.82
1958	31.76	103.10	30.81
1959	35.26	112.70	31.29
1960	36.81	119.60	30.78
1961	36.01	118.60	30.36
1962	36.59	124.30	29.44
1963	37.80	131.00	28.85
1964	41.20	141.50	29.12
1965	44.26	152.50	29.02
1966	48.65	166.30	29.25
1967	49.10	168.70	29.10
1968	52.32	180.90	28.92
1969	57.14	194.20	29.42
1970	57.04	195.50	29.18
1971	61.67	207.00	29.79
1972	69.39	232.10	29.90
1973	74.81	249.80	29.95
1974	78.42	266.20	29.46
1975	82.34	279.00	29.51
1976	96.18	333.00	28.88
1977	107.51	374.40	28.72
1978	122.13	433.30	28.19

年份	报纸广告（亿美元）	总广告（亿美元）	报纸广告占总广告百分比
1979	138.63	487.80	28.42
1980	147.94	535.70	27.62
1981	165.27	604.60	27.34
1982	176.94	666.70	26.54
1983	205.81	760.00	27.08
1984	235.22	880.10	26.73
1985	251.70	949.00	26.52
1986	269.90	1023.70	26.37
1987	294.12	1102.70	26.67
1988	311.97	1187.50	26.27
1989	323.68	1247.70	25.94
1990	322.80	1299.68	24.84
1991	303.49	1283.52	23.65
1992	306.39	1337.50	22.91
1993	318.69	1409.56	22.61
1994	341.09	1530.24	22.29
1995	360.92	1629.30	22.15
1996	380.75	1752.30	21.73
1997	413.30	1875.29	22.04
1998	439.25	2066.97	21.25
1999	462.89	2223.08	20.82
2000	486.70	2474.72	19.67
2001	443.05	2312.87	19.16
2002	441.02	2368.75	18.62
2003	449.39	2454.77	18.31
2004	467.03	2637.66	17.71
2005	474.08	2710.74	17.49
2006	466.11	2816.53	16.55
2007	422.09	2796.12	15.10

数据来源：报纸广告（不含报纸网站广告）数据来自美国报业协会网站，广告总额来自优势麦肯［其中 1950—1992 年数据引自直营协会 2004 年年统计资料手册（*Direct Marketing Association's Statistical Fact Book 2004*），1993—2003 年数据引自美国报业协会网站，2004—2007 年数据引自美国电视广告局网站］，报纸广告比例为作者计算。

相对于报纸广告的持续低迷，近年来报纸网站广告收入呈两位数的增长，但是其增长速度也有减缓的趋势。根据美国报业协会优势麦肯的数据，相对于 2006 年 31.46% 的增长率，2007 年报纸网站广告收入增长放缓至 18.80%，并且报纸网站广告收入只占印刷版报纸广告的不足 10%，最高的 2007 年只占 7.5%，如果印刷版报纸每年减少 8% 的广告收入，报纸网站的广告收入每年增长 20%。按照目前的基数，报纸网站要想赶上印刷版广告收入还需要 10 多年的时间。最大的报纸网站纽约时报网站 nytimes.com，其网上收入只占总收入的 11%。[1] 因此报纸网站广告的快速增长并不能扭转报纸广告下降的趋势。当然报纸网站广告价格也只有印刷版报纸广告的 1/20，如果广告主为一个印刷版报纸读者支付 1 美元，那么为其网站读者只需支付 5 美分。[2]

相对于广告收入的下降，读者花在报纸上的费用一直在保持较为稳定的增长，除少数年份外，一般均保持一到两位数的增长，到 2007 年达到最高点 232.36 亿美元，是 1959 年 13.62 亿美元消费额的约 16 倍。[3] 在报业不景气的今天，这种上升主要是由于报纸价格的上涨带来的。当然，如果考虑到通货膨胀因素，实际增长并没有这么多。而且实际上报纸的发行收入并没有读者消费的那么多，因为在读者的支出中，发行环节也要花费一些费用，根据美国报业协会统计，2004 年报纸发行收入为 110 亿美元，而这一年消费者花在报纸上的支出是 191.54 亿美元。

2. 报纸发行量持续下滑

目前美国日报和星期日报的发行量都趋于下降，但日报中的早报发行量呈增长态势，而晚报的发行量在逐渐下降。特别是从 20 世纪 70 年代末以后，早报发行量增长迅速，晚报发行量则表现出相反的趋势。早报发行量的上涨正好伴随着晚报发行量的下降，两

---

① See Farhi, P. (2008). Online Salvation? *American Journalism Review*, 1.

② See Perez-Pena, R. (2008). An Industry Imperiled by Falling Profits and Shrinking Ads. *New York Times*, 2008 - 02 - 07.

③ 读者在报纸上的消费数据来自美国商务部网站。

者呈此消彼长的关系。综合晚报和早报的发行量，日报发行量的变迁则相对平稳，1990 年后，星期日报的发行量逐渐下降。为了综合考察报纸发行量，可以通过下列公式计算出报纸平均每天的发行量：$(6 \times D + S)/7$，其中 D 是日报发行量，S 是星期日报发行量。[①] 1950—2007 年报纸平均发行量为 5 846 万份（附表 1—9）。

附表 1—9　　　　　　　　1950—2009 年美国报纸发行量　　　　单位：万份

年份	早报 发行量	晚报 发行量	日报 发行量	星期日报 发行量	平均每日 报纸发行量
1950	2 126. 60	3 256. 30	5 382. 90	4 658. 20	5 279. 37
1955	2 218. 30	3 396. 40	5 614. 70	4 644. 80	5 476. 14
1960	2 402. 90	3 485. 30	5 888. 20	4 769. 90	5 728. 44
1965	2 410. 70	3 625. 10	6 035. 80	4 860. 00	5 867. 83
1970	2 593. 40	3 617. 40	6 210. 80	4 921. 70	6 026. 64
1975	2 549. 00	3 516. 50	6 065. 50	5 109. 60	5 928. 94
1980	2 941. 40	3 278. 70	6 220. 20	5 467. 60	6 112. 69
1985	3 636. 20	2 640. 50	6 276. 60	5 882. 60	6 220. 31
1990	4 131. 10	2 101. 70	6 232. 80	6 263. 50	6 237. 19
1995	4 431. 00	1 388. 30	5 819. 30	6 122. 90	5 862. 67
2000	4 677. 20	900. 00	5 577. 30	5 942. 10	5 629. 41
2001	4 682. 10	875. 60	5 557. 80	5 909. 00	5 607. 97
2002	4 661. 70	856. 80	5 518. 60	5 878. 00	5 569. 94
2003	4 693. 00	825. 50	5 518. 50	5 849. 50	5 565. 79
2004	4 688. 70	773. 80	5 462. 60	5 775. 40	5 507. 29
2005	4 612. 20	722. 20	5 334. 50	5 527. 00	5 362. 00
2006	4 544. 10	688. 80	5 232. 90	5 317. 90	5 245. 04
2007	4 454. 80	619. 40	5 074. 20	5 124. 60	5 081. 40
2008	4 860. 76	584. 00	4 859. 70	4 867. 10	4 860. 76
2009	4 566. 34	538. 30	4 565. 30	4 572. 60	4 566. 34

数据来源：美国报业协会。

————————

① See Donald L. Shaw, the Rise and Fall of Mass Media, quoted Meyer, P. (2005). *The Vanishing Newspaper: Saving Journalism in the Information Age*, Uissouri: University of Missouri Press.

3. 报纸应对困境的举措

为应对报业危机，各家报纸使出浑身解数，帮助报业度过难关。报社大兴"裁员潮"，报社之间加强合作、降低成本、提高效率，并通过小报化帮助节约成本，一些报纸减少了投递频率。

（五）新媒介——电脑和互联网

虽然电脑的概念及多种与电脑相似的机器在更早以前就存在，但是第一个真正的现代化的电脑设备诞生于 20 世纪中期（1940—1945 年）。从 20 世纪 50 年代起，电脑开始运用于多个不同地区之间的信息共享，美国商务部经济分析局关于电脑消费支出数据最早始于 1977 年。电脑与互联网的发展是相辅相成的。互联网的发展可以分为三个阶段：第一个阶段首先由一些先驱者们启动，他们大多是一些关心国家安全的科学家与工程师。这些科学家和工程师最初工作的资金来源于美国联邦政府的资助，即美国国防部高级研究计划局（the Advanced Research Projects Agency，ARPA）。互联网发展的第二阶段开始于学者与科学家，他们需要使用网络进行资源共享和沟通。民间资本的参与标志着互联网时代第三阶段的到来，这种参与最早出现于 20 世纪 80 年代早期，于 90 年代重新成为热潮。民间资本开始尝试利用新的信息社会的优点，人们打开电脑就能够连接到可视文本，即一种可以通过在线传输（比如通过电话）在屏幕上显示的文本。但是直到 1994 年，美国的大众消费者才开始有机会享受可视文本带来的便利。

1990 年瑞士的提姆·伯纳斯-李（Tim Berners-Lee）发明了万维网。它主要由两部分组成：二是 Web 服务器（Web Server），用于发布信息；一是浏览器（Browser），用于获得信息。用户可以很方便地浏览文件，不管文件是在哪一台电脑上，这就是超文本链接技术（Hypertext）。早期的万维网只有文本，没有图像、声音，没有色彩，也没有类似 Windows 的界面。即使这样，万维网仍然受到了互联网用户的欢迎。不过由于先天不足（高技术准入），还是阻碍着它在全世界范围内的普及。随着万维网的发明，互联网真正成为一个全球性网络。如今，互联网已经成为一个收集相关信息流的最终汇集地和发展最迅速的媒介。

在互联网的历史上，1993 年是个值得纪念的年份。万维网流行后，出现了世界上第一个多媒体的图形界面网络浏览器 Mosaic，互联网才终于起飞。1993 年，由网景公司的合伙创始人马克·安德森（Marc Andreessen）和美国伊利诺伊大学的国家超级电脑应用中心（NCSA-UIUC）联合开发出一种图文浏览器 Mosaic，这种 Mosaic 浏览器的发明成为万维网一个潜在转折点。1993 年 3 月，第一个面向普通用户的 Mosaic 预览版发布，不过仅针对当时少数的 Unix 操作系统，它的最大特色就是具有方便易用的图形界面。1993 年 11 月，Mosaic 1.0 官方版发布。之前美国参议员戈尔（Gore）提出了"高性能计算和通信法案"（1991 年），也就是著名的"戈尔法案"。互联网 Mosaic 项目就是得益于高性能计算与通信法案（HPCC）的资金支持。事实上，Mosaic 的图形界面很快就变得比当时最主要的信息查找系统 Gopher 更流行，万维网成为接入互联网的首选界面。1994 年，安德森的网景导航者浏览器（Netscape Navigator）最终又取代了 Mosaic，成为世界上最流行的浏览器。但是不久之后，来自 IE 浏览器及其他浏览器的竞争几乎取代了它。互联网发展史上的另一个重要事件是 1994 年 1 月 11 日在加州大学洛杉矶分校的罗伊斯大厅里举行的信息高速公路峰会。这是第一次由所有产业代表、政府官员和该领域顶尖学者参加的专门讨论信息高速公路的公开会议。所以，1993 年被称为"互联网年"。1993 年由于 Mosaic 的出现，其他的技术和事件都淹没在它的光辉之下，但我们也不能忽略 Mosaic 能够成为风暴的内在原因是符合了整个社会对互联网的期望。也许从它带来的非常明显的商业价值和社会价值，以及人类获得信息的一种全新的方式和对整个人类社会的影响来看，Mosaic 风暴才算是真正的风暴，因此在互联网发展史上，将 1993 年 Mosaic 的推出作为互联网成为大众传播媒介的标志性事件。

据统计，截至 2010 年年底，全球共有网民 20.95 亿人，占世界总人口的 30.20%，其中有 2.40 亿的网民是美国人，这个数据仍在增加，越来越多的人将使用互联网（附表 1—10）。

附表 1—10　　　　　2000—2010 年美国互联网使用情况

年份	人口（亿）	互联网用户（亿）	占总人口百分比	数据来源
2000	2.81	1.24	44.13	ITU
2001	2.85	1.43	50.18	ITU
2002	2.88	1.67	57.99	ITU
2003	2.91	1.72	59.11	ITU
2004	2.93	2.02	68.94	尼尔森在线
2005	2.99	2.04	68.23	尼尔森在线
2007	3.02	2.12	70.20	尼尔森在线
2008	3.04	2.20	72.37	尼尔森在线
2009	3.07	2.28	74.27	尼尔森在线
2010	3.10	2.40	77.42	ITU

数据来源：ITU 国际电报联盟（International Telegraph Union，ITU）。
原数据中无 2006 年数据。

　　网络已成为人们生活中不可或缺的一部分。17 岁以上的美国人中有 80％的人认为互联网是最重要的信息来源，这个比例在 2006 年还只有 66％。同一调查还显示，更多的美国人认为互联网是比电视、广播、报纸等其他媒介更重要的信息获取渠道。[①] 另一调查显示，有三分之一的美国人认为互联网是重要的媒介（这一数据在 2002 年仅为 20％）。相比而言，电视的支持率只有 3％。[②]

　　2007 年 9 月，在美国通过宽带上网的人第一次超过了美国人口总数的一半。截至 2007 年 12 月，从皮尤互联网工程（the Pew Internet Project）中发现，54％的成年上网者在家中通过宽带上网，这一数据在 2006 年还只有 45％。随着宽带在美国的逐渐渗透，从皮尤互联网工程中发现，大约有 50％的人通过宽带上网，这使得广

　　① See USC Center for Digital Future，Annual Internet Survey by the Center for the Digital Future Finds Shifting Trends Among Adults About the Benefits and Consequences of Children Going Online，2008 - 01 - 17.

　　② See Internet Usage and Importance Expand. *eMarketer*，2007 - 07 - 02.

告主们能够利用互联网的视频、文本来做广告。[①]

随着技术的进步，越来越多的新媒介形式涌现出来，包括数码播放器、手机、数码录像机（Digital Video Recorder）、卫星收音机、无线网络和蓝牙设备。每一次新设备的出现都会瓜分美国本来就四分五裂的传媒市场。更值得一提的是，每一个新设备的出现都会带来一种新的广告收入方式。

媒介经济中并没有明确的规律表明广告支出如何与消费者的消费水平相匹配，但是，互联网的广告投入和消费者的消费之间的差距确实很大。难道是因为广告主们不愿意他们的信息被放到一个消费者界定模糊的媒介上？

互联网正在改变着人们生活和交流的方式。每天都有越来越多的人使用电脑读新闻、网上购物、网上聊天，甚至通过网络做研究。互联网是当今最重要的数字网络，它最大的特色就是拥有令人难以置信的多样性的应用程序，并且还在以相当快的速度增加。研究表明，互联网已经开始取代电视作为获取信息的最主要媒介，不论是时事信息还是购物指引。

（六）娱乐产业：电影

1893 年，爱迪生（Edison）发明电影视镜并创建"囚车"摄影场，被视为美国电影史的开端。1896 年，爱迪生发明的维太放映机的推出揭开了美国电影群众性放映的序幕。19 世纪末 20 世纪初，电影成为适应城市平民需要的一种大众娱乐。它起先在歌舞游乐场内，随后进入小剧场，在剧目演出之后放映。1905 年在匹兹堡出现的镍币影院（入场券为 5 美分镍币）很快遍及美国所有城镇。1926 年 8 月，美国华纳公司推出了第一部有声电影《唐璜》。

现在好莱坞几乎成了美国乃至世界电影的代名词。好莱坞是加利福尼亚州洛杉矶市一区，位于市区西北郊。20 世纪初，电影制片商在此发现理想的拍片自然环境，陆续集中到此，使其逐渐成为世界闻名的影城。到 1928 年已形成派拉蒙等"八大影片公司"。20

---

① See http：//www. stateofthenewsmedia. org/2008/narrative _ special _ advertising. php？ media＝13.

世纪三四十年代是好莱坞的鼎盛时期，摄制了大量成为电影史上代表作的优秀影片，并使美国电影的影响遍及世界。同时好莱坞亦发展为美国的一个文化中心，众多的作家、音乐家、影星及其他人士会聚于此。第二次世界大战后，制片厂陆续迁出，许多拍片设施闲置或转让给电视片制作商。20世纪60年代初，好莱坞成为美国电视节目的主要生产基地。建立于1927年的美国电影艺术与科学学院颁发一年一度的"学院奖"（奥斯卡奖），每年颁奖典礼进行时全球都会有超过2亿人观看。从1968年以来，美国电影协会（the Motion Picture Association of America，MPAA）对所有美国电影都实施评级系统管理。

美国电影业生产了许多故事片和电视节目。除了制作电影和电视节目，电影业还生产电影光碟、音乐视频。电影业还包括经营电影上映和电影节中电影和录像的展播。其他机构还为电影业提供后期制作服务，如剪辑、拍摄和磁带翻录，写标题和字幕，去掉字幕，电脑动画和特技效果。

尽管每年有成千上万的电影被制作出来，但只有其中的少数电影占据大部分的票房收入。事实上，大多数影片并不能从票房中得到充分的投资回报，所以制片人的利润来源主要依赖于其他市场，如广播和有线电视、DVD的销售及租赁等。实际上，主要的电影公司正在从他们不断增长的国外收入中取得回报。

大多数电影仍然是胶片的，然而，数码技术和电脑生成图像技术正在迅速占领市场并变革电影业。使用数码技术更容易给一部电影带来变化。数字技术也可使电影通过卫星或光纤电缆分送到影院。笨重的金属胶卷被便于传输的硬盘设备取代，虽然现在以这种方式接收和放映电影的影院很少，但是在未来，更多剧院将有能力开展数字电影工作，同时生产和销售电影的成本也将会急剧降低。①这些成本压力使电影制作公司数量减少至目前的六大制片厂，它们包揽了大部分的电视电影节目和全国电影发布工作。然而，随着有线电视、数字录像机、计算机图形和编辑软件、互联网的日益普

① See http：//www.bls.gov/oco/cg/cgs038.htm.

及，很多中小型独立制片公司如雨后春笋般地涌现出来，填补了不断增长的需求。

随着 21 世纪的到来，好莱坞电影产业仍然是一个封闭的由六大公司组成的寡头垄断——（按照英文字母顺序）迪士尼（华特迪士尼公司所有），派拉蒙电影（维亚康姆公司所有），索尼电影（索尼公司所有），20 世纪福克斯（新闻集团所有），环球影业（维旺迪所有），华纳兄弟（美国在线时代华纳所有）。"六大"垄断公司代表了好莱坞电影业。六大公司都参与生产与发行的竞争，但竞争的同时他们也会通过合作确保这种竞争游戏只在彼此之间进行。哪一年谁是第一并不重要，但整个 20 世纪 90 年代，只要是影院播放超级大片，必然出自六大公司，这一局面还将继续（Alexender etc.，2003）。

美国国内票房收入在 1992—2010 年持续增长，国内票房在 2009 年突破百亿美元大关，达 105.96 亿美元，并在 2010 年维持该水平。但同时，电影票价也一直在上涨，电影票价从 1980 年的 2.69 美元涨到 2010 年的 7.89 美元，平均每年涨幅为 3.65%（附表 1—11）。

附表 1—11　　1980—2010 年美国国内电影票房及票价

年份	总票房（亿美元）	售出电影票数（亿张）	电影部数（部）	电影场次（场）	电影票单价（美元）
1980	27.49	10.22	161	17 590	2.69
1981	29.66	10.67	173	18 040	2.78
1982	34.55	11.75	428	18 020	2.94
1983	37.71	11.97	495	18 884	3.15
1984	40.29	11.99	536	20 200	3.36
1985	37.49	10.56	470	21 147	3.55
1986	37.73	10.17	451	22 765	3.71
1987	42.58	10.89	509	23 555	3.91
1988	44.59	10.85	510	23 234	4.11
1989	50.14	12.63	502	23 132	3.97
1990	50.29	11.89	410	23 689	4.23

年份	总票房 （亿美元）	售出电影票数 （亿张）	电影部数 （部）	电影场次 （场）	电影票单价 （美元）
1991	48.04	11.41	458	24 570	4.21
1992	48.68	11.73	480	25 105	4.15
1993	51.50	12.44	462	25 737	4.14
1994	54.01	12.92	453	26 586	4.18
1995	54.94	12.63	411	27 805	4.35
1996	59.18	13.39	471	29 690	4.42
1997	63.71	13.88	510	31 640	4.59
1998	69.46	14.81	509	34 186	4.69
1999	74.42	14.65	461	37 185	5.08
2000	76.59	14.21	478	37 396	5.39
2001	84.16	14.87	482	36 764	5.66
2002	91.57	15.76	478	35 592	5.81
2003	92.38	15.32	506	——	6.03
2004	93.83	15.11	551	——	6.21
2005	88.39	13.79	547	——	6.41
2006	92.09	14.06	608	——	6.55
2007	96.66	14.05	631	——	6.88
2008	96.28	13.41	607	——	7.18
2009	105.98	14.13	522	——	7.50
2010	105.65	13.39	534	——	7.89

数据来源 http://boxofficemojo.com/yearly.

六大公司发行电影的上映顺序如下：电影院、家庭录像和 DVD、付费电视、收费电缆电视，最后才是广播和有线电视，每个"窗口"在这个序列中都是唯一的。只有在所有之前的"窗口"开放过之后，新的"窗口"才会开放（Alexender etc.，2004）。有趣的是，电影院的重要性在 20 世纪 90 年代变得更加明显，去看电影仍是一种可行的休闲时间的娱乐活动。

在新的历史时期，六大公司进行横向和纵向整合。从横向看，六大公司从广泛的大众传媒活动中获得了可观的利润。纵向整合方面，在 20 世纪 80 年代到 90 年代间，六大公司花费数百万美元在连锁电影院、有线电视系统、空中电影电台、电视网络和家庭影院运作上，如维亚康姆的百视达（Blockbuster）（Alexender etc.，2004）。

电影业会在传媒经济中持续发挥重要的作用。只要仍然存在，好莱坞的六大公司将继续主导和定义 21 世纪的美国电影产业。

（七）媒介广告

《广告时代》杂志根据美国劳工统计局数据的分析显示，2007 年 10 月，广告和市场营销的从业人员数量占比从 2000 年的顶峰值下降到 1.1％，2000 年正值互联网泡沫破灭，传媒业减少了 1/8 的工作需求。[①]

20 世纪 20 年代以来，美国的广告业有了大规模的发展，现在的广告支出额几乎是当时的 100 倍。[②] 80 年前，运用广播、电视、互联网等新型媒介来传递商业信息几乎是难以想象的，所有这些新媒介的出现都扩大了广告规模。也许，广告业最惊人的发展变化是广告目标的改变，从最初批量生产的商品，到未分化的公众消费市场，再到为特定商品和品牌细分的市场和特定目标受众。

（八）政府对媒介消费的管制

在过去几十年中，美国政府中最经常对媒体产业的竞争状况进行监督的三个机构是：美国司法部（Department of Justice）、联邦贸易委员会（Federal Trade Commission）和联邦通信委员会（the Federal Communications Commission，FCC）。美国司法部具有反托拉斯的法定权威，而联邦通信委员会通过其保护"公众利益"的法令监督广播和有线电视。这些机构对媒体的关注程度高于对其他产业的关注程度，因此这些机构面临的问题是：言论自由能否与控

[①] See http://www.stateofthenewsmedia.org/2008/narrative_special_advertising.php? media＝13.

[②] 按当期价格计算，2007 年美国广告总收入为 2 796.12 亿美元，而 1929 年的美国广告总收入为 28.50 亿美元，2007 年广告额是 1929 年的 98.11 倍，如果扣除物价因素，2007 年的广告额为 2 322.20 亿美元，1929 年的广告额是 287.00 亿美元（按 2000 年不变价格），前者是后者的 8.09 倍。

制媒体的经济相分离？联邦通信委员会是美国政府的一个独立机构，由国会法令建立、指导和授权，并且大多数专员都由现任总统任命。联邦通信委员会的工作针对以下领域的六个关键目标进行：宽带、竞争、光谱、传媒、公共安全和国土安全，以及联邦通信委员会的现代化。1934 年的通信法令（the Communications Act of 1934）建立了联邦通信委员会，接替联邦广播委员会（the Federal Radio Commission，FRC），该委员会的责任包括：管理所有非联邦政府使用的无线电频谱（包括无线电台和电视广播）、所有州际通信以及所有在美国发送或接收的国际通信。

二、1929 年以来美国经济形势回顾

美国经济被马克思描述为"资本主义"，他用这个术语来形容这样的经济制度：少数人控制着资本，或者用于投资的货币，继而，控制经济权力。马克思和他的追随者提倡资本由工人控制的社会主义经济。他们抨击资本主义经济制度，特别是美国的经济制度。他们认为，这样的经济制度使得权力集中于少数富有的商人手中，商人更多地关注他们的利润，而不是工人们的福利。宏观经济学研究的是非常广泛的经济总量及其平均值，如总产量、经济增长率和利率等，这些总量数据的获得，是通过累计在各个市场所进行的经济活动的总和以及所有个体的经济行为的总和。

经济学家和决策者最常用的三种宏观经济统计数据是国内生产总值（Gross Domestic Product，GDP）、消费者物价指数（Consumer Price Index，CPI）和失业率。

1. 国内生产总值

被应用得最广泛的衡量一个国家总体经济水平的手段之一就是GDP，一个国家的 GDP 代表着在一个特定时期内（通常为一年），该国境内所创造的所有产品和服务的价值总和，即一国的总收入和用于其物品与劳务产品的总支出，GDP 通常被作为对经济状况进行描述的最好的测量指标。美国该统计数字是由其商务部下属的经济分析局（The Bureau of Economic Analysis of the Department of Commerce）根据大量原始数据来源每三个月计算一次，计算 GDP

的目的是用一个数字概括某一既定时期经济活动的美元价值。有两种方法可以用来评价 GDP，一种方法是把 GDP 作为经济中所有人的总收入，另一种方法是把 GDP 作为经济中物品与劳务产出的总支出，无论从哪个角度看，GDP 都是衡量宏观经济状况最重要的指标。

需要注意的是，GDP 的增加可能是由于价格上升，也可能是由于物品与劳务增加，经济学家把按照现期价格衡量的物品与劳务的价值称为名义 GDP，而实际 GDP 是用不变价格衡量物品与劳务的价值。也就是说，实际 GDP 表明了数量变化而价格不变的物品与劳务总产出的价值，由于价格是不变的，不同年份实际 GDP 的变动体现的是实际产量的变动。由于一个社会向其成员提供经济的能力最终取决于物品与劳务的数量，所以实际 GDP 提供了一个比名义 GDP 更明确的经济福利衡量指标。

国内生产总值的组成部分有消费（C）、投资（I）、政府支出（G）［这些是净国内消费］和出口（X）、进口（M）。其中 C、I、G 是国内支出，X、M 是国际贸易。所以，GDP 的方程式应该被表达为 GDP $=C+I+G+(X-M)$[①]。

在 1929—2007 年期间，除少数时期，如大萧条外，美国 GDP 一直在增长，以当期价格看，GDP 从 1929 年的 1 036 亿美元增加到 2007 年的 138 413 亿美元，78 年间增加了 130 多倍，平均年增长率为 6.45%。如果扣除物价因素，以 2000 年不变价格计算，2007 年的 GDP 是 1929 年的 11 倍多，平均年增长率为 3.12%（附图 1—2）。

GDP 增长的同时也伴随着人口的增长，如果以人均计算，美国人均实际 GDP 也一直在增长，2007 年的人均 GDP 是 1929 年的 4.45 倍，实际 GDP 的增长使美国的生活水平逐年提高。在这 78 年内，美国社会经历了一系列重大的历史时段，如 20 世纪 20 年代末 30 年代初的大萧条，第二次世界大战（1939—1945 年）、朝鲜战争

---

① 参见［美］N・格里高利・曼昆：《宏观经济学》，4 版，23 页，北京，中国人民大学出版社，2000。

（1950—1953 年）、越南战争（1961—1975 年）、三次石油危机①、第一次海湾战争（1991 年 1 月 17 日～1991 年 2 月 28 日），第二次海湾战争（2003 年 3 月 20 日），2001 年"9·11"事件（2011 年 9 月 11 日）等等。GDP 增长也并不是一直持续的，这 78 年内也存在多次 GDP 下降的时期，最严重的是大萧条。以后的大的经济波动都影响到美国的经济，如第二次世界大战过后，第一次石油危机（1973—1975 年）、第二次石油危机（1978—1980 年）等都导致了美国人均实际 GDP 产生了下滑（附图 1—3）。

2. CPI

CPI 是用来衡量物价水平的宏观经济指标，众所周知，今天的 1 美元买不到 10 年前价值 1 美元的东西，10 年前的东西几乎每一样都涨价了，物价水平的这种上升被称为通货膨胀。衡量通货膨胀水平最常用的指标是消费者物价指数，即 CPI，美国劳工部劳工统计局就是专门计算 CPI 的机构。正如 GDP 是把许多物品与劳务的数量变成衡量生产价值的指标一样，CPI 也是把许多物品与劳务的价格变成衡量物价总水平的一个指数，② 通常用百分比表示。由于人们购买不同物品或劳务的数量不一样，所以在计算总的 CPI 时，

---

　　① 第一次石油危机：1973 年 10 月第四次中东战争爆发，为打击以色列及其支持者，石油输出国组织的阿拉伯成员国当年 12 月宣布收回石油标价权，并将其原油价格从每桶 3.011 美元提高到 10.651 美元，使油价猛然上涨了两倍多，从而触发了第二次世界大战之后最严重的全球经济危机。持续三年的石油危机对发达国家的经济造成了严重的冲击。在这场危机中，美国的工业生产总额下降了 14％，日本的工业生产总额下降了 20％以上，所有工业化国家的经济增长都明显放慢。第二次石油危机：1978 年年底，世界第二大石油出口国伊朗的政局发生剧烈变化，伊朗亲美的温和派国王巴列维下台，引发第二次石油危机。此时又爆发了两伊战争，全球石油产量受到影响，从每天 580 万桶骤降到 100 万桶以下。随着产量的剧减，油价在 1979 年开始暴涨，从每桶 13 美元猛增至 1980 年的 34 美元。这种状态持续了半年多，此次危机成为 20 世纪 70 年代末西方经济全面衰退的一个主要原因。第三次石油危机：1990 年 8 月初，伊拉克攻占科威特以后，伊拉克遭受国际经济制裁，使得伊拉克的原油供应中断，国际油价因而急升至每桶 42 美元的高点。美国、英国经济加速陷入衰退，全球 GDP 增长率在 1991 年跌破 2％。国际能源机构启动了紧急计划，每天将 250 万桶储备原油投放市场，以沙特阿拉伯为首的欧佩克也迅速增加产量，很快稳定了世界石油价格。

　　② 参见［美］N·格里高利·曼昆：《宏观经济学》，4 版，28 页。

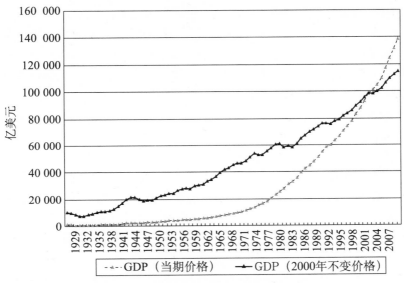

附图1—2　1929—2007年美国历年GDP

附图1—3　1929—2007年美国人均实际GDP

不同物品和劳务的价格在计算时的权数是不同的。

CPI 是最受关注的物价指数，但不是唯一的物价指数，另一物价指数是生产物价指数，还有就是 GDP 平减指数，而 GDP 平减指数与 CPI 之间的差别实际上往往并不大①（附图 1—4），这些指标都衡量了物价上升的速度。

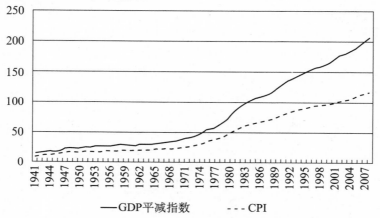

附图 1—4　1941—2007 年 GDP 平减指数和 CPI

数据来源：美国商务部经济分析局网站，GDP 平减指数以 2000 年为 100，CPI 以 1982—1984 年为 100。

在本研究的 1929—2007 年间，美国的 CPI 一直在上升，以 1982—1984 年的 CPI 为 100，1929 年的 CPI 为 17.1，2007 年的 CPI 为 207.34，78 年间价格上涨 11 倍多。在做时间序列的经济分析时，需要控制物价上涨因素，也就是用实际经济指标做分析。

3. 失业率

失业率表示失业人数占总劳动人数的比例，通常用百分比表

---

① 名义 GDP 和实际 GDP 的比率称为 GDP 平减指数（GDP Deflator），又称为 GDP 的隐含价格平减指数。GDP 平减指数与 CPI 的第一点差别是 GDP 平减指数衡量所生产的所有物品与劳务的价格，而 CPI 只衡量消费者购买的物品与劳务的价格；GDP 平减指数只包括国内生产的物品，进口品不是 GDP 的一部分，不会反映在 GDP 平减指数里，但进口品的物价影响 CPI；CPI 确定不同物品价格的固定加权数，而 GDP 平减指数确定可变的加权数。

示。由于工人的劳动是一个国家的主要经济来源,所以工人的工作情况成为备受关注的指标,美国劳工统计局每个月都计算失业率数据,这些统计数字来自对美国约 6 万个家庭的调查,根据对调查问题的回答,美国家庭的每个成年人(16 岁及以上)都被归入三种类型中的一种:就业、失业或者不属于劳动力。失业率就是失业者在劳动力中所占的百分比。在本研究的 1929—2007 年间,从 20 世纪 40 年代初期以后失业率相对较前段时期平稳。在整个 20 世纪 30 年代至 40 年代初,美国处于高失业率时期,失业率在大萧条末期即 1933 年达到最高,为 24.9%,意味着每四个劳动者中就有一个人失业,一直到 1942 年美国才走出了高失业率的阴影。20 世纪 40 年代初期,美国的失业率比较低,远低于 5%,但是 40 年代末,失业率又偏高,平均高于 5%。在 50 年代和 60 年代美国的平均失业率低于 5%,70 年代末和 80 年代大大超过 6%,90 年代又逐步回落。经济学家对 20 世纪 70 年代末后美国的失业率的变化并无定论,一种较为合理的解释是因为劳动力构成的变动。第二次世界大战以后,美国出现了生育高潮,20 世纪 50 年代生育率的上升引起了 70 年代年轻工人人数的增加,从而提高了平均失业水平。然后,随着婴儿潮时期出生的工人年龄的增长,劳动力的平均年龄提高了,降低了 20 世纪 90 年代的失业率[①]。进入 21 世纪后,美国的失业率基本维持在 5%,但是由于受金融危机的影响,2007 年美国失业率骤然上升到 11%(附图 1—5)。

另外,根据已有文献资料,本研究还引入了如下相关宏观经济指标作为研究的解释变量。

4. 个人可支配收入(Disposable Personal Income,DPI)

个人可支配收入指的是一个人或一类人可用于消费或储蓄的税后可支配货币的总额,由总收入减去收入税得出,它是消费(C)和储蓄(S)之和:DPI=C+S。沃德(1986)建议,在分析媒介消费的时候,用个人收入比个人可支配收入更准确,因为前者是税后收入,是可以直接用来消费的净收入。以当期价格计算,美国个人可支

---

① 参见 [美] N·格里高利·曼昆:《经济学原理(上)》,北京,北京大学出版社,2000。

附图1—5　1929—2007年美国失业率

配收入从 1929 年的 834 亿美元增加到 2007 年的101 770亿美元，78 年增加了 120 多倍，但扣除物价上涨因素，以 2000 年不变价格计算，2007 年的全国个人可支配收入约为 1929 年的 10 倍（附图1—6）。

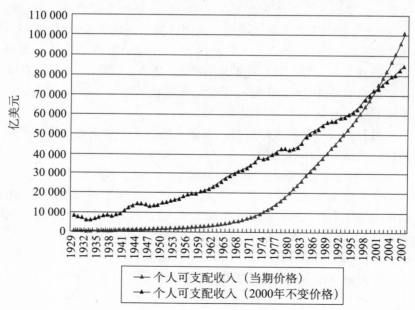

附图1—6　1929—2007年美国个人可支配收入

5. 人口数和家庭户数

人口统计（Demography）指标是影响消费的重要因素之一。总的看来，在 1929—2007 年期间，美国人口增长非常平稳，只是从 1946 年到 1964 年这段时期，美国经历了人口统计上的一个重大转变，即婴儿出生率上升时期（附图 1—7），一般称婴儿潮（Baby Boom），他们中最年长的现在是 60 多岁。

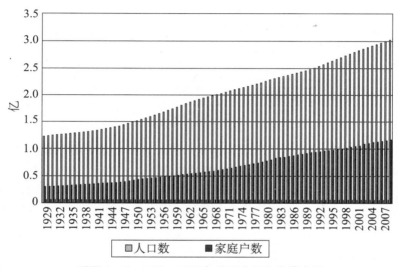

附图 1—7 1929—2007 年美国人口和家庭户数

6. 城市化率

城市化率即城市居住人口数占总人口数的比例。城市化率被用来衡量一个国家的城市化程度，通常用百分比表示。总的说来，美国是一个高度城市化的国家，在本研究的 1929—2007 年间，美国城市化率从 1929 年的 55.64% 上升到 2007 年的 79%。这段时期城市化率都在 50% 以上，说明美国已在此之前完成了城市化进程。20 世纪 40 至 60 年代，美国城市化率增长较快，最近几年城市化进程逐渐趋于平稳（附图 1—8）。

7. 利率（Interest Rates）

利率又称利息率，表示一定时期内利息与本金的比率，通常用百分比表示。按年计算的利率称为年利率，其计算公式为：利率＝

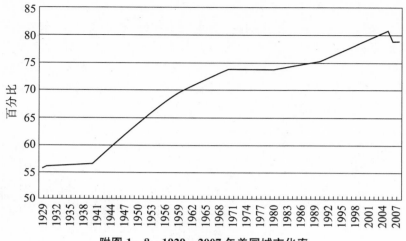

附图1—8 1929—2007年美国城市化率

利息/本金×100％。就其表现形式来说，利率是指一定时期内利息同借贷资本总额的比率。利率是单位货币在单位时间内的利息水平，表明利息的多少。利率分名义利率和实际利率，通常所说的利率是名义利率，即投资者为借贷的现金支付的利率，实际利率即根据通货膨胀影响校正后的名义利率。经济学家把银行支付的利率称为名义利率，而把实际购买力的增加称为实际利率，实际利率即名义利率和通货膨胀的差额[1]。比如，名义利率是7％，通货膨胀率是2％，那么实际利率就是5％。利率通常由国家的中央银行控制，在美国由美联储管理。利率是经济学中一个重要的金融变量，几乎所有的金融现象、金融资产均与利率有着或多或少的联系。世界各国频繁运用利率杠杆实施宏观调控，利率政策已成为各国中央银行调控货币供求，进而调控经济的主要手段，利率政策在中央银行货币政策中的地位越来越重要。合理的利率，对发挥社会信用和利率的经济杠杆作用有着重要的意义。一般来说，利率根据计量的期限标准不同，表示方法有年利率、月利率、日利率。

---

① 参见［美］N·格里高利．曼昆：《宏观经济学》，4版，23页。

1929—2007年美国宏观经济和媒介消费主要数据

附表 2—1　　　1929—2007年美国受众在各媒介上的消费额（当期价格）

单位：亿美元

年份	书籍	报纸杂志	印刷媒介	修理	有线电视	租赁	电影	视听产品	视听媒介	电脑	互联网	新媒体	其他	总计
1929	3.00	5.00	8.00	—	—	—	7.00	10.00	17.00	—	—	—	1.00	26.00
1930	3.00	5.00	8.00	—	—	—	7.00	9.00	16.00	—	—	—	1.00	25.00
1931	3.00	5.00	8.00	—	—	—	7.00	5.00	12.00	—	—	—	1.00	21.00
1932	2.00	4.00	6.00	—	—	—	5.00	3.00	8.00	—	—	—	1.00	15.00
1933	2.00	4.00	6.00	—	—	—	5.00	2.00	7.00	—	—	—	0.00	13.00
1934	2.00	4.00	6.00	—	—	—	5.00	2.00	7.00	—	—	—	0.00	13.00
1935	2.00	5.00	7.00	—	—	—	6.00	2.00	8.00	—	—	—	0.00	15.00
1936	2.00	5.00	7.00	—	—	—	6.00	3.00	9.00	—	—	—	1.00	17.00
1937	2.00	5.00	7.00	—	—	—	7.00	4.00	11.00	—	—	—	1.00	19.00
1938	2.00	5.00	7.00	—	—	—	7.00	3.00	10.00	—	—	—	1.00	18.00
1939	2.00	6.00	8.00	—	—	—	7.00	4.00	11.00	—	—	—	1.00	20.00
1940	2.00	6.00	8.00	—	—	—	7.00	5.00	12.00	—	—	—	1.00	21.00
1941	3.00	6.00	9.00	—	—	—	8.00	6.00	14.00	—	—	—	1.00	24.00
1942	3.00	7.00	10.00	—	—	—	10.00	6.00	16.00	—	—	—	1.00	27.00

年份	书籍	报纸杂志	印刷媒介	修理	有线电视	租赁	电影	视听产品	视听媒介	电脑	互联网	新媒体	其他	总计
1943	4.00	8.00	12.00	1.00	—	—	13.00	4.00	18.00	—	—	—	1.00	31.00
1944	5.00	9.00	14.00	1.00	—	—	13.00	3.00	17.00	—	—	—	1.00	32.00
1945	5.00	10.00	15.00	1.00	—	—	15.00	3.00	19.00	—	—	—	1.00	35.00
1946	6.00	11.00	17.00	1.00	—	—	17.00	11.00	29.00	—	—	—	2.00	48.00
1947	5.00	12.00	17.00	1.00	—	—	16.00	14.00	31.00	—	—	—	2.00	50.00
1948	6.00	14.00	20.00	2.00	—	—	15.00	15.00	32.00	—	—	—	2.00	54.00
1949	6.00	15.00	21.00	2.00	—	—	15.00	17.00	34.00	—	—	—	2.00	57.00
1950	7.00	15.00	22.00	3.00	—	—	14.00	24.00	41.00	—	—	—	2.00	65.00
1951	8.00	16.00	24.00	4.00	—	—	13.00	22.00	39.00	—	—	—	2.00	65.00
1952	8.00	17.00	25.00	4.00	—	—	13.00	24.00	41.00	—	—	—	2.00	68.00
1953	8.00	18.00	26.00	5.00	—	—	13.00	26.00	44.00	—	—	—	2.00	72.00
1954	8.00	18.00	26.00	5.00	—	—	14.00	28.00	47.00	—	—	—	2.00	75.00
1955	9.00	19.00	28.00	6.00	—	—	15.00	29.00	50.00	—	—	—	2.00	80.00
1956	10.00	19.00	29.00	6.00	—	—	15.00	30.00	51.00	—	—	—	3.00	83.00
1957	10.00	20.00	30.00	7.00	—	—	12.00	29.00	48.00	—	—	—	3.00	81.00
1958	10.00	21.00	31.00	8.00	—	—	11.00	28.00	47.00	—	—	—	3.00	81.00
1959	10.91	21.33	32.24	8.06	0.09	—	10.43	30.56	49.14	—	—	—	3.24	84.62
1960	11.41	21.82	33.23	8.75	0.20	—	10.45	30.38	49.78	—	—	—	3.49	86.50
1961	12.13	20.45	32.58	9.35	0.29	—	10.44	31.97	52.05	—	—	—	3.33	87.96

续前表

年份	书籍	报纸杂志	印刷媒介	修理	有线电视	租赁	电影	视听产品	视听媒介	电脑	互联网	新媒体	其他	总计
1962	12.88	23.29	36.17	9.78	0.44	—	10.33	33.88	54.43	—	—	—	3.56	94.16
1963	14.13	24.94	39.07	10.27	0.57	—	10.29	37.05	58.18	—	—	—	3.61	100.86
1964	16.14	25.31	41.45	10.46	0.67	—	10.38	43.09	64.60	—	—	—	3.90	109.95
1965	16.52	27.03	43.55	10.39	0.80	—	11.63	51.00	73.82	—	—	—	3.97	121.34
1966	18.46	31.86	50.32	10.43	1.02	—	12.19	62.79	86.43	—	—	—	4.44	141.19
1967	18.55	32.71	51.26	10.90	1.39	—	12.27	70.33	94.89	—	—	—	4.89	151.04
1968	20.16	34.36	54.52	12.18	1.85	—	14.00	76.08	104.11	—	—	—	4.91	163.54
1969	23.09	36.92	60.01	13.16	2.45	—	15.07	79.92	110.60	—	—	—	5.06	175.67
1970	29.22	40.97	70.19	13.83	2.95	—	16.29	85.4	118.47	—	—	—	5.31	193.97
1971	29.76	44.26	74.02	15.31	3.40	—	17.33	89.13	125.17	—	—	—	5.30	204.49
1972	29.44	47.75	77.19	17.30	4.10	—	17.44	100.51	139.35	—	—	—	5.71	222.25
1973	30.53	52.91	83.44	18.67	5.12	—	16.47	112.74	153.00	—	—	—	6.22	242.66
1974	31.92	58.81	90.73	19.76	6.43	—	20.22	120.95	167.36	—	—	—	6.98	265.07
1975	35.70	63.56	99.26	22.29	7.83	—	21.97	134.89	186.98	—	—	—	7.80	294.04
1976	35.76	70.33	106.09	23.29	9.51	—	20.74	148.47	202.01	—	—	—	9.33	317.43
1977	40.74	77.27	118.01	24.59	12.37	—	23.68	158.10	218.74	0.25	—	0.25	10.71	347.71
1978	49.84	91.19	141.03	23.52	15.54	—	27.52	172.81	239.39	0.50	—	0.50	13.13	394.05
1979	57.19	108.81	166.00	24.14	18.78	—	28.23	193.45	264.60	1.00	—	1.00	15.12	446.72
1980	64.50	120.15	184.65	24.69	24.58	—	25.78	203.91	278.96	2.00	—	2.00	17.73	483.34

续前表

年份	书籍	报纸杂志	印刷媒介	修理	有线电视	租赁	电影	视听产品	视听媒介	电脑	互联网	新媒体	其他	总计
1981	73.32	130.39	203.71	25.39	35.96	—	27.21	217.65	306.21	4.00	—	4.00	20.35	534.27
1982	80.25	138.43	218.68	26.18	46.55	3.70	31.34	216.80	324.57	13.64	—	13.64	21.31	578.20
1983	90.04	145.88	235.92	26.40	60.70	6.92	31.88	255.78	381.68	29.02	—	29.02	24.39	671.01
1984	99.74	157.29	257.03	25.85	72.79	13.24	34.21	289.60	435.69	30.35	—	30.35	28.04	751.11
1985	105.84	159.10	264.94	27.11	82.92	23.44	32.44	330.38	496.29	28.70	—	28.70	31.88	821.81
1986	114.18	165.03	279.21	26.16	94.33	30.21	33.38	366.13	550.21	51.96	—	51.96	38.95	920.33
1987	130.03	175.87	305.90	29.26	107.11	33.36	34.43	399.72	603.88	61.83	—	61.83	40.39	1 012.00
1988	142.10	192.44	334.54	31.82	124.97	41.98	38.84	427.60	665.21	81.96	0.25	82.21	43.91	1 125.87
1989	150.35	200.56	350.91	31.54	145.91	48.84	45.72	441.74	713.75	83.25	0.50	83.75	44.30	1 192.71
1990	161.51	216.32	377.83	31.71	166.76	56.36	51.36	440.95	747.14	89.44	1.00	90.44	52.04	1 267.45
1991	164.44	220.53	384.97	29.39	179.25	57.92	52.31	434.92	753.79	118.80	2.00	120.80	54.42	1 313.97
1992	171.48	219.59	391.07	29.77	198.83	62.90	49.39	449.64	790.53	120.76	3.05	123.81	60.42	1 365.83
1993	188.49	234.34	422.83	32.26	218.10	70.21	50.56	485.18	856.31	153.46	4.12	157.58	70.83	1 507.56
1994	211.15	256.01	467.16	32.70	213.72	79.54	53.08	538.52	917.56	198.15	8.05	206.20	75.65	1 666.57
1995	232.12	275.25	507.37	35.53	238.62	84.15	56.12	571.99	986.41	243.01	16.11	259.12	80.54	1 833.45
1996	251.23	294.77	546.00	37.16	271.74	80.68	60.99	587.01	1 037.58	288.74	26.75	315.49	85.55	1 984.62
1997	270.26	311.53	581.79	39.00	301.31	81.93	66.08	588.70	1 077.02	334.70	35.75	370.45	91.75	2 121.01
1998	287.93	320.58	608.51	40.54	331.39	86.56	72.20	627.27	1 157.96	369.90	47.09	416.99	92.36	2 275.81
1999	314.81	334.57	649.38	41.27	372.34	94.44	79.31	677.55	1 264.91	403.89	70.04	473.93	99.01	2 487.23

续前表

年份	书籍	报纸杂志	印刷媒介	修理	有线电视	租赁	电影	视听产品	视听媒介	电脑	互联网	新媒体	其他	总计
2000	336.54	350.48	687.02	41.72	404.24	97.19	85.87	727.64	1 356.66	438.34	94.81	533.15	103.37	2 680.20
2001	345.93	349.54	695.47	40.29	440.33	97.73	89.91	735.5	1 403.76	419.63	121.56	541.19	108.59	2 749.01
2002	370.59	351.11	721.70	40.89	465.06	95.11	95.97	754.12	1 451.15	445.98	130.62	576.60	116.79	2 866.24
2003	386.74	362.92	749.66	41.09	499.35	101.95	98.73	764.77	1 505.89	466.18	155.62	621.80	119.00	2 996.35
2004	404.16	393.66	797.82	45.85	561.71	107.55	98.57	816.76	1 630.44	515.92	169.46	685.38	125.24	3 238.89
2005	418.08	421.32	839.40	47.82	607.01	103.78	95.01	857.76	1 711.38	564.82	186.34	751.16	132.37	3 434.31
2006	433.94	450.43	884.37	53.53	662.72	110.22	92.62	900.94	1 820.03	614.19	206.62	820.81	134.35	3 659.56
2007	448.67	477.55	926.22	53.87	719.85	109.69	94.60	920.84	1 898.85	654.83	223.79	878.62	137.26	3 840.95

数据来源：美国商务部经济分析局，http://www.bea.gov/。

注：（1）书籍包括书籍和地图；（2）报纸杂志包括杂志、报纸、散页乐谱；（3）印刷媒介为（1）和（2）之和；（4）修理包括视听产品的修理费；（5）有线电视为有线电视收视费；（6）租赁为录像带租赁费；（7）电影为电影票房收入；（8）视听产品包括视听产品、录像机、收音机、磁带、唱片以及音乐工具；（9）视听媒介为（4）和（8）之和；（10）电脑包括电脑的软件和硬件；（11）互联网为上网费用；（12）新媒体为（10）和（11）之和；（13）其他包括其他合法的娱乐（除体育）。

209

附表2—2　1929—2007年美国受众在各媒介上的消费额（2000年不变价格）

单位：亿美元

年份	书籍	报纸杂志	印刷媒介	修理	有线电视	租赁	电影	视听产品	视听媒介	电脑	互联网	新媒体	其他	总计
1929	30.21	50.35	80.56	—	—	—	70.49	100.70	171.19	—	—	—	10.07	261.82
1930	30.93	51.56	82.49	—	—	—	72.18	92.80	164.98	—	—	—	10.31	257.78
1931	33.99	56.64	90.63	—	—	—	79.30	56.64	135.95	—	—	—	11.33	237.91
1932	25.14	50.28	75.42	—	—	—	62.85	37.71	100.55	—	—	—	12.57	188.54
1933	26.49	52.98	79.48	—	—	—	66.23	26.49	92.72	—	—	—	0.00	172.20
1934	25.70	51.40	77.10	—	—	—	64.25	25.70	89.96	—	—	—	0.00	167.06
1935	25.14	62.85	87.99	—	—	—	75.42	25.14	100.55	—	—	—	0.00	188.54
1936	24.78	61.94	86.72	—	—	—	74.33	37.17	111.50	—	—	—	12.39	210.60
1937	23.92	59.79	83.71	—	—	—	83.71	47.83	131.54	—	—	—	11.96	227.21
1938	24.43	61.06	85.49	—	—	—	85.49	36.64	122.13	—	—	—	12.21	219.83
1939	24.78	74.33	99.11	—	—	—	86.72	49.55	136.27	—	—	—	12.39	247.77
1940	24.60	73.80	98.40	—	—	—	86.10	61.50	147.60	—	—	—	12.30	258.30
1941	35.14	70.29	105.43	—	—	—	93.71	70.29	164.00	—	—	—	11.71	281.14
1942	31.69	73.95	105.64	—	—	—	105.64	63.39	169.03	—	—	—	10.56	285.24
1943	39.82	79.63	119.45	9.95	—	—	129.40	39.82	179.17	—	—	—	9.95	308.57
1944	48.92	88.06	136.98	9.78	—	—	127.19	29.35	166.33	—	—	—	9.78	313.09
1945	47.83	95.67	143.50	9.57	—	—	143.50	28.70	181.77	—	—	—	9.57	334.83
1946	52.98	97.14	150.12	8.83	—	—	150.12	97.14	256.09	—	—	—	17.66	423.88
1947	38.61	92.66	131.27	7.72	—	—	123.55	108.11	239.38	—	—	—	15.44	386.10

年份	书籍	报纸杂志	印刷媒介	修理	有线电视	租赁	电影	视听产品	视听媒介	电脑	互联网	新媒介	其他	总计
1948	42.87	100.03	142.90	14.29	—	—	107.18	107.18	228.65	—	—	—	14.29	385.84
1949	43.41	108.53	151.94	14.47	—	—	108.53	123.00	246.00	—	—	—	14.47	412.41
1950	50.02	107.18	157.20	21.44	—	—	100.03	171.49	292.95	—	—	—	14.29	464.44
1951	52.98	105.97	158.95	26.49	—	—	86.10	145.71	258.30	—	—	—	13.25	430.50
1952	51.98	110.47	162.45	25.99	—	—	84.48	155.95	266.42	—	—	—	13.00	441.87
1953	51.60	116.09	167.69	32.25	—	—	83.84	167.69	283.78	—	—	—	12.90	464.36
1954	51.21	115.23	166.44	32.01	—	—	89.62	179.24	300.87	—	—	—	12.80	480.11
1955	57.83	122.08	179.91	38.55	—	—	96.38	186.34	321.27	—	—	—	12.85	514.03
1956	63.31	120.29	183.60	37.99	—	—	94.96	189.93	322.88	—	—	—	18.99	525.46
1957	61.28	122.56	183.84	42.90	—	—	73.54	177.72	294.15	—	—	—	18.38	496.38
1958	59.58	125.13	184.71	47.67	—	—	65.54	166.84	280.05	—	—	—	17.88	482.64
1959	64.56	126.22	190.78	47.70	0.53	—	61.72	180.84	290.79	—	—	—	19.17	500.74
1960	66.38	126.94	193.32	50.90	1.16	—	60.79	176.74	289.60	—	—	—	20.30	503.22
1961	69.86	117.78	187.63	53.85	1.67	—	60.13	184.12	299.77	—	—	—	19.18	506.58
1962	73.44	132.80	206.24	55.77	2.51	—	58.90	193.18	310.36	—	—	—	20.30	536.90
1963	79.52	140.35	219.86	57.79	3.21	—	57.91	208.50	327.41	—	—	—	20.32	567.58
1964	89.66	140.59	230.25	58.10	3.72	—	57.66	239.36	358.84	—	—	—	21.66	610.75
1965	90.31	147.76	238.07	56.80	4.37	—	63.58	278.80	403.55	—	—	—	21.70	663.33
1966	98.11	169.33	267.44	55.43	5.42	—	64.79	333.72	459.36	—	—	—	23.60	750.40

续前表

年份	书籍	报纸杂志	印刷媒介	修理	有线电视	租赁	电影	视听产品	视听媒介	电脑	互联网	新媒体	其他	总计
1967	95.64	168.64	264.28	56.20	7.17	—	63.26	362.60	489.22	—	—	—	25.21	778.72
1968	99.76	170.02	269.78	60.27	9.15	—	69.28	376.46	515.17	—	—	—	24.30	809.24
1969	108.34	173.23	281.57	61.75	11.50	—	70.71	374.99	518.95	—	—	—	23.74	824.26
1970	129.68	181.83	311.51	61.38	13.09	—	72.30	379.02	525.79	—	—	—	23.57	860.87
1971	126.54	188.19	314.72	65.10	14.46	—	73.68	378.97	532.20	—	—	—	22.53	869.46
1972	121.28	196.71	317.99	71.27	16.89	—	71.85	414.06	574.07	—	—	—	23.52	915.58
1973	118.41	205.21	323.61	72.41	19.86	—	63.88	437.25	593.39	—	—	—	24.12	941.13
1974	111.49	205.42	316.91	69.02	22.46	—	70.63	422.47	584.57	—	—	—	24.38	925.86
1975	114.27	203.44	317.71	71.34	25.06	—	70.32	431.75	598.48	—	—	—	24.97	941.15
1976	108.22	212.84	321.07	70.48	28.78	—	62.77	449.32	611.36	—	—	—	28.24	960.66
1977	115.77	219.57	335.34	69.87	35.15	—	67.29	449.25	621.57	0.71	—	0.71	30.43	988.05
1978	131.63	240.84	372.47	62.12	41.04	—	72.68	456.41	632.25	1.32	—	1.32	34.68	1 040.73
1979	135.65	258.09	393.74	57.26	44.54	—	66.96	458.84	627.60	2.37	—	2.37	35.86	1 059.58
1980	134.79	251.09	385.88	51.60	51.37	—	53.88	426.13	582.97	4.18	—	4.18	37.05	1 010.09
1981	138.90	247.01	385.91	48.10	68.12	—	51.55	412.31	580.08	7.58	—	7.58	38.55	1 012.12
1982	143.20	247.02	390.22	46.72	83.07	6.60	55.92	386.87	579.18	24.34	—	24.34	38.03	1 031.77
1983	155.67	252.21	407.89	45.64	104.95	11.96	55.12	442.22	659.89	50.17	—	50.17	42.17	1 160.12
1984	165.31	260.69	425.99	42.84	120.64	21.94	56.70	479.97	722.10	50.30	—	50.30	46.47	1 244.86
1985	169.38	254.62	424.00	43.39	132.70	37.51	51.92	528.73	794.25	45.93	—	45.93	51.02	1 315.20

年份	书籍	报纸杂志	印刷媒介	修理	有线电视	租赁	电影	视听产品	视听媒介	电脑	互联网	新媒体	其他	总计
1986	179.40	259.29	438.69	41.10	148.21	47.46	52.45	575.25	864.47	81.64	—	81.64	61.20	1 445.99
1987	197.11	266.59	463.70	44.35	162.36	50.57	52.19	605.91	915.39	93.72	—	93.72	61.22	1 534.04
1988	206.84	280.12	486.96	46.32	181.91	61.11	56.54	622.42	968.29	119.30	0.36	119.67	63.92	1 638.84
1989	208.79	278.52	487.31	43.80	202.63	67.82	63.49	613.45	991.19	115.61	0.69	116.30	61.52	1 656.33
1990	212.79	285.01	497.80	41.78	219.71	74.26	67.67	580.96	984.37	117.84	1.32	119.16	68.56	1 669.89
1991	207.90	278.82	486.72	37.16	226.63	73.23	66.14	549.88	953.03	150.20	2.53	152.73	68.80	1 661.27
1992	210.47	269.52	479.99	36.54	244.04	77.20	60.62	551.87	970.27	148.22	3.74	151.96	74.16	1 676.38
1993	224.62	279.26	503.88	38.44	259.91	83.67	60.25	578.19	1 020.46	182.88	4.91	187.79	84.41	1 796.55
1994	245.34	297.47	542.81	38.00	248.33	92.42	61.68	625.73	1 066.15	230.24	9.35	239.59	87.90	1 936.46
1995	262.28	311.01	573.29	40.15	269.62	95.08	63.41	646.30	1 114.57	274.58	18.20	292.79	91.00	2 071.65
1996	275.73	323.51	599.24	40.78	298.24	88.55	66.94	644.25	1 138.76	316.90	29.36	346.25	93.89	2 178.15
1997	289.96	334.24	624.20	41.84	323.27	87.90	70.90	631.61	1 155.53	359.10	38.36	397.45	98.44	2 275.63
1998	304.18	338.67	642.86	42.83	350.09	91.45	76.28	662.67	1 223.32	390.78	49.75	440.53	97.57	2 404.28
1999	325.39	345.82	671.21	41.72	384.86	97.61	81.98	700.32	1 307.43	417.47	72.39	489.86	102.34	2 570.83
2000	336.54	350.48	687.02	41.72	404.24	97.19	85.87	727.64	1 356.66	438.34	94.81	533.15	103.37	2 680.20
2001	336.36	339.87	676.23	39.18	428.15	95.03	87.42	715.15	1 364.92	408.02	118.20	526.22	105.59	2 672.95
2002	354.73	336.08	690.81	39.14	445.15	91.04	91.86	721.84	1 389.04	426.89	125.03	551.92	111.79	2 743.56
2003	361.94	339.65	701.58	38.45	467.33	95.41	92.40	715.72	1 409.32	436.28	145.64	581.92	111.37	2 804.19
2004	368.43	358.86	727.29	41.80	512.05	98.04	89.86	744.55	1 486.30	470.31	154.48	624.79	114.17	2 952.55

续前表

年份	书籍	报纸杂志	印刷媒介	修理	有线电视	租赁	电影	视听产品	视听媒介	电脑	互联网	新媒体	其他	总计
2005	368.63	371.49	740.12	42.16	535.21	91.50	83.77	756.30	1 508.96	498.01	164.30	662.31	116.71	3 028.10
2006	370.66	384.74	755.40	45.72	566.07	94.15	79.11	769.55	1 554.61	524.62	176.49	701.11	114.76	3 125.87
2007	372.63	396.61	769.24	44.74	597.84	91.10	78.57	764.77	1 577.02	543.84	185.86	729.70	114.00	3 189.95

注：（1）书籍包括书籍和地图；（2）报纸杂志包括杂志、报纸、散页乐谱；（3）印刷媒介为（1）和（2）之和；（4）修理包括视听产品的修理费；（5）有线电视为有线电视收视费；（6）租赁为录像带租赁费；（7）电影为电影票房收入；（8）视听产品包括电视机、收音机、录像机、收音机、磁带、唱片以及音乐工具；（9）视听媒介为（4）和（8）之和；（10）电脑包括电脑的软件和硬件；（11）互联网为上网费用；（12）新媒体为（10）和（11）之和；（13）其他包括其他合法的娱乐（除体育）。

数据来源：本表根据 CPI 对附表 2—1 整理所得。

附表 2—3 1929—2007 年美国各主要媒介广告额（当期价格） 单位：亿美元

年份	报纸	杂志	广播	电视	互联网	总广告额
1929	12.75	2.80	0.05	—	—	28.50
1930	11.36	2.33	0.09	—	—	24.50
1931	10.12	1.93	0.15	—	—	21.00
1932	8.30	1.46	0.24	—	—	16.20
1933	6.72	1.19	0.41	—	—	13.25
1934	7.37	1.30	0.68	—	—	16.50
1935	7.61	1.30	1.13	—	—	17.20
1936	8.42	1.54	1.22	—	—	19.30
1937	8.70	1.81	1.65	—	—	21.00
1938	7.82	1.58	1.67	—	—	19.30
1939	7.93	1.69	1.84	—	—	20.10
1940	8.15	1.86	2.15	—	—	21.10
1941	8.44	2.01	2.47	—	—	22.50
1942	7.97	1.79	2.60	—	—	21.60
1943	8.99	2.59	3.14	—	—	24.90
1944	8.86	3.05	3.93	—	—	27.00
1945	9.19	3.44	4.24	—	—	28.40
1946	11.55	4.05	4.55	—	—	33.40
1947	14.71	4.64	5.06	—	—	42.60
1948	17.45	4.77	5.62	—	—	48.70
1949	19.11	4.58	5.71	0.58	—	52.10
1950	20.70	4.78	6.05	1.71	—	57.00
1951	22.51	5.35	6.06	3.32	—	64.20
1952	24.64	5.75	6.24	4.54	—	71.40
1953	26.32	6.27	6.11	6.06	—	77.40
1954	26.85	6.29	5.59	8.09	—	81.50
1955	30.77	6.91	5.45	10.35	—	91.50

续前表

年份	报纸	杂志	广播	电视	互联网	总广告额
1956	32.23	7.58	5.67	12.25	—	99.10
1957	32.68	7.77	6.18	12.86	—	102.70
1958	31.76	7.34	6.20	13.87	—	103.10
1959	35.26	8.32	6.56	15.29	—	112.70
1960	36.81	9.09	6.93	16.27	—	119.60
1961	36.01	8.95	6.83	16.91	—	118.60
1962	36.59	9.42	7.36	18.97	—	124.30
1963	37.80	10.02	7.89	20.32	—	131.00
1964	41.20	10.74	8.46	22.89	—	141.50
1965	44.26	11.61	9.17	25.15	—	152.50
1966	48.65	12.54	10.10	28.23	—	166.30
1967	49.10	12.45	10.48	29.09	—	168.70
1968	52.32	12.83	11.90	32.31	—	180.90
1969	57.14	13.44	12.64	35.85	—	194.20
1970	57.04	12.92	13.08	35.96	—	195.50
1971	61.67	13.70	14.45	35.34	—	207.00
1972	69.38	14.40	16.12	40.91	—	232.10
1973	74.81	14.48	17.23	44.60	—	249.80
1974	78.42	15.04	18.37	48.54	—	266.20
1975	82.34	14.65	19.80	52.63	—	279.00
1976	96.18	17.89	23.30	67.21	—	333.00
1977	107.51	21.62	26.34	76.12	—	374.40
1978	122.14	25.97	30.52	89.55	—	433.30
1979	138.63	29.32	33.10	101.54	—	487.80
1980	147.94	31.49	37.02	114.88	—	535.70
1981	165.28	35.33	42.30	128.89	—	604.60
1982	176.94	37.10	46.70	147.13	—	666.70

续前表

年份	报纸	杂志	广播	电视	互联网	总广告额
1983	205.82	42.33	52.10	168.79	—	760.00
1984	235.22	49.32	58.17	200.43	—	880.10
1985	251.70	51.55	64.90	212.87	—	949.00
1986	269.90	53.17	69.49	231.99	—	1 023.70
1987	294.12	56.07	72.06	242.62	—	1 102.70
1988	311.97	60.72	77.98	261.31	—	1 187.50
1989	323.68	67.16	83.23	274.59	—	1 247.70
1990	322.81	68.03	87.26	292.47	—	1 299.68
1991	304.09	65.24	84.76	286.06	—	1 283.52
1992	307.37	70.00	86.54	310.79	—	1 337.50
1993	320.25	73.57	94.57	324.71	—	1 409.56
1994	343.56	79.16	105.29	363.42	—	1 530.24
1995	363.17	85.80	113.38	378.28	—	1 629.30
1996	384.02	90.10	122.69	424.84	—	1 752.30
1997	416.70	98.21	134.91	441.30	6.00	1 875.29
1998	442.92	105.18	150.73	495.13	13.83	2 066.97
1999	466.48	114.33	172.15	525.81	28.32	2 223.08
2000	490.50	123.70	192.95	602.57	65.07	2 474.72
2001	442.55	110.95	178.61	546.17	56.45	2 312.87
2002	440.31	109.95	188.77	583.65	48.83	2 368.75
2003	448.43	114.35	191.00	607.46	56.50	2 454.77
2004	466.14	122.47	195.81	677.91	68.53	2 637.66
2005	473.35	128.47	196.40	679.77	77.64	2 711.04
2006	465.55	131.68	196.43	719.05	91.00	2 816.53
2007	421.33	137.87	191.52	708.40	105.29	2 796.12

数据来源：优势麦肯，http：//www.tvb.org/nav/build _ frameset.aspx。

注：总广告还包括其他类别的广告，如农场的出版物、黄页、直邮广告、户外广告等，它们均不在本研究的范围内，附表3—1的总广告额同此。

1929—2007 年美国各主要宏观经济变量

年份	GDP (亿美元)	DPI (亿美元)	人口 (千万)	家庭数 (千万)	城市化率 (%)	价格指数 (%)	失业率 (%)	CPI (%)	利率 (%)
1929	1 036	834	12.19	2.98	55.64	17.10	3.20	17.1	4.73
1930	912	747	12.32	2.99	56.14	16.70	8.70	16.7	6.89
1931	765	643	12.41	3.04	56.18	15.20	15.90	15.2	13.56
1932	587	492	12.49	3.09	56.22	13.70	23.60	13.7	14.88
1933	564	461	12.57	3.14	56.25	13.00	24.90	13.0	9.60
1934	660	528	12.65	3.19	56.29	13.40	21.70	13.4	0.93
1935	733	593	12.74	3.24	56.33	13.70	20.10	13.7	1.36
1936	838	674	12.82	3.29	56.37	13.90	16.90	13.9	1.78
1937	919	722	12.90	3.34	56.41	14.40	14.30	14.4	−0.33
1938	861	666	13.00	3.39	56.44	14.10	19.00	14.1	5.28
1939	922	714	13.10	3.44	56.48	13.90	17.20	13.9	4.42
1940	1 014	768	13.21	3.49	56.52	14.00	14.60	14.0	2.12
1941	1 267	938	13.34	3.59	57.27	14.70	9.90	14.7	−2.23
1942	1 619	1 186	13.49	3.65	58.02	16.30	4.70	16.3	−8.06
1943	1 986	1 354	13.67	3.69	58.76	17.30	1.90	17.3	−3.40
1944	2 198	1 483	13.84	3.71	59.51	17.60	1.20	17.6	0.99
1945	2 231	1 522	13.99	3.75	60.26	18.00	1.90	18.0	0.35
1946	2 223	1 614	14.14	3.82	61.01	19.50	3.90	19.5	−5.81
1947	2 442	1 712	14.41	3.91	61.76	22.30	3.90	22.3	−11.75
1948	2 692	1 906	14.66	4.05	62.50	24.10	3.80	24.1	−5.26

续前表

年份	GDP（亿美元）	DPI（亿美元）	人口（千万）	家庭数（千万）	城市化率（%）	价格指数（%）	失业率（%）	CPI（%）	利率（%）
1949	2 673	1 904	14.92	4.22	63.25	23.80	5.90	23.8	3.90
1950	2 938	2 101	15.17	4.36	64.00	24.10	5.30	24.1	1.36
1951	3 393	2 310	15.43	4.47	64.60	26.00	3.30	26.0	-5.02
1952	3 583	2 434	15.70	4.55	65.20	26.50	3.00	26.5	1.03
1953	3 794	2 586	15.96	4.64	65.80	26.70	2.90	26.7	2.44
1954	3 804	2 643	16.24	4.70	66.40	26.90	5.50	26.9	2.15
1955	4 148	2 833	16.53	4.79	67.00	26.80	4.40	26.8	3.42
1956	4 375	3 030	16.82	4.89	67.60	27.20	4.10	27.2	1.87
1957	4 611	3 198	17.13	4.97	68.20	28.10	4.30	28.1	0.58
1958	4 672	3 305	17.41	5.05	68.80	28.90	6.80	28.9	0.94
1959	5 066	3 505	17.71	5.14	69.40	29.10	5.50	29.1	3.69
1960	5 264	3 654	18.08	5.28	70.00	29.60	5.50	29.6	2.69
1961	5 447	3 818	18.37	5.36	70.38	29.90	6.70	29.9	3.34
1962	5 856	4 051	18.66	5.48	70.76	30.20	5.50	30.2	3.32
1963	6 177	4 251	18.93	5.53	71.14	30.60	5.70	30.6	2.93
1964	6 636	4 625	19.19	5.61	71.52	31.00	5.20	31.0	3.10
1965	7 191	4 981	19.43	5.74	71.90	31.50	4.50	31.5	2.88
1966	7 878	5 375	19.66	5.84	72.24	32.40	3.80	32.4	2.27
1967	8 326	5 753	19.88	5.92	72.58	33.40	3.80	33.4	2.42
1968	9 100	6 250	20.07	6.08	72.92	34.80	3.60	34.8	1.98

年份	GDP (亿美元)	DPI (亿美元)	人口 (千万)	家庭数 (千万)	城市化率 (%)	价格指数 (%)	失业率 (%)	CPI (%)	利率 (%)
1969	9 846	6 740	20.27	6.22	73.26	36.70	3.50	36.7	1.57
1970	10 385	7 357	20.51	6.34	73.60	38.80	4.90	38.8	2.32
1971	11 271	8 018	20.77	6.48	73.62	40.50	5.90	40.5	3.01
1972	12 383	8 691	20.99	6.67	73.64	41.80	5.60	41.8	4.00
1973	13 827	9 783	21.19	6.83	73.66	44.40	4.90	44.4	1.22
1974	15 000	10 716	21.39	6.99	73.68	49.30	5.60	49.3	−2.47
1975	16 383	11 874	21.60	7.11	73.70	53.80	8.50	53.8	−0.30
1976	18 253	13 025	21.81	7.29	73.70	56.90	7.70	56.9	2.67
1977	20 309	14 357	22.03	7.41	73.70	60.60	7.10	60.6	1.52
1978	22 947	16 083	22.26	7.60	73.70	65.20	6.10	65.2	1.13
1979	25 633	17 935	22.51	7.73	73.70	72.60	5.80	72.6	−1.72
1980	27 895	20 090	22.77	7.91	73.70	82.40	7.10	82.4	−1.56
1981	31 284	22 461	23.00	8.24	73.86	90.90	7.60	90.9	3.86
1982	32 550	24 212	23.22	8.35	74.02	96.50	9.70	96.5	7.63
1983	35 367	26 084	23.43	8.39	74.18	99.60	9.60	99.6	8.83
1984	39 332	29 120	23.64	8.54	74.34	103.90	7.50	103.9	8.39
1985	42 203	31 093	23.85	8.68	74.50	107.60	7.20	107.6	7.81
1986	44 628	32 851	24.07	8.85	74.66	109.60	7.00	109.6	7.16
1987	47 395	34 583	24.28	8.95	74.82	113.60	6.20	113.6	5.73
1988	51 038	37 487	24.51	9.11	74.98	118.30	5.50	118.3	5.57

续前表

年份	GDP (亿美元)	DPI (亿美元)	人口 (千万)	家庭数 (千万)	城市化率 (%)	价格指数 (%)	失业率 (%)	CPI (%)	利率 (%)
1989	54 844	40 217	24.74	9.28	75.14	124.00	5.30	124.0	4.44
1990	58 031	42 858	25.02	9.33	75.30	130.70	5.60	130.7	3.92
1991	59 959	44 643	25.35	9.43	75.70	136.20	6.80	136.2	4.56
1992	63 377	47 514	25.69	9.57	76.10	140.30	7.50	140.3	5.13
1993	66 574	49 119	26.03	9.64	76.50	144.50	6.90	144.5	4.23
1994	70 722	51 518	26.35	9.71	76.90	148.20	6.10	148.2	5.40
1995	73 977	54 082	26.66	9.90	77.30	152.40	5.60	152.4	4.76
1996	78 169	56 885	26.97	9.96	77.66	156.90	5.40	156.9	4.42
1997	83 043	59 888	27.30	10.10	78.02	160.50	4.90	160.5	4.97
1998	87 470	63 959	27.62	10.25	78.38	163.00	4.50	163.0	4.97
1999	92 684	66 950	27.93	10.39	78.74	166.60	4.20	166.6	4.83
2000	98 170	71 940	28.24	10.47	79.10	172.20	4.00	172.2	4.26
2001	101 280	74 868	28.54	10.82	79.44	177.10	4.70	177.1	4.24
2002	104 696	78 301	28.82	10.93	79.78	179.90	5.80	179.9	4.91
2003	109 608	81 625	29.10	11.13	80.12	184.00	6.00	184.0	3.39
2004	116 859	86 809	29.36	11.20	80.46	188.90	5.50	188.9	2.97
2005	124 339	90 620	29.64	11.33	80.80	195.30	5.10	195.3	1.85
2006	131 947	96 407	29.92	11.44	79.00	201.60	4.60	201.6	2.36
2007	138 413	101 705	30.21	11.60	79.00	207.34	11.00	207.34	2.71

注：GDP 和 DPI 均按当期价格计算。

1981—2006 年中国宏观经济和媒介消费主要数据

附表 3—1　　　　1981—2006 年中国广告额（当期价格）　　　　单位：亿元

年份	电视	报纸	杂志	广播	媒介广告	总广告额
1981	—	—	—	—	—	1.18
1982	—	—	—	—	—	1.50
1983	0.16	0.73	0.11	0.18	1.18	2.34
1984	—	—	—	—	—	3.65
1985	0.87	2.20	0.28	0.26	3.61	6.05
1986	—	—	—	—	—	8.45
1987	1.69	3.55	0.45	0.47	6.16	11.12
1988	2.72	5.34	0.72	0.70	9.48	16.02
1989	3.62	6.29	0.85	0.74	11.50	19.99
1990	5.61	6.77	0.87	0.86	14.11	25.02
1991	10.00	9.62	0.99	1.41	22.02	35.09
1992	20.54	16.18	1.73	1.99	40.44	67.87
1993	29.44	37.71	1.84	3.49	72.48	134.09
1994	44.76	50.54	3.95	4.96	104.21	200.26
1995	64.98	64.67	3.82	7.37	140.84	273.27
1996	90.79	77.69	5.61	8.73	182.82	366.64
1997	114.41	96.82	5.27	10.57	227.07	461.96
1998	135.64	104.35	7.13	13.30	260.42	537.83
1999	156.10	112.30	8.90	12.50	289.80	622.05
2000	168.91	146.47	11.34	15.74	342.46	712.66
2001	179.37	157.70	11.86	18.28	367.21	794.89
2002	231.03	188.48	15.21	21.90	456.62	903.15
2003	255.04	243.01	24.38	25.57	548.00	1 078.68
2004	291.50	230.72	20.30	32.90	575.42	1 264.60
2005	355.30	256.00	24.90	38.80	675.00	1 416.30
2006	404.02	312.59	24.10	57.19	797.90	1 573.00
2007	442.95	322.20	26.46	62.82	854.43	1 741.00

附表 3—2　　　1981—2006 年中国历年宏观经济数据

年份	GDP（亿元）	城镇人均可支配收入（元）	城镇人均文化娱乐消费（元）	人口（亿）	城市化率（%）	恩格尔系数（%）	文盲率（%）	城镇居民消费物价指数（%）	失业率（%）
1981	4 891.6	500.4	—	10.01	20.16	56.70	29.22	112.2	3.8
1982	5 323.4	535.3	—	10.17	21.13	58.60	28.26	114.4	3.2
1983	5 962.7	564.6	—	10.30	21.62	59.20	26.99	116.7	2.3
1984	7 208.1	652.1	—	10.44	23.01	58.00	25.72	119.9	1.9
1985	9 016.0	739.1	60.36	10.59	23.71	53.30	24.46	134.2	1.8
1986	10 275.2	900.9	64.32	10.75	24.52	52.40	23.19	143.6	2.0
1987	12 058.6	1 002.1	60.07	10.93	25.32	53.50	21.92	156.2	2.0
1988	15 042.8	1 180.2	78.22	11.10	25.81	51.40	20.65	188.5	2.0
1989	16 992.3	1 373.9	84.26	11.27	26.21	54.50	19.39	219.2	2.0
1990	18 667.8	1 510.2	83.93	11.43	26.41	54.24	18.12	222.0	2.5
1991	21 781.5	1 700.6	87.93	11.58	26.94	53.80	18.07	233.3	2.3
1992	26 923.5	2 026.6	83.78	11.72	27.46	53.04	18.02	253.4	2.3
1993	35 333.9	2 577.4	98.66	11.85	27.99	50.32	17.97	294.2	2.6
1994	48 197.9	3 496.2	122.36	11.99	28.51	50.04	17.92	367.8	2.8
1995	60 793.7	4 283.0	147.01	12.11	29.04	50.09	17.87	429.6	2.9
1996	71 176.6	4 838.9	170.95	12.24	30.48	48.76	17.82	467.4	3.0
1997	78 973.0	5 160.3	210.77	12.36	31.91	46.60	16.36	481.9	3.1
1998	84 402.3	5 425.1	224.38	12.48	33.35	44.60	13.71	479.0	3.1
1999	89 677.1	5 854.0	243.72	12.58	34.78	42.07	15.14	472.8	3.1
2000	99 214.6	6 280.0	264.07	12.67	36.22	39.44	13.37	476.6	3.1
2001	109 655.2	6 859.6	261.72	12.76	37.66	38.20	11.60	479.9	3.6
2002	120 332.7	7 702.8	407.04	12.85	39.09	37.68	11.63	475.1	4.0
2003	135 822.8	8 472.2	420.38	12.92	40.53	37.10	10.95	479.4	4.3
2004	159 878.3	9 421.6	473.85	13.00	41.76	37.70	10.32	495.2	4.2
2005	183 867.9	10 493.0	526.13	13.08	42.99	36.70	11.04	503.1	4.2
2006	210 871.0	11 759.5	591.04	13.14	43.90	35.80	9.31	510.6	4.1

注：GDP、城镇居民人均可支配收入和城镇居民人均文化娱乐消费均以当期价格计算。

223

参考文献

中文参考文献

1. ［加］柯林·霍斯金斯，斯图亚特·麦克法蒂耶，亚当·费恩. 媒介经济学：经济学在新媒介与传统媒介中的应用. 广州：暨南大学出版社，2005

2. ［美］N·格里高利·曼昆. 宏观经济学. 4版. 北京：中国人民大学出版社，2000

3. ［美］埃默里等. 美国新闻史：大众传播媒介解释史. 北京：中国人民大学出版社，2004

4. ［美］汉密尔顿. 应用 STATA 做统计分析. 重庆：重庆大学出版社，2008

5. ［英］吉莉安·道尔. 理解传媒经济学. 北京：清华大学出版社，2004

6. 崔保国主编. 中国传媒产业发展报告（2007—

2008）．北京：社会科学文献出版社，2008

7. 丁汉青．广告流——研究广告的新视角．国际新闻界，2004
（3）

8. 胡春磊．中国媒介经济与宏观经济的相关分析：［学位论文］．北京：中国人民大学新闻学院，2004

9. 黄少军．服务业与经济增长．北京：经济科学出版社，2000

10. 柯惠新，祝建华，孙江华．传播统计学．北京：北京广播学院出版社，2003

11. 邵培仁等．媒介生态学：媒介作为绿色生态的研究．北京：中国传媒大学出版社，2008

12. 唐绪军．报业经济与报业经营．北京：新华出版社，1999

13. 王沛娣．台湾广告成长、媒体消费额与经济发展之关联性研究（1962—2002）：［学位论文］．台湾：台湾交通大学，2003

14. ［美］伍德里奇．计量经济学导论：现代观点．北京：中国人民大学出版社，2003

15. 谢金文．中国传媒产业概论．上海：上海交通大学出版社，2007

16. 喻国明．传媒的"语法革命"：解读Web2.0时代传媒运营新规则．广州：南方日报出版社，2007

17. 喻国明．拐点中的传媒抉择．北京：经济日报出版社，2007

18. 喻国明．中国新闻业透视——中国新闻改革的现实动因和未来走向．郑州：河南人民出版社，1993

19. 喻国明主编．中国媒介发展指数报告2008．北京：社会科学文献出版社，2008

20. 曾正仪．相对常数原则初探性研究——检视国内媒体广告量与总体经济表现关联性分析：［学位论文］．台湾：台湾中正大学电讯传播研究所，1998

21. 郑超然，程曼丽，王泰玄．外国新闻传播史．北京：中国人民大学出版社，2000

22. 朱立，陈韬文编．传播与社会发展．香港：香港中文大学

新闻与传播学系，1992

英文参考文献

Albarran, Alan B. (2002). Media Economics: Understanding Markets, Industries, and Concepts. Blackwell Publishing

Albarran, Alan B. , Chan-Olmsted, Sylvia M. , & Wirth, Michael O. (eds.). (2006). Handbook of Media Management and Economics. Mahwah, NJ: Lawrence Eribaum Associates

Alexander, A. , etc. (2004). Media Economics: Theory and Practice. Mahwah, NJ: Lawrence Erlbaum Associates

Chang, W. S. (2004). Mass Media Expenditures in China: The Principle of Relative Constancy Examined: [dissertation]. Taiwan: National Chiao Tung University

Carroll, B. (2002). Newspaper Readership v. News Emails Testing the Principle of Relative Constancy. Convergence, 8 (3), 78 - 96

Chang, B. H. , & Chan-Olmsted, S. M. (2005). Relative Constancy of Advertising Spending: A Cross-National Examination of Advertising Expenditure and Their Determinants. International Journal for Communication Studies, 67 (4), 339 - 357

Deaton, A. (1998) . Getting Prices Right: What Should be Done? The Journal of Economic Perspectives, 12 (1), 37 - 46

Demers, D. P. (1994). Relative Constancy Hypothesis, Structural Pluralism, and National Advertising Expenditures. Journal of Media Economics, 7 (4), 31 - 48

Dimmick, J. (1997). The Theory of the Niche and Spending on Mass media, the Case of the "Video Revolution" . Journal of Media Economics, 10 (3), 33 - 43

Dimmick, J. (2003). Media Competition and Coexistence: The Theory of the Niche. Mahwah, NJ/London: Lawrence Erlbaum Associates

Dupagne, M. (1994). Testing the Relative Constancy of Mass Media Expenditure in the United Kingdom. Journal of Media Economics, 7 (3), 1 - 14

Dupagne, M. (1994). The Evolution of Consumer Mass Media Expenditures in Belgium from 1953 to 1991: [dissertation] . Indiara: Indiana University

Dupagne, M. , & Green, R. J. (1996). Revisiting the Principle of Relative Constancy: Consumer Mass Media Expenditures in Belgium. Communication Research, 23 (5), 612 - 635

Dupagne, M. (1997a). A Theoretical and Methodological Critique of the Principle of Relative Constancy. Journal of Media Economics, 10 (1), 53 - 76

Dupagne, M. (1997b). Beyond the Principle of Relative Constancy: Determinants of Consumer Mass Media Expenditures in Belgium. Journal of Media Economics, 10 (2), 3 - 19

Dupagne. M. (1997c). Effect of Three Communication Technologies on Mass Media Spending in Belgium. Journal of Communication, 47 (4), 54 - 68

Dutta-Bergman, M. (2004). Complementarity in Consumption of News Types Across Traditional and New Media. Journal of Broadcasting and Electronic Media, 48 (1), 41 - 61

Edge, M. (2004). The Failure of Project Eyeball: A Case of Product Overpricing or Market Overcrowding? International Journal on Media Management, 6 (1&2), 114 - 122

Fullerton, H. S. (1988). Technology Collides with Relative Constancy: The Pattern of Adoption for a New Medium. Journal of Media Economics, 1 (3), 75 - 84

Galbi, D. A. (2001). Some Economics of Personal Activity and Implications for the Digital Economy, http: //www. galbithink. org/ activity. htm

Glascock, J. (1993). Effect of Cable Television on Advertiser and Consumer Spending on Mass Media 1978—1990. Journalism Quarterly, 70 (3), 509 - 517

Greco, A. N. (1997). The Market for Consumer Books in the U. S. : 1985—1995. Publishing Research Quarterly, 13 (1), 3 - 40

Greco, A. N. (1998). Domestic Consumer Expenditures for Consumer Books: 1984—1994. Publishing Research Quarterly, 14 (3), 12 - 28

Gujarati (2003). Basic Econometrics (4th edition) . New York: McGraw-Hill

Kim, S. (2003) . The Effect of the VCR on the Mass Media Markets in Korea, 1961—1993. Journal of Asian Pacific Communication, 13 (1), 59 - 74

Lacy, S. (1987). The Effect of Growth of Radio on Newspaper Competition, 1929—1948. Journalism Quarterly, 64 (4), 775 - 781

Lacy, S. , & Noh, G. Y. (1997). Theory, Economics, Measurement, and the Principle of Relative Constancy. Journal of Media Economics, 10 (3), 3 - 16

Lerner, D. (1958). The Passing of Traditional Society: Modernizing the Middle East. New York: Free Press

McCombs, M. E. (1972). Mass Media in the Marketplace. Journalism Monographs, 24. Thousand Oaks, CA: Sage Publications

McCombs, M. E. , & Eyal, C. H. (1980). Spending on Mass Media. Journal of Communication, 30 (4), 153 - 158

McCombs, M. E. , & Nolan, J. (1992). The Relative Constancy Approach to Consumer Spending for Media. Journal of Media Economics, 5 (2), 43 - 52

Nguyen, A. , & Western, M. (2006). The Complementary Relationship Between the Internet and Traditional Mass Media: the

Case of Online News and Information. Information Research, 11 (3)

Noh, G. Y. (1994). New Media Departure in the Principle of Relative Constancy: VCRs. Paper Presented at the Annual Convention of the Association for Education in Journalism and Mass Communication

Noh, G. Y. (1995). Consumer Support for Mass Media and Functional Relationship: [dissertation] . Austin: University of Texas

Noh, G. Y. , & Grant, A. E. (1997). Media Functionality and the Principle of Relative Constancy: An Explanation of the VCR Aberration. Journal of Media Economics, 10 (3), 17 - 31

Ogan, C. , & Kelly, J. (1986). Time and Money Spent on the Mass Media in an Age of New Communication Technologies: A Market Study. Paper Presented at the Annual Convention of the Association for Education in Journalism and Mass Communication

Picard, R. G. (2001). Effects of Recessions on Advertising Expenditures: An Exploratory Study of Economic Downturns in Nine Developed Nations. Journal of Media Economics, 14 (1), 1 - 14

Rogers, E. M. (2003). Diffusion of Innovations (5th Edition). New York: Free Press

Scripps, C. E. (1959). The Economic Support of Mass Communications Media 1929—1957. New York: Scripps-Howard Research

Son, J. (1990). The Impact of New Electronic Media on Audience Support for Mass Media: [dissertation] . Austin: University of Texas

Son, J. , & McCombs, M. E. (1993). A Look at the Constancy Principle Under Changing Market Conditions. Journal of Media Economics, 6 (2), 23 - 36

Studenmund, A. H. (2005). Using Econometrics: A Practical Guide (5th Edition) . NJ: Prentice Hall

Werner, A. (1986). Mass Media Expenditures in Norway: The Principle of Relative Constancy Revisited. In Margaret McLaughlin (ed.) . Communication Yearbook 9. Beverly Hills, Calif ornia: Sage

Wood, W. C. (1986). Consumer Spending on the Mass Media: the Principle of Relative Constancy Reconsidered. Journal of Communication, 36 (2), 39 - 51

Wood, W. C. , & O'Hare, S. L. (1991). Paying for the Video Revolution: Consumer Spending on the Mass Media. Journal of Communication, 41 (1), 24 - 30

Wooldridge, J. (2002) . Introductory Econometrics: A Modern Approach (2nd edition) . Chula Vista: South — Western College Publications

Wurff, R. , Bakker, P. , & Picard, R. G. (2008) . Economic Growth and Advertising Expenditures in Different Media in Different Countries. Journal of Media Economics, 21 (1), 28 - 52

Yang, F. , & Shanahan, J. (2003). Economic Openness and Media Penetration. Communication Research, 30 (5), 557 - 573

媒介消费与宏观经济的关系研究

致　　谢

　　本书是在作者的博士论文基础上完善的。

　　10 年前，出于一种对新闻理想主义的懵懂憧憬，我离开了生我养我的故乡，辞掉了当时来之不易的"铁饭碗"，做起了记者梦，后来考研也就选择了新闻学专业，没想到这一读就读到了博士，而且阴差阳错地走上了学术研究的道路。我深感自己很幸运，在这 10 年间我遇到了很多在学习上和生活上给我提供过无私帮助、鼓励、支持的人，此时此刻，很想对他们致上我最真诚、最深挚的谢意，并深深地鞠上一躬！

　　特别的颂辞，要献给我的博士生导师、我的恩师喻国明教授。喻老师犀利的社会洞察力和开阔的研究视野给了我无穷的启发。对我而言，和他的每次谈话都是一场充满睿智的思想盛宴，老师奋斗不息的精神是我一辈子都受用不尽的财富。他在生活中洒脱磊落，具有深厚的社会责任感。他所教给我的不仅仅是读书问学，更是为人处世的道理，值得我在日后的生活道路上反复思索，使我受益终生。老师的谆谆教诲、耳提面命是我不断前进的动力！这篇博士论文从选题到框架构建再到写作的每一步都凝聚了他大量的心血。

感谢我硕士期间的几位恩师，四川省社会科学院新闻与传播研究所的林之达研究员、赵志立研究员、张立伟研究员和社会学研究所的李东山研究员等等。他们不仅是我学术上的引路人，更是我生活上可敬的长辈和朋友。林老师深具长者风范；赵老师传奇曲折的人生经历体现出的百折不挠的精神给了我无穷的动力；张老师智慧、洒脱，他每次讲课到动情处的拍案而笑成为我美好的记忆；我还要特别感谢李东山老师，李老师是我硕士期间的第二导师，或者说不是导师的导师，正是李老师从研一开始就将我这个研究方法的门外汉引入了乐趣无穷的实证研究领域，也较早地让我打下了社会调查研究和统计学基础，让我较早地找到了自己的研究兴趣。四川省社科院的老院长刘茂才研究员、陈焕仁副院长、李明泉研究员、杜桂丽老师、唐林老师等对我多有关怀，在此向他们道一声谢。

感谢我博士求学阶段中的一年的美好的留美访学生活。我刚到美国的时候，迎接我的是金黄的秋叶，一年后送走我的同样是那静美的秋叶。当然，我带回的还有对相对常数长达一年的探索的酸甜苦辣。感谢留美期间在生活和学习上给我提供无私帮助的美国密苏里大学新闻学院高级社会调查中心主任孙志刚（Kenneth Fleming）博士。在这一年中，孙老师不仅是我学习上的良师，指导我向国际会议投稿两篇，还在生活上关心和照顾我。密苏里大学经济系副教授道格拉斯·米勒（Douglas Miller）博士总是以他那憨厚的微笑和耐心迎接我的每次请教，将我带进计量经济学的世界，本研究英文初稿中的每一步骤都离不开他细心的指导，很多地方是他逐字逐句修改的，甚至包括标点符号。感谢在美国从事媒介消费与宏观经济关系研究的几位学者在几十封电子邮件交流中给我的点拨和启发，他们是得克萨斯大学奥斯汀分校传播学教授麦库姆斯，迈阿密大学传播系副教授麦克·都潘（Michel Dupagne）和密歇根州立大

232

学媒介经济学教授斯蒂芬·莱西（Stephen Lacy）等等。虽然从未谋面，但是他们的真诚、热情和严谨时时刻刻感动着我，也鞭策着我。只可惜，最终成书的这份研究暂时还无法送给他们进行评价。感谢在美国交流学习期间吴吉林、杨蜜、张运生等好友的支持与关心，感谢密苏里大学图书馆在数据收集上给我提供的帮助，感谢美国商务部经济分析局、美国劳工统计局给我提供细致入微的数据服务，他们对我的上百封咨询邮件总是耐心、及时而详细地给予回复。感谢央视市场研究股份有限公司（CTR）和慧聪媒体研究中心提供关于中国广告的数据，并特别感谢央视市场研究股份有限公司资深媒介顾问姚林老师，他不但给我提供研究数据，还提供了详细的数据解释。

感谢在博士论文开题中给我提供建议的陈力丹教授和陈绚教授，同时感谢清华大学刘建明教授、中央电视台王甫高级编辑、中国新闻出版研究院赵彦华高级编辑等在论文答辩中提出的宝贵建议；感谢中国人民大学出版社总编辑周蔚华教授对本书出版的大力支持；香港城市大学祝建华教授与我的多次交谈对我启发颇多，在此一并致谢。感谢我的博士同门钟新、张洪忠、韩晓宁、汤雪梅、欧亚、王斌、王春枝、李彪、路建楠、徐子豪等，感谢中国人民大学新闻学院2006级全体博士生，他们勤读善思，好学上进，给了我许多动力和压力；香港城市大学博士生陆亨翻译了本书的部分英文初稿，在此表示感谢。求学过程中的好友邵浩、凤为成、陈伟、张黄付、张成戍、李志宏、焦德武、谭三桃、张冠勇、赵一畅、明纲、安中轩、吴应宁、刘涛、吴吉林、杨蜜、张运生等的支持与关心是我不竭的动力，在此向他们深鞠一躬。感谢本书的策划编辑翟江虹女士，没有她的高效运作，本书难以较快与读者见面！感谢编辑钟婧怡等认真细致的校对，使本书的错误尽可能减少！中国劳动关系学院为本书的出版提供了资助，在此表示衷心的感谢；中国劳动关系学院文化传播学院院长李双老师对本书的出版及本人的工作、生活关怀备至，在此一并致谢；中国劳动关系学院文化传播学院及新闻教研室为本人的教学和科研工作提供了良好的环境，感谢各位老师对我的关心和帮助！

尾之将至。我还要在这有限的纸张空间里向我的父母深表感恩和谢意！为了求学，我很少与家人见面，难尽孝心，希望在将来的岁月中，我能加倍偿还父母给予我的恩德！我深爱着我的父母，并献上我这点小小的成绩！虽然我离开家乡多年，并且越走越远，但是在我记忆深处，皖西大别山下的那个生我养我的小山村却越来越近，这部书稿也算是对生活在那片热土上勤劳善良的父老乡亲的回报吧。

媒介数字化的快速发展让媒介消费研究的时效性大打折扣，"不是我不明白，这世界变化快"，用崔健的这句歌词来形容当今传媒业的发展再贴切不过了。在本书初稿完成至今的两年时间里，数字化浪潮带来了一场"微革命"，美国的"脸谱"（Facebook）用户和中国的QQ用户均已超过美国人口，截至2011年6月28日推特（Twitter）用户突破2亿，另据新浪2011年第二季度财报显示，2009年8月14日开始内测的新浪微博的用户数量也已经突破2亿。云计算、3G、"脸谱"、谷歌、推特、iPad和智能手机已经使世界从"连接"走向"超链接"，四个"技术巨人"（谷歌、苹果、"脸谱"和亚马逊）在数字时代掌握着领导权，每一"技术巨人"都有别人所不具有的特征与优势，很难出现一家独大的局面。消费者可以花时间在网上看视频、读新闻、写电邮、购物。这场竞争已经远远超过20世纪90年代微软、苹果和IBM之间的激烈竞争。当移动阅读、移动上网、微博成为现代人生活方式的时候，媒介消费与宏观经济的关系又将如何？这是一个开放的、永远没有终结的问题。

一本书稿的诞生就像一个新生儿的降临，在充满欢欣的同时我也带有几许期待，只是期待之中增添了几分惶恐。对于作者来说，一本书的命运就像随风飘扬的种子，是落入砾石永无出头之日，抑或落在路边遭行人践踏，还是有幸进入沃土茁壮成长，都由读者来评判。恳请各位读者对我这部书稿多加指正批评！

苏林森

2011年8月20日

新闻传播学文库

图书在版编目（CIP）数据

媒介消费与宏观经济的关系研究/苏林森著. —北京：中国人民大学出版社，2011.10
（新闻传播学文库）
ISBN 978-7-300-14609-6

Ⅰ.①媒… Ⅱ.①苏… Ⅲ.①传播媒介-产业-关系-宏观经济-研究
Ⅳ.①G206.2②F015

中国版本图书馆 CIP 数据核字（2011）第 215213 号

新闻传播学文库
中国劳动关系学院青年学者文库
媒介消费与宏观经济的关系研究
苏林森　著
Meijie Xiaofei yu Hongguan Jingji de Guanxi Yanjiu

出版发行	中国人民大学出版社				
社　址	北京中关村大街 31 号		**邮政编码**	100080	
电　话	010 - 62511242（总编室）		010 - 62511398（质管部）		
	010 - 82501766（邮购部）		010 - 62514148（门市部）		
	010 - 62515195（发行公司）		010 - 62515275（盗版举报）		
网　址	http://www.crup.com.cn				
	http://www.ttrnet.com（人大教研网）				
经　销	新华书店				
印　刷	北京东君印刷有限公司				
规　格	148 mm×210 mm　32 开本		**版　次**	2012 年 1 月第 1 版	
印　张	8 插页 2		**印　次**	2012 年 1 月第 1 次印刷	
字　数	222 000		**定　价**	28.00 元	